SV

Band 208 der Bibliothek Suhrkamp

Sylvia Plath
Die Glasglocke

Aus dem Englischen
von Christian Grote

Suhrkamp Verlag

Titel der Originalausgabe: The Bell Jar

17. Auflage 1994

Druck: Nomos Verlagsgesellschaft, Baden-Baden
Printed in Germany

Die Glasglocke

Kapitel 1

Es war ein verrückter, schwüler Sommer, der Sommer, als die Rosenbergs auf den elektrischen Stuhl kamen, und ich wußte nicht, was ich in New York sollte. Ich bin albern, was Hinrichtungen angeht. Bei der Vorstellung, auf dem elektrischen Stuhl hingerichtet zu werden, wird mir übel, und in den Zeitungen war von nichts anderem die Rede – an jeder Straßenecke und an den muffigen, nach Erdnuß riechenden Mäulern der Untergrundbahn starrten mich glotzäugige Schlagzeilen an. Es hatte mit mir nichts zu tun, aber ich mußte darüber nachdenken, wie das war, lebendig verbrannt zu werden, an den einzelnen Nerven entlang.

Das mußte das Schlimmste auf der Welt sein, dachte ich.

New York war schon schlimm genug. Die falsche, landfeuchte Frische, die irgendwie über Nacht eingesickert war, verdunstete bis neun Uhr morgens wie das letzte Stück eines süßen Traums. Luftspiegelndgrau flimmerten die heißen Straßen am Grund der Granitschluchten in der Sonne, die Wagendächer siedeten und glitzerten, und der trockene, aschige Staub trieb mir in die Augen und tief in den Hals.

Andauernd hörte ich von den Rosenbergs, im Radio und im Büro, bis ich sie nicht mehr aus dem Kopf brachte. Wie damals als ich das erste Mal eine Leiche gesehen hatte. Noch Wochen später entstand der Kopf der Leiche – oder was davon übrig war – beim Frühstück aus dem Schinken mit Ei oder hinter dem Gesicht von Buddy Willard, dessen Schuld es gewesen war, daß ich das überhaupt gesehen hatte, und schon bald hatte ich das Gefühl, ich trüge den Kopf dieses Kadavers an einem Strick mit mir herum, wie einen schwarzen, nach Essig stinkenden Ballon ohne Nase.

Ich wußte, in diesem Sommer war mit mir etwas nicht in Ordnung, weil ich immer nur an die Rosenbergs denken mußte und daran, wie dumm es von mir gewesen war, diese ganzen unbequemen, teueren Kleider zu kaufen, die schlaff wie Fische in meinem Schrank hingen, und wie all die kleinen Erfolge, die ich im College so fröhlich zusammengetragen

hatte, draußen vor den glatten Marmor- und Spiegelglasfassaden der Madison Avenue zu nichts verzischten.
Dabei sollte das für mich die schönste Zeit meines Lebens sein. Angeblich wurde ich von tausenden anderer College-Mädchen, wie ich eins war, in ganz Amerika beneidet, die sich nichts sehnlicher wünschten, als in den gleichen Lacklederschuhen, Größe sieben, herumzustolzieren, die ich in einer Mittagspause bei Bloomingdale, zusammen mit einem schwarzen Lackledergürtel und der passenden Tasche aus schwarzem Lackleder gekauft hatte. Und als mein Bild in der Zeitschrift erschien, an der wir zwölf arbeiteten – in einem knappen, silberlaminierten Mieder, an einer riesigen, fetten Wolke von weißem Tüll befestigt, trinke ich Martini auf irgendeinem übersternten Dachgarten, in Gesellschaft von ein paar anonymen jungen Männern, mit echt amerikanischem Knochenbau, die sie sich für diese Gelegenheit gemietet oder geliehen haben – mußte jeder annehmen, ich hätte wirklich die größte Schau. Was doch in diesem Land alles passieren kann, hieß es sicher. Ein Mädchen lebt neunzehn Jahre lang in irgendeiner Stadt, weit ab vom Schuß, sie ist so arm, daß sie sich noch nicht mal eine Zeitschrift leisten kann, und dann bekommt sie ein Stipendium fürs College, gewinnt überall Preise und schließlich steuert sie New York, als ob es ihr eigenes Auto wäre.
Nur daß ich gar nichts steuerte, nicht mal mich selbst. Ich holperte von meinem Hotel zur Arbeit und zu Parties und von Parties zum Hotel und wieder zur Arbeit wie ein dumpfer elektrischer Omnibus. Ich hätte wahrscheinlich begeistert sein sollen, wie die meisten anderen Mädchen, aber ich konnte mich einfach nicht dazu bringen. Ich fühlte mich sehr still und sehr leer, so wie sich das Auge eines Orkans fühlen muß, das träge in der Mitte des Klamauks dahintreibt.

Wir waren zu zwölft in dem Hotel.
Wir alle hatten das Preisausschreiben einer Modezeitschrift gewonnen, mit Aufsätzen und Geschichten und Gedichten und Modetexten, die wir geschrieben hatten, und als Preis gab es einen Job in New York für einen Monat, alles frei,

und haufenweise Gutscheine, Karten fürs Ballett, Einladungen für Modenschauen, ein berühmter teurer Friseursalon umsonst, und die Möglichkeit, Leute zu treffen, die Erfolg hatten auf dem Gebiet, dem unser Sehnen galt, und Beratung, was wir mit unseren besonderen Fähigkeiten anfangen konnten.
Ich habe immer noch das Make-up-Etui, das ich bekam, für jemand mit braunen Augen und braunen Haaren: ein Riegel braunes Mascara mit einer kleinen Bürste, und ein rundes Büchschen mit blauem Augenschatten, gerade so groß, um mit der Fingerspitze hineinzustipsen, und drei Lippenstifte von rot bis rosa, alles zusammen in einer kleinen vergoldeten Schachtel mit einem Spiegel an einer Seite. Ich habe auch noch ein weißes Sonnenbrillenetui aus Plastik, auf das bunte Muscheln und Münzen und ein grüner Seestern aus Plastik aufgenäht sind.
Ich wußte, daß sich diese Geschenke deshalb bei uns häuften, weil das für die jeweiligen Firmen so gut wie kostenlose Werbung war, aber ich konnte mich trotzdem nicht darüber lustig machen. Diese ganzen Geschenke, mit denen wir überschüttet wurden, machten mir einen Mordsspaß. Für lange Zeit steckte ich sie weg, aber später, als ich dann wieder in Ordnung war, holte ich sie wieder heraus, und sie liegen immer noch überall im Haus herum. Immer mal benutze ich die Lippenstifte, und letzte Woche habe ich den Seestern aus Plastik von dem Brillenetui für das Kind zum Spielen abgeschnitten.
Wir waren also zwölf in dem Hotel, auf dem gleichen Stockwerk, am gleichen Flur, in Einzelzimmern, eins neben dem anderen, und das erinnerte mich an mein Wohngebäude im College. Es war kein richtiges Hotel – ich meine, ein Hotel mit Männern und Frauen durcheinander auf dem gleichen Stockwerk.
Dieses Hotel – die »Amazone« – war nur für Frauen, und zum größten Teil waren es Mädchen meines Alters mit reichen Eltern, die sicher gehen wollten, daß ihre Töchter an einem Ort leben, wo Männer nicht an sie heran und sie nicht beschwindeln können; und sie gingen alle auf stinkfeine Se-

kretärinnenschulen, wie zu Katy Gibbs, wo man im Unterricht Hüte und Strümpfe und Handschuhe tragen muß, oder sie hatten gerade solche Schulen wie Katy Gibbs absolviert und waren Sekretärinnen von Generaldirektoren oder Direktoren und hingen einfach so in New York herum und warteten darauf, daß sie von so einem zukunftsträchtigen Mann geheiratet wurden.

Diese Mädchen sahen furchtbar gelangweilt aus. Ich sah sie auf der Sonnenterrasse, sie gähnten und malten sich die Fingernägel und versuchten, ihre Sonnenbräune von den Bermudas zu konservieren, und sie schienen sich höllisch zu langweilen. Ich redete mit einer von ihnen. Segeljachten langweilten sie, mit Flugzeugen herumzufliegen fand sie langweilig und Skifahren in der Schweiz an Weihnachten fand sie langweilig und die Männer in Brasilien fand sie langweilig.

Solche Mädchen finde ich zum Kotzen. Ich beneide sie so, daß ich es gar nicht sagen kann. Neunzehn Jahre war ich alt, und ich war vor dieser Fahrt nach New York aus New England nie rausgekommen. Dies hier war meine erste große Chance, aber da saß ich nun und alles rann mir wie Wasser durch die Finger.

Ich glaube, eine meiner Schwierigkeiten bestand in Doreen.

Jemandem wie Doreen war ich noch nie begegnet. Doreen kam von so einem reichen Mädchen-College im Süden, und sie hatte strahlend weißes Haar, das ihr als Zuckerwattebausch um den Kopf stand, und blaue Augen wie durchsichtige Achatmurmeln, hart und poliert und fast unzerbrechlich, und einen Mund, der andauernd auf Grinsen stand. Ich meine nicht ein häßliches Grinsen, sondern ein amüsiertes, geheimnisvolles Grinsen, als ob alle Leute um sie herum ziemlich dumm waren, und sie sich über sie ganz schön lustig machen konnte, wenn sie wollte.

Doreen suchte sich mich sofort aus. Sie gab mir das Gefühl, ich sei um soviel schlauer als die anderen, und sie war wirklich wunderbar komisch. Sie setzte sich am Konferenztisch immer neben mich, und während die Zelebritäten sprachen, die gerade zu Gast waren, flüsterte sie mir leise witzig-bösartige Bemerkungen zu.

Ihr College war so modewütig, erzählte sie, daß sich alle Mädchen Bezüge für ihre Handtaschen aus dem gleichen Stoff wie ihre Kleider machen ließen, damit sie jedesmal, wenn sie sich umzogen, die passenden Handtaschen hatten. So eine Einzelheit beeindruckte mich. Ein ganzes Leben herrlicher, vollendeter Dekadenz entstand daraus, das mich wie ein Magnet anzog.

Das einzige, weshalb mich Doreen immer fertigmachte, war meine Sorge, meine Arbeiten auf die Stunde pünktlich abzuliefern.

»Wozu plackst du dich damit ab?« Doreen räkelte sich auf meinem Bett in einem hinreißenden seidenen Morgenmantel, feilte ihre langen nikotingelben Nägel mit einer Sandpapierfeile, während ich den Entwurf eines Interviews mit einem Bestseller-Autor tippte.

Das kam noch dazu – wir anderen hatten Sommernachthemdchen aus gestärkter Baumwolle und gesteppte Morgenmäntel oder vielleicht Frotteemäntel, die man auch als Bademäntel am Strand verwenden konnte, Doreen aber trug diese knöchellangen Apparate aus Nylon-Spitze, durch die man halb durchsehen kann, und fleischfarbene Morgenmäntel, die irgendwie elektrisch an ihr klebten. Sie hatte einen interessanten, leicht schweißigen Geruch, der mich an die muschelförmigen Blätter von süßem Farn erinnerte, die man wegen ihres Moschusgeruchs abbricht und zwischen den Fingern zerreibt.

»Du weißt doch, der alten Jay Cee ist es scheißegal, ob deine Geschichte da morgen oder Montag abgeliefert wird.« Doreen zündete sich eine Zigarette an und ließ den Rauch langsam in Schwaden aus den Nasenlöchern, so daß ihre Augen verschleiert waren. »Jay Cee ist sündhaft häßlich«, fuhr Doreen kühl fort. »Ich wette, ihr Alter macht alle Lichter aus, bevor er sie angeht, sonst müßte er kotzen.«

Jay Cee war mein Boss, und ich mochte sie gern, ganz gleich, was Doreen sagte. Sie war keine dieser Modemagazin-Ziegen mit künstlichen Augenlidern und schwindelerregendem Schmuck. Jay Cee hatte was im Kopf, weshalb ihr spukhäßliches Aussehen nichts zu machen schien. Sie konnte ein

paar Fremdsprachen lesen und kannte alle guten Schreiber des Geschäfts.
Ich versuchte, mir Jay Cee ohne das strenge Bürokleid und ohne den offiziellen Mittagessen-Hut und mit ihrem fetten Mann im Bett vorzustellen, aber ich konnte es einfach nicht. Es ist mir immer schon furchtbar schwer gefallen, mir Leute zusammen im Bett vorzustellen.
Jay Cee wollte mir etwas beibringen, alle alten Damen, die ich kannte, wollten mir etwas beibringen, aber plötzlich glaubte ich nicht mehr, daß sie mir etwas beibringen konnten. Ich stülpte den Deckel über die Schreibmaschine und ließ ihn einschnappen.
Doreen grinste. »Kluges Kind.«
Jemand klopfte an die Tür.
»Wer ist da?« Ich stand erst gar nicht auf.
»Ich bin's, Betsy. Kommst du zur Party?«
»Ich glaube ja.« Ich ging immer noch nicht zur Tür.
Betsy mit ihrem wippenden blonden Pferdeschwanz und dem Königin-der-ganzen-Kompanie-Lächeln war direkt aus Kansas importiert worden. Ich erinnere mich, wie wir beide einmal in das Büro eines Fernsehproduzenten mit schwarzblauem Kinn und Nadelstreifenanzug geholt wurden, der sehen wollte, ob an uns etwas daran war, was er für ein Programm ausbauen könnte, und Betsy fing an, über männlichen und weiblichen Mais in Kansas zu reden. Sie begeisterte sich so an diesem verdammeten Mais, daß sogar dem Produzenten vor Lachen die Tränen kamen, nur konnte er leider nichts davon gebrauchen, unglücklicherweise, wie er sagte. Später wurde Betsy dann von dem Redakteur der Schönheitsseite überredet, die Haare abzuschneiden, und gelegentlich sehe ich ihr Gesicht noch, wie es aus den Anzeigen »Auch Frau P. Q. trägt B. H. Wragge« herauslächelt.
Immer wieder forderte Betsy mich auf, mit ihr und den anderen Mädchen etwas zu unternehmen, als ob sie versuchte, mich irgendwie zu retten. Sie forderte nie Doreen auf. Doreen nannte Betsy unter uns ›Landpomeranze‹.
»Willst du in unserem Taxi mitfahren?« sagte Betsy durch die Tür hindurch.

Doreen schüttelte den Kopf.
»Schon gut, danke, Betsy«, sagte ich. »Ich fahre mit Doreen.«
»Okay.« Ich konnte Betsy auf dem Flur weggehen hören.
»Wir bleiben nur so lange bis wir es satt haben«, sagte Doreen zu mir und drückte die Zigarette auf dem Fuß meiner Nachttischlampe aus, »dann treiben wir uns in der Stadt herum. Die Parties, die hier veranstaltet werden, erinnern mich an die alten Tanz-Bälle in der Schulturnhalle. Warum werden eigentlich immer nur Leute von der Yale Universität eingeladen? Die sind so saudumm!«
Buddy Willard war auch in Yale, aber jetzt kam es mir: sein Fehler war, er war dumm. Gut, er hatte anständige Noten geschafft und die Affäre mit dieser entsetzlichen Kellnerin namens Gladys, auf Cape Cod, aber er hatte nicht einen Funken Fantasie. Doreen hatte Fantasie. Alles was sie sagte war wie eine geheime Stimme, die mir direkt aus der Seele sprach.

Wir steckten im Theater-Verkehr fest. Unser Taxi war eingekeilt zwischen Betsys Taxi vor uns und einem Taxi mit vier anderen Mädchen hinter uns, und nichts rührte sich.
Doreen sah fabelhaft aus. Sie trug ein trägerloses weißes Spitzenkleid, das mit Reißverschluß über einer engen Korsettgeschichte saß, die sie um die Mitte einkurvte und oben und unten fabelhaft hervorquellen ließ, und ihre Haut hatte einen bronzeartigen Glanz unter der bleichen Puderschicht. Sie duftete so stark wie ein ganzer Kosmetikladen.
Ich trug eine schwarze Shantunghülle, die mich vierzig Dollar gekostet hatte. Sie war ein Ergebnis des Einkaufsbummels, den ich mit dem Geld meines Stipendiums gemacht hatte, als ich erfuhr, ich sei eine der Glücklichen, die nach New York durften. Das Kleid war so verrückt ausgeschnitten, daß ich keinerlei Büstenhalter darunter tragen konnte, aber das machte nichts, weil ich mager wie ein Junge war und kaum ausgebuchtet, und ich fühlte mich gerne fast nackt in den heißen Sommernächten. Aber die Stadt hatte meine Haut gebleicht. Ich sah gelb aus wie ein Chinese. Normalerweise

hätten mich das Kleid und meine komische Farbe nervös gemacht, aber mit Doreen zusammen vergaß ich meine Sorgen. Ich kam mir höllisch klug und überlegen vor.

Als der Mann in dem blauen Sporthemd und den schwarzen Chinos und den gepunzten Cowboystiefeln unter der gestreiften Markise der Bar hervorgeschlendert kam, von wo aus er unser Taxi fixiert hatte, machte ich mir keine Illusionen. Ich wußte genau, er war auf Doreen aus. Er schlängelte sich durch die haltenden Autos hindurch und lehnte sich einnehmend auf die Unterkante unseres offenen Fensters.

»Und was tun zwei hübsche Mädchen wie ihr ganz allein in einem Taxi an einem so schönen Abend, wenn ich fragen darf?«

Er hatte ein großes, offenes, weißes Zahnpasta-Reklame-Lächeln. »Wir fahren zu einer Party«, platzte ich heraus, da Doreen plötzlich stumm wie ein Stück Holz geworden war und blasiert an dem weißen Spitzenbezug ihrer Tasche herummachte.

»Das klingt langweilig«, sagte der Mann. »Warum kommt ihr beide nicht mit mir in die Bar dort drüben und trinkt etwas? Da warten auch noch ein paar Freunde von mir.«

Er deutete mit dem Kopf auf ein paar leger angezogene Männer, die unter der Markise herumlungerten. Sie waren ihm mit den Augen gefolgt, und als er zu ihnen hinsah, brachen sie in Gelächter aus.

Das Lachen hätte mich warnen sollen. Es war so ein tiefes, allwissendes Gelache, aber der Verkehr schien wieder in Bewegung zu kommen, und ich wußte, wenn ich steif sitzen blieb, würde ich mir zwei Sekunden später wünschen, ich hätte dieses Geschenk des Zufalls angenommen, um einmal etwas anderes von New York zu sehen, als was die Leute von der Zeitschrift so sorgsam für uns aussuchten.

»Also was ist, Doreen?« sagte ich.

»Also was ist, Doreen?« sagte der Mann und lächelte sein großes Lächeln. Noch heute kann ich mich nicht erinnern, wie er aussah, wenn er nicht lächelte. Ich glaube, er muß immerzu gelächelt haben.

»Also gut«, sagte Doreen zu mir. Ich machte die Tür auf und

wir stiegen aus dem Taxi, gerade als es anfuhr, und gingen zur Bar hinüber.
Es gab ein furchtbares Quietschen von Bremsen, gefolgt von einem dumpfen Schlag.
»He, Sie!« Unser Taxifahrer streckte sein wütendes, rotes Gesicht aus dem Fenster. »Was denken Sie sich eigentlich?«
Er hatte das Taxi so plötzlich abgebremst, daß der Wagen hinter ihm auf ihn prallte, und wir konnten im Innern die vier Mädchen sehen, die herumfuchtelten und sich vom Boden des Taxis aufrafften.
Der Mann lachte und ließ uns auf dem Gehsteig und ging zurück und gab dem Fahrer einen Geldschein mitten im großen Gehupe und Geschrei, und dann sahen wir die Mädchen von der Zeitschrift in einer Reihe wegfahren, ein Taxi nach dem anderen, wie eine Hochzeitsgesellschaft mit nichts als Brautjungfern.
»Komm, Frankie«, sagte der Mann zu einem seiner Freunde aus der Gruppe, und ein kleiner Kerl löste sich heraus und kam mit uns in die Bar.
Er war von der Sorte, die ich nicht ausstehen konnte. Ich bin über einssiebzig ohne Schuhe, und wenn ich mit kleinen Männern zusammen bin, dann ziehe ich mich zusammen, biege mich etwas ab und entlaste die Hüften, eine nach oben, eine nach unten, damit ich kleiner aussehe, und ich komme mir töricht und angekränkelt vor wie ein Pausenfüller im Zirkus.
Einen Augenblick hoffte ich verzweifelt, wir würden uns nach Größe zusammentun, was mich mit dem Mann zusammengebracht hätte, der uns zuerst angesprochen hatte, und der kam gut auf über einsachtzig, aber er machte mit Doreen weiter und sah mich überhaupt nicht mehr. Ich versuchte, so zu tun als sähe ich Frankie überhaupt nicht, der sich hartnäckig an meinem Ellenbogen hielt, und setzte mich nahe Doreen an den Tisch.
Es war so dunkel in der Bar, daß ich kaum etwas anderes als Doreen ausmachen konnte. Sie war mit ihrem weißen Haar und dem weißen Kleid so weiß, daß sie silbern aussah. Sie muß die Neonröhren über der Bar reflektiert haben. Ich

hatte das Gefühl, wie das Negativ eines Menschen, den ich nie im Leben vorher gesehen hatte, mit den Schatten zu verschmelzen.

»Also, was wollen wir trinken?« fragte der Mann mit einem riesigen Lächeln.

»Ich glaube, ich möchte einen Old Fashioned«, sagte Doreen zu mir.

Wenn ich etwas zu trinken bestellen mußte, machte mich das immer ganz fertig. Ich konnte Whisky von Gin nicht unterscheiden, und es gelang mir nie, etwas zu bekommen, was mir wirklich gut schmeckte. Buddy Willard und die anderen College-Studenten, die ich kannte, hatten gewöhnlich zu wenig Geld, um scharfe Sachen zu kaufen, oder sie lehnten das Trinken überhaupt ab. Es ist erstaunlich, wie viele Studenten nicht trinken oder rauchen. Ich schien sie alle zu kennen. Das äußerste, was Buddy Willard tat, war, für uns eine Flasche Dubonnet zu kaufen, was er nur machte, weil er zu beweisen versuchte, daß er Geschmack hatte, obwohl er Medizin studierte.

»Ich möchte einen Wodka«, sagte ich.

Der Mann sah mich genauer an. »Mit was drin?«

»Nur Wodka« sagte ich. »Ich trinke ihn immer pur.«

Ich hatte das Gefühl, es würde idiotisch wirken, wenn ich mit Eis oder Soda oder Gin oder so etwas sagte. Ich hatte einmal eine Anzeige für Wodka gesehen, nur ein Glas Wodka in blauem Licht mitten in einer Schneewehe, und der Wodka sah klar und rein aus wie Wasser, deshalb dachte ich, Wodka pur müßte richtig sein. Ich träumte davon, eines Tages ein Getränk zu bestellen und zu entdecken, daß es wunderbar schmeckte.

Dann kam der Kellner, und der Mann bestellte die Getränke für uns vier. Er sah mit seinen Farm-Kleidern in dieser großstädtischen Bar so zu Haus aus, daß er jemand Berühmtes hätte sein können.

Doreen sagte kein Wort, sie spielte nur mit dem Korkuntersetzer und zündete sich höchstens mal eine Zigarette an, aber dem Mann schien das nichts auszumachen. Er starrte sie dauernd an, so wie die Leute im Zoo den großen weißen

Makao-Papagei anstarren und darauf warten, daß er etwas Menschliches sagt.
Die Getränke kamen, und meins sah klar und rein aus, genau wie die Wodka-Anzeige.
»Was tun Sie?« fragte ich den Mann, um das Schweigen zu brechen, das dick wie Urwaldgras um mich herum von allen Seiten aufschoß. »Ich meine, was machen Sie hier in New York?«
Langsam und anscheinend mit großer Mühe zog der Mann seine Augen von Doreens Schulter. »Ich bin Platten-Jockey«, sagte er. »Sie müssen eigentlich von mir gehört haben, Lenny Shepherd.«
»Ich kenne Sie«, sagte Doreen plötzlich.
»Das freut mich, Süße«, sagte der Mann und brach in Gelächter aus. »Das macht sich ja prächtig. Ich bin verdammt berühmt.«
Dann sah Lenny Shepherd lange Frankie an.
»Sagen Sie, und wo kommen Sie her?« fragte Frankie und setzte sich mit einem Ruck auf. »Wie heißen Sie?«
»Das hier ist Doreen.« Lenny umfaßte Doreens nackten Arm und drückte ihn.
Ich war überrascht, Doreen ließ sich nicht anmerken, daß sie spürte, was er tat. Sie saß einfach da, dunkel wie eine Negerin mit blond gefärbten Haaren in dem weißen Kleid, und nippte vornehm an ihrem Glas.
»Ich heiße Elly Higginbottom«, sagte ich. »Ich komme aus Chicago.« Dann fühlte ich mich sicherer. Ich wollte nicht, daß etwas von dem, was ich an diesem Abend sagte oder tat, mit mir in Zusammenhang gebracht wurde und mit meinem richtigen Namen und damit, daß ich aus Boston kam.
»Na Elly, wie wär's mit 'nem Tanz?«
Bei dem Gedanken, mit diesem kleinen untersetzten Kerl in seinen orangefarbenen Wildlederschuhen mit hohen Absätzen und dem miesen T-Shirt und der zerknitterten blauen Sportjacke zu tanzen, mußte ich lachen. Wenn überhaupt etwas, dann verachte ich einen blau angezogenen Mann. Schwarz oder Grau, oder sogar Braun. Bei Blau muß ich einfach lachen.

»Ich habe keine Lust«, sagte ich kalt, drehte ihm den Rücken zu und rückte mit dem Stuhl näher an Doreen und Lenny.
Die beiden sahen aus, als ob sie sich inzwischen schon Jahre kannten. Doreen löffelte mit einem spindeligen Silberlöffel die Fruchtstückchen vom Boden ihres Glases, und Lenny grunzte jedesmal, wenn sie den Löffel zum Mund hob, und schnappte danach und tat, als wäre er ein Hund oder so etwas, und versuchte, die Stücke vom Löffel zu bekommen. Doreen kicherte und löffelte weiter die Fruchtstückchen.
Ich fing an zu glauben, daß Wodka endlich das richtige Getränk für mich war. Es schmeckte nach gar nichts, aber es fuhr mir geradewegs in den Magen wie das Schwert eines Schwertschluckers, und ich fühlte mich mächtig wie ein Gott.
»Ich muß jetzt gehen«, sagte Frankie und stand auf.
Ich konnte ihn nicht klar erkennen, weil der Raum so düster war, aber zum erstenmal hörte ich, was für eine hohe, dumme Stimme er hatte. Niemand achtete auf ihn.
»He, Lenny, du schuldest mir noch was, nicht wahr, Lenny?«
Ich fand es komisch, daß Frankie vor uns Lenny daran erinnerte, daß er ihm Geld schuldete, vor uns völlig Fremden, aber Frankie stand nur da und sagte immer wieder das gleiche, bis Lenny in die Tasche griff und ein großes Bündel grüner Geldscheine herauszog und einen Schein abzog und ihn Frankie gab. Ich glaube, es waren zehn Dollar.
»Halt's Maul und verdufte.«
Einen Augenblick dachte ich, Lenny meine auch mich, aber dann hörte ich, wie Doreen sagte: »Ich komme nicht mit, wenn Elly nicht auch kommt.« Ich mußte es ihr hoch anrechnen, wie sie den falschen Namen aufgriff.
»Ach, Elly kommt schon mit, nicht wahr, Elly?« sagte Lenny und blinzelte mir zu.
»Natürlich komme ich mit«, sagte ich. Frankie war in der Nacht verdunstet, deshalb konnte ich mich bei Doreen anhängen. Ich wollte soviel wie nur möglich sehen.
Ich sah gerne anderen Leuten in kritischen Situationen zu. Wenn es einen Verkehrsunfall oder eine Schlägerei oder ein im Laboratoriumsgefäß eingemachtes Baby für mich zu se-

hen gab, dann blieb ich immer stehen und sah es mir so genau an, daß ich es nie mehr vergaß.
Ich habe auf diese Weise bestimmt eine Menge Dinge begriffen, die ich anders nie begriffen hätte, und sogar wenn es mich überraschte oder mir deshalb übel wurde, ließ ich mir das nie anmerken, sondern tat so, als ob ich wüßte, daß die Dinge immer so waren.

Kapitel 2

Um nichts in der Welt hätte ich Lennys Wohnung verpassen wollen.
Sie war genau wie das Innere eines Farmhauses eingerichtet, nur eben mitten in einem New Yorker Appartmenthaus. Er hatte ein paar Trennwände herausschlagen lassen, um das ganze etwas geräumiger zu machen, sagte er, dann waren die Wände mit Fichtenbrettern vertäfelt und eine extra mit Fichtenholz getäfelte Bar in Form eines Hufeisens eingebaut worden. Ich glaube, der Boden bestand auch aus Fichtenbrettern.
Große weiße Bärenfelle lagen auf dem Boden herum, und die Einrichtung bestand nur aus einer Menge niedriger, mit indianischen Teppichen bedeckten Betten. Statt Bildern hatte er Geweihe und Büffelhörner und einen ausgestopften Hasenkopf an den Wänden. Lenny zeigte mit dem Daumen auf die sanfte kleine graue Schnauze und die steifen Spielhasenohren.
»In Las Vegas gefunden.«
Er ging weiter durch das Zimmer, seine Cowboystiefel klangen wie Pistolenschüsse. »Akustik«, sagte er und wurde kleiner und kleiner, bis er durch die Türe in der Ferne verschwand.
Ganz plötzlich kam von allen Seiten aus dem Nichts Musik.
Dann hörte sie auf und wir hörten Lennys Stimme: »Hier spricht Ihr Zwölfuhr Plattenjockey Lenny Shepherd mit dem Neusten vom Besten an Unterhaltungsmusik. Nummer zehn auf der Liste dieser Woche ist niemand anders als das kleine blondhaarige Mädchen, über das Ihr in letzter Zeit so viel gehört habt ... die eine und einzige Sonnenblume!«

Ich wurde in Kansas geboren, ich wurde in Kansas groß,
Und wenn es überhaupt sein muß, dann heirat' in Kansas ich bloß ...

»So ein Narr!« sagte Doreen. »Ist er nicht verrückt?«

»Und ob«, sagte ich.

»Hör mal, Elly, tu mir einen Gefallen.« Sie schien jetzt wirklich zu glauben, daß ich Elly war.

»Klar«, sagte ich.

»Bleib in der Gegend, ja? Ich hätte keine Chance, wenn er irgendwas Komisches probiert. Hast du diese Muskeln gesehen?« Doreen kicherte.

Lenny tauchte aus dem Hinterzimmer auf. »Da hinten habe ich Tonausrüstung im Wert von zwanzigtausend Piepen.« Er ging im Paßgang zur Bar hinüber und holte drei Gläser und einen silbernen Eiseimer und einen großen Mixbecher und fing an, aus verschiedenen Flaschen Getränke zu mixen.

... ein treu-blaues Mädchen zu warten ich bat –
Sie ist die Sonnenblume im Sonnenblumen-Staat.

»Große Klasse, was?« Lenny kam und balancierte drei Gläser. Große Tropfen standen wie Schweiß an ihnen, und die Eiswürfel klingelten, als er sie herumreichte. Dann kam die Musik scheppernd zu Ende, und wir hörten Lennys Stimme das nächste Stück ansagen.

»Geht nichts darüber, sich selbst reden zu hören. Sag mal«, Lennys Augen ruhten auf mir, »Frankies Unvollendete, du solltest auch einen haben, ich rufe einen von den Kumpels an.«

»Schon gut«, sagte ich. »Das brauchen Sie nicht.« Ich wollte nicht so direkt damit kommen und nach jemand fragen, der ein paar Nummern größer als Frankie war.

Lenny sah erleichtert aus. »Nur damit du nicht sauer bist. Ich möchte doch einer Freundin von Doreen keinen Kummer machen.« Er schenkte Doreen ein großes weißes Lächeln. »Nicht wahr, Süße?«

Er streckte eine Hand nach Doreen aus und ohne ein Wort, noch mit den Gläsern in der Hand, fingen sie beide an, Jitterbug zu tanzen.

Ich saß mit gekreuzten Beinen auf einem der Betten und versuchte ergeben und teilnahmslos auszusehen, wie so Geschäftsleute, die ich mal gesehen hatte, als sie einem algerischen Bauchtanz zusahen, aber sobald ich mich an die Wand unter dem ausgestopften Hasen lehnte, begann das Bett in den Raum zu rollen, deshalb setzte ich mich auf den Boden auf ein Bärenfell und lehnte mich statt dessen an das Bett.

Mein Getränk war naß und deprimierend. Jedesmal, wenn ich wieder einen Schluck nahm, schmeckte es zunehmend nach abgestandenem Wasser. Um die Mitte des Glases waren ein rosa Lasso und gelbe Konfettipunkte gemalt. Ich trank bis etwa einen Zentimeter unterhalb des Lassos und wartete etwas, und als ich dann wieder einen Schluck trank, war die Flüssigkeit wieder bis zur Höhe des Lassos gestiegen.

Aus der Luft dröhnte Lennys Geisterstimme: *»Waaruuhm, oh waahruhm hab' ich Wyoming verlassen?«*

Die beiden hörten mit dem Jitterbug nicht einmal während der Pausen zwischen den Musikstücken auf. Ich fühlte mich zwischen den ganzen roten und weißen Decken und der Fichtenholztäfelung zu einem kleinen schwarzen Fleck zusammenschrumpfen. Ich kam mir wie ein Loch im Boden vor.

Das ist, wie wenn man Paris beobachtet vom Bremserhäuschen eines Expreßzuges aus, der in die entgegengesetzte Richtung fährt – mit jeder Sekunde wird die Stadt kleiner und kleiner, nur hat man das Gefühl, man selbst wird immer kleiner und immer einsamer und rast von den ganzen Lichtern und der ganzen Aufregung weg mit ungefähr einer Million Kilometer pro Stunde.

Immer wieder stießen Lenny und Doreen zusammen und küßten sich und schwangen wieder auseinander, um einen großen Schluck zu trinken und sich dann wieder zu nähern. Ich wollte mich einfach auf das Bärenfell legen und schlafen, bis Doreen so weit war, zum Hotel zurückzufahren.

Dann stieß Lenny einen furchtbaren Schrei aus. Ich setzte mich auf. Doreen hing mit den Zähnen an Lennys linkem Ohrläppchen.

»Laß los, du Schwein!«

Lenny bückte sich und Doreen flog auf seine Schulter, und das Glas segelte ihr in einem langen, hohen Bogen aus der Hand und schlug mit blödem Klirren gegen die Fichtenholzverscha-

lung. Lenny brüllte immer noch und drehte sich so schnell, daß ich Doreens Gesicht nicht erkennen konnte.
Ich sah, so wie man gewohnheitsmäßig die Farbe der Augen von jemandem registriert, daß Doreens Brüste aus ihrem Kleid geplatzt waren und wie volle braune Melonen herausschwangen, während sie mit dem Bauch nach unten auf Lennys Schulter herumgedreht wurde und mit den Beinen in der Luft strampelte und kreischte, und dann fingen sie beide zu lachen an und wurden langsamer, und Lenny versuchte, durch das Kleid hindurch in Doreens Hüfte zu beißen, als ich mich aus der Tür drückte, bevor noch mehr passieren konnte, und es gelang mir hinunterzukommen, indem ich mich mit beiden Händen auf das Treppengeländer stützte und den ganzen Weg halb hinunterrutschte.
Ich hatte nicht begriffen, daß Lennys Wohnung eine Klimaanlage hatte, bis ich dann auf die Straße hinauswankte. Die tropische, abgestandene, vom Asphalt den ganzen Tag über aufgesogene Hitze, schlug mir wie eine letzte Beleidigung ins Gesicht. Ich wußte nicht mehr, wo um alles in der Welt ich war.
Einen Moment lang erwog ich, doch noch ein Taxi zu nehmen und zu der Party zu fahren, entschied mich aber dann dagegen, weil das Tanzen zu diesem Zeitpunkt wohl vorbei war, und ich keine Lust hatte, in der leeren Scheune eines Ballsaals, übersät mit Konfetti und Zigarettenstummeln und zerknitterten Cocktail-Servietten, zu enden.
Ich ging vorsichtig zur nächsten Straßenecke, indem ich an den Wänden der Gebäude zu meiner Linken mit der Fingerspitze entlangfuhr, um mich zu stützen. Ich sah auf das Straßenschild. Dann nahm ich meinen Stadtplan von New York aus der Handtasche. Ich war genau dreiundvierzig mal fünf Blöcke von meinem Hotel entfernt.
Das Laufen habe ich nie gefürchtet. Ich machte mich einfach in die Richtung meines Hotels auf den Weg, zählte die Blöcke leise mit, und als ich in die Halle des Hotels kam, war ich völlig nüchtern und nur meine Füße waren etwas geschwollen, aber daran war ich selbst schuld, weil ich keine Strümpfe hatte anziehen wollen.

Die Lobby war leer bis auf einen Nachtportier, der in seiner Koje zwischen den Schlüsselhaken und den schweigenden Telefonen döste.
Ich schlüpfte in den Fahrstuhl und drückte den Knopf meines Stockwerks. Die Türen falteten sich wie eine stumme Ziehharmonika zusammen. Dann wurden mir die Ohren taub und ich bemerkte eine große Chinesin mit verschmierten Augen, die mir idiotisch ins Gesicht starrte. Natürlich war ich das nur selbst. Ich fand es widerlich, wie faltig und verbraucht ich aussah.
Kein Mensch war auf dem Flur. Ich schloß meine Tür auf. Das Zimmer war voll Rauch. Zuerst dachte ich, der Rauch wäre als eine Art Urteil aus dem Nichts entstanden, aber dann fiel mir ein, daß es Doreens Qualm war, und ich drückte auf den Knopf, durch den die Lüftungsklappe des Fensters geöffnet wurde. Die Fenster waren so eingerichtet, daß man sie nicht richtig aufmachen und sich herauslehnen konnte, und aus irgendeinem Grund machte mich das wütend.
Wenn ich mich an die linke Seite des Fensters stellte und das Gesicht an die Fensterumrandung legte, konnte ich in die Stadt hinein sehen, wo das UN-Gebäude wie eine unheimlich grüne Bienenwabe vom Mars im Dunkeln balancierte. Ich sah die roten und weißen Lichter, die sich die Straße entlang bewegten, und die Lichter der Brücken, deren Namen ich nicht kannte.
Die Stille deprimierte mich. Es war nicht die Stille der Stille. Es war meine eigene Stille.
Ich wußte genau, die Autos machten Lärm, und die Leute in ihnen und hinter den beleuchteten Fenstern der Gebäude machten Lärm, und der Fluß machte ein Geräusch, aber ich konnte nichts hören. Die City hing flach wie ein Plakat in meinem Fenster, glitzerte und blinkte, aber sie hätte genauso gut nicht da sein können, was mich anging.
Das porzellanweiße Telefon neben dem Bett hätte mich mit allem verbinden können, aber da stand es, stumm wie ein Totenkopf. Ich versuchte mich an die Leute zu erinnern, denen ich meine Telefonnummer gegeben hatte, um mir eine

Liste aller möglichen Telefonanrufe zu machen, die ich bekommen konnte, aber ich erinnerte mich nur daran, der Mutter von Buddy Willard meine Telefonnummer gegeben zu haben, damit sie sie einem Simultandolmetscher bei der UN geben konnte, den sie kannte.
Ich stieß ein kleines, trockenes Gelächter aus.
Ich konnte mir gut vorstellen, mit was für einem Simultandolmetscher Frau Willard mich bekanntmachen würde, während sie doch die ganze Zeit gewollt hatte, daß ich Buddy heirate, der sich irgendwo im Norden des Staates New York einer Tb-Kur unterzog. Buddys Mutter hatte sogar versucht, mir diesen Sommer eine Stellung als Kellnerin in dem Tb-Sanatorium zu verschaffen, damit Buddy nicht so einsam war. Sie und Buddy konnten nicht begreifen, warum ich stattdessen nach New York ging.
Der Spiegel über meiner Kommode schien ein paar Warzen zu haben und viel zu viel Silber. Das Gesicht darin sah aus wie in einem Kügelchen Quecksilber beim Zahnarzt gespiegelt. Ich erwog, zwischen die Bettlaken zu kriechen und zu schlafen zu versuchen, aber das gefiel mir genauso wenig, wie einen dreckigen, verschmierten Brief in ein frisches, neues Kuvert zu stecken. Ich beschloß, ein heißes Bad zu nehmen.
Es muß eine Menge Dinge geben, bei denen ein heißes Bad nichts hilft, aber sehr viele kenne ich nicht. Immer wenn ich todtraurig bin oder so nervös, daß ich nicht schlafen kann, oder wenn ich in jemanden verliebt bin, den ich eine Woche lang nicht sehen kann, laß ich mich bis zu einem bestimmten Punkt fallen und dann sage ich: »Ich werde ein heißes Bad nehmen.«
Im Bad meditiere ich. Das Wasser muß sehr heiß sein, so heiß, daß man es kaum aushält, wenn man einen Zeh hineinsteckt. Dann läßt man sich zentimeterweise hinein, bis einem das Wasser bis zum Hals geht.
Ich erinnere mich an die Zimmerdecken über jeder Badewanne, in der ich gelegen habe. Ich erinnere mich genau an die Textur der Decken und an die Risse und die Farben und die feuchten Flecken und die Lampenfassungen. Ich erinnere mich auch an die Badewannen: die antiken alten Wannen mit

den vogelklauigen Füßen und die modernen sargförmigen Wannen und die schicken rosa Marmorwannen, von denen aus man auf Lilienteiche im Hausinneren sehen kann, und ich erinnere mich genau an die Formen und verschiedenen Größen der Wasserhähne und die verschiedenartigen Seifenschalen.

Ich bin nirgends mehr ich selbst, als wenn ich in einem heißen Bad liege.

Ich lag da fast eine Stunde lang in der Wanne im siebzehnten Stock des Hotels Nur-für-Damen, hoch über dem Getue und Gestoße von New York, und ich hatte das Gefühl, langsam wieder rein zu werden. Ich glaube nicht an die Taufe oder an die Wasser des Jordan oder an irgend so etwas, aber wahrscheinlich habe ich bei einem heißen Bad das gleiche Gefühl wie religiöse Leute bei Weihwasser.

Ich sagte mir: »Doreen löst sich auf. Lenny Shepherd löst sich auf, Frankie löst sich auf, New York löst sich auf, sie alle lösen sich auf und nichts spielt mehr eine Rolle. Das alles kenne ich nicht, ich habe es nie gekannt, und ich bin sehr rein. Der ganze Alkohol und die klebrigen Küsse, die ich gesehen habe, und der Schmutz, der sich auf dem Weg hierher auf meiner Haut angesetzt hat, wird in etwas Reines verwandelt.«

Je länger ich in dem klaren heißen Wasser lag, desto reiner fühlte ich mich, und als ich endlich aus der Wanne stieg und mich in eines der großen, weichen, weißen Hotelbadetücher wickelte, fühlte ich mich so rein und süß wie ein neugeborenes Kind.

Ich weiß nicht, wie lange ich geschlafen hatte, als ich das Klopfen hörte. Zuerst kümmerte ich mich nicht darum, denn die Person, die klopfte, sagte immer: »Elly, Elly, Elly, laß mich rein«, und ich kannte keine Elly. Dann kam ein anderes Klopfen über dem ersten dumpfen Klopfen – ein scharfes Schlagen, und eine andere, viel klarere Stimme sagte: »Miss Greenwood, Ihre Freundin möchte Sie sprechen«, da wußte ich, es war Doreen.

Ich sprang auf die Füße und suchte schwindelig einen Augenblick lang in der Mitte des dunklen Zimmers das Gleichgewicht. Ich war wütend auf Doreen, weil sie mich aufweckte. Die einzige Möglichkeit für mich, aus dieser traurigen Nacht herauszukommen, war gut zu schlafen, und sie mußte mich aufwecken und es kaputt machen. Ich dachte, wenn ich so täte als schliefe ich, würde das Klopfen aufhören und mich in Frieden lassen, und ich wartete, aber das geschah nicht.

»Elly, Elly, Elly«, murmelte die erste Stimme, während die andere weiter zischte: »Miss Greenwood, Miss Greenwood, Miss Greenwood«, als ob ich eine gespaltene Persönlichkeit hätte oder so etwas.

Ich machte die Tür auf und blinzelte in den Flur hinaus. Ich hatte den Eindruck, als wäre es weder Nacht noch Tag, sondern irgendein gespenstisches Drittes, das plötzlich dazwischengeschlüpft war und nie aufhörte.

Doreen war gegen den Türrahmen gesunken. Als ich herauskam, kippte sie mir in die Arme. Ich konnte ihr Gesicht nicht sehen, denn der Kopf hing ihr auf die Brust und das steife blonde Haar fiel aus seinen dunklen Wurzeln wie eine hawaianische Kette herab.

Ich erkannte die kleine, untersetzte, schnurrbärtige Frau in der schwarzen Uniform, das Nachtmädchen, das auf unserem Flur in einem kleinen überfüllten Raum die Tages- und Abendkleider ausbügelte. Ich begriff nicht, woher sie Doreen kannte oder warum sie Doreen half, mich aufzuwecken, statt sie leise zurück in ihr eigenes Zimmer zu bringen.

Als sie sah, daß Doreen von meinen Armen gestützt wurde und still war, außer ein paar feuchten Rülpsern, ging die Frau den Flur entlang zu ihrer Koje mit der altertümlichen Singer-Nähmaschine und dem weißen Bügelbrett. Ich wollte ihr nachlaufen und ihr sagen, ich hätte mit Doreen nichts zu tun, weil sie so streng und abgearbeitet und moralisch wie ein altmodischer europäischer Einwanderer aussah und mich an meine österreichische Großmutter erinnerte.

»La'mich hinleg'n, la' mich hinleg'n«, murmelte Doreen. »Mich hi'leg'n, mich hi'leg'n.«

Ich hatte das Gefühl, wenn ich Doreen über die Türschwelle in mein Zimmer schleifte und ihr auf das Bett half, würde ich sie nie mehr loswerden.

Ihr Körper war warm und weich wie ein Stapel Kissen an meinem Arm, auf den sie sich mit ihrem ganzen Gewicht stützte, und die Füße mit den hohen spitzen Absätzen hingen töricht daran. Sie war viel zu schwer für mich, um sie den Flur hinunter zu schaffen. Ich konnte sie nur auf den Teppich fallen lassen und meine Tür zumachen und abschließen und wieder ins Bett gehen. Wenn Doreen dann aufwachte, würde sie sich nicht mehr erinnern, was passiert war und würde glauben, sie sei vor meiner Tür bewußtlos geworden, während ich schlief, und würde von selbst aufstehen und vernünftig in ihr eigenes Zimmer gehen.
Ich begann Doreen sanft auf den grünen Teppich des Flurs herunterzulassen, aber sie gab ein tiefes Stöhnen von sich und kippte aus meinen Armen nach vorne. Ein brauner Strahl von Erbrochenem floß ihr aus dem Mund und breitete sich in einer großen Lache zu meinen Füßen aus.
Plötzlich wurde Doreen noch schwerer. Ihr Kopf fiel nach vorne in die Pfütze, die Strähnen ihres blonden Haars baumelten darin wie die Wurzeln von Bäumen in einem Moor, und ich merkte, daß sie schlief. Ich zog mich zurück. Ich kam mir selbst wie im Halbschlaf vor.
In dieser Nacht traf ich über Doreen eine Entscheidung. Ich beschloß, sie zu beobachten und ihr zuzuhören, aber in meinem Innersten wollte ich überhaupt nichts mit ihr zu tun haben. Im Innersten wollte ich Betsy und ihren unschuldigen Freundinnen treu sein. Im Grunde war ich so wie Betsy.
Leise ging ich in das Zimmer zurück und machte die Tür zu. Ich schloß sie dann doch nicht ab. Das konnte ich nicht über mich bringen.
Als ich am nächsten Morgen in der dumpfen, sonnenlosen Hitze aufgewacht war, zog ich mich an und übergoß mein Gesicht mit kaltem Wasser und schminkte mir die Lippen und machte langsam die Tür auf. Ich glaube, ich erwartete Doreens Körper noch in dem Teich von Erbrochenem liegen zu sehen, wie ein häßlicher, greifbarer Beweis meines eigenen schmutzigen Charakters. Es war niemand auf dem Flur. Der Teppich erstreckte sich von einem Ende des Flurs bis zum anderen, sauber und ewig grünend, außer einem schwachen,

unregelmäßigen dunklen Fleck vor meiner Tür, als ob jemand da aus Versehen ein Glas Wasser verschüttet, es aber wieder trockengetupft hatte.

Kapitel 3

Über die Tafel für das Bankett der Zeitschrift ›Ladies' Day‹ waren die Hälften gelbgrüner Avocadobirnen, gefüllt mit Crabmeat und Mayonnaise, und Platten mit blutigem Roastbeef und kaltem Huhn verteilt, und dazwischen immer wieder Kristallschüsseln voll mit schwarzem Kaviar. Ich hatte an diesem Morgen keine Zeit gehabt, in der Cafeteria des Hotels mehr als eine Tasse zu lang gekochten Kaffee zu frühstücken, und die war so bitter, daß sich meine Nase kräuselte, und ich war kurz vor dem Verhungern.

Bevor ich nach New York kam, hatte ich noch nie in einem richtigen Restaurant gegessen. Die Kettengasthöfe von Howard Johnson rechne ich nicht mit, wo ich immer Pommes-frites und Cheeseburgers und Vanillefrappés mit Leuten wie Buddy Willard aß. Warum es so ist, weiß ich auch nicht genau, aber ich mag Essen mehr als fast alles andere. Ganz gleich, wieviel ich esse, ich nehme nie zu. Mit einer Ausnahme habe ich zehn Jahre lang immer gleichviel gewogen.

Meine Lieblingsgerichte sind voll Butter und Käse und saurer Sahne. In New York aßen wir so oft umsonst mit den Leuten von der Zeitschrift und verschiedenen berühmten Besuchern, daß ich mir angewöhnte, die riesigen, handgeschriebenen Speisekarten zu überfliegen, auf denen Beilagen, wie ein kleiner Teller mit Erbsen, fünfzig oder sechzig Cents kosten, bis ich zu den fülligsten, teuersten Gerichten kam und mir davon ein ganzes Sortiment bestellte.

Wir wurden immer auf Geschäftskosten eingeladen, weshalb ich mich nicht genierte. Ich aß absichtlich immer sehr schnell, damit die anderen Leute nicht warten mußten, die im allgemeinen nur eine Salatplatte und Grapefruitsaft bestellten, weil sie abzunehmen versuchten. Fast jeder, den ich in New York traf, versuchte abzunehmen.

»Ich möchte den hübschesten, klügsten Verein junger Damen willkommen heißen, den kennenzulernen unsere Redaktion bisher das Glück hatte«, schnaufte der plumpe, kahle Grußherr in sein Mikrophon. »Dieses Diner ist nur eine kleine Probe der Gastlichkeit, die Ihnen unsere Testküche hier von der Zeitschrift ›Ladies' Day‹ in dankbarer Anerkennung Ihres Besuches bieten möchte.«
Ein feiner, damenhaft tröpfelnder Beifall, und wir setzten uns um den riesigen, feingedeckten Tisch.
Wir waren elf Mädchen von der Zeitschrift, zusammen mit den meisten unserer beratenden Redakteure, und dazu der vollständige Stab der Testküchen von ›Ladies' Day‹ in hygienischen weißen Kitteln, adretten Haarnetzen und mit fehlerlosem pfirsichfarbenem Make-up.
Wir waren nur elf, weil Doreen fehlte. Aus irgendeinem Grund hatte man neben mir für sie gedeckt, und der Stuhl blieb leer. Ich hob ihre Tischkarte für sie auf – ein Taschenspiegel, auf den am oberen Rand in blumiger Schrift »Doreen« gemalt war, und mit einem Kranz von mattierten Gänseblümchen um den Rand, der das silberne Loch einrahmte, in dem ihr Gesicht erscheinen würde.
Doreen verbrachte den Tag mit Lenny Shepherd. Sie verbrachte jetzt den größten Teil ihrer freien Zeit mit Lenny Shepherd.
Vor unserem Essen bei ›Ladies' Day‹ – die große Frauenzeitschrift mit den doppelseitigen, üppig und in Farbe aufgemachten Mahlzeiten, jeden Monat ein anderes Thema und an einem anderen Ort – hatte man uns eine Stunde lang die endlosen glänzenden Küchen gezeigt, und wir hatten zu sehen bekommen, wie schwierig es ist, Apfelkuchen à la mode unter den strahlenden Lampen zu fotografieren, weil das Eis schmilzt und von hinten mit Zahnstochern hochgehalten werden muß und jedesmal, wenn es anfängt zu weich auszusehen, ausgewechselt werden muß.
Der Anblick der ganzen Nahrungsmittel, die in diesen Küchen aufgespeichert waren, machte mich schwindelig. Nicht, daß wir zu Hause zu wenig zu essen gehabt hätten, nur kochte meine Großmutter immer Spargerichte und Sparhack-

braten und sagte in dem Augenblick, wenn man die erste Gabel zum Mund führte: »Ich hoffe, das schmeckt euch, es hat einundvierzig Cents das Pfund gekostet«, was bei mir immer das Gefühl hervorrief, ich äße Pennies statt den Sonntagsbraten.

Während wir hinter den Stühlen standen und uns die Begrüßungsansprache anhörten, hatte ich den Kopf gesenkt und heimlich die Positionen der Kaviarschüsseln ausgemacht. Eine Schüssel stand, strategisch gesehen, zwischen mir und Doreens leerem Platz.

Ich überlegte mir, daß das Mädchen mir gegenüber nicht daran konnte wegen der gebirgsartigen Tischdekoration aus Marzipan, und Betsy, rechts von mir, war viel zu nett, um mich zu bitten, ihr etwas abzugeben, wenn ich die Schüssel an meinem Ellbogen durch den Brot-und-Butter-Teller außerhalb ihrer Reichweite hielt. Außerdem stand eine andere Schüssel Kaviar etwas weiter rechts von dem Mädchen neben Betsy, und sie konnte davon etwas nehmen.

Mein Großvater und ich machten immer den gleichen Witz. Er war Oberkellner in einem Country Club in der Nähe meiner Heimatstadt, und jeden Sonntag fuhr meine Großmutter mit dem Wagen hin, um ihn für seinen freien Montag nach Hause zu holen. Mein Bruder und ich fuhren abwechselnd mit, und mein Großvater servierte meiner Großmutter und wer noch dabei war immer das Sonntagabend-Essen, als ob wir seine richtigen Gäste wären. Es machte ihm Spaß, mich mit Spezialitäten bekanntzumachen, und schon mit neun Jahren mochte ich kalte Vichyssoise und Kaviar und Anchovispaste leidenschaftlich gern.

Der Witz bestand darin: mein Großvater wollte dafür sorgen, daß ich an meiner Hochzeit so viel Kaviar bekam, wie ich essen konnte. Es war deshalb ein Spaß, weil ich nie heiraten wollte, und selbst wenn ich es getan hätte, hätte sich mein Großvater nie soviel Kaviar leisten können, es sei denn, er hätte ihn in der Küche des Country Club gestohlen und in einem Koffer weggeschafft.

Im Schutz des Geklirrs von Wassergläsern und Silberbesteck und teurem Porzellan, legte ich mir den Teller mit ausge-

löstem Huhn aus. Dann bedeckte ich die Huhnstücke dick mit Kaviar, als ob ich Erdnußbutter auf eine Scheibe Brot strich. Dann nahm ich die Huhnstücke einzeln mit den Fingern auf, rollte sie zusammen, damit der Kaviar nicht herausquoll, und aß sie.
Nach großen Bedenken darüber, welche Löffel jeweils zu nehmen waren, hatte ich herausgefunden, wenn man bei Tisch mit einer gewissen Arroganz etwas falsch machte, als ob man ganz genau wüßte, man tue das richtige, daß man dann damit durchkam und niemand glaubte, man hätte schlechte Manieren oder sei schlecht erzogen. Die Leute halten einen für originell und witzig.
Ich lernte diesen Trick an dem Tag, an dem mich Jay Cee zum Mittagessen mit einem berühmten Dichter nahm. Er trug eine furchtbare, ausgebeulte, fleckige braune Tweedjacke und graue Hosen und ein rot und blau kariertes Flanellhemd mit offenem Kragen, und das alles in einem sehr vornehmen Restaurant voll von Springbrunnen und Kandelabern, wo alle anderen Männer dunkle Anzüge und makellose weiße Hemden anhatten.
Dieser Dichter aß den Salat mit den Fingern, Blatt für Blatt, während er mit mir über die Antithese von Natur und Kunst sprach. Ich konnte die Augen nicht von den bleichen, kurzen weißen Fingern nehmen, die mit einem tropfenden Salatblatt nach dem anderen zwischen der Salatschale des Dichters und dem Mund des Dichters hin und her gingen. Niemand kicherte oder machte böse Bemerkungen. Der Dichter ließ das Essen des Salats mit den Fingern als die einzig natürliche und vernünftige Sache erscheinen.
Keiner der Redakteure unserer Zeitschrift oder der Redaktion von ›Ladies' Day‹ saß in meiner Nähe, und Betsy war süß und freundlich, sie schien Kaviar noch nicht einmal gerne zu haben, deshalb faßte ich immer mehr Mut. Als ich mit dem ersten Teller von kaltem Huhn und Kaviar fertig war, legte ich mir einen zweiten auf. Dann ging ich die Avocado und den Crabmeat-Salat an.
Avocados sind meine liebste Frucht. Jeden Sonntag brachte mir mein Großvater eine Avocadobirne mit, die er auf dem

Grund seines Koffers unter sechs schmutzigen Hemden und den Witzseiten der Sonntagszeitung versteckt hatte. Er brachte mir bei, wie man Avocados ißt, indem man Traubengelee und French Dressing in einem kleinen Topf verrührt und die Höhlung der Frucht mit der roten Soße füllt. Ich hatte Heimweh nach dieser Sauce. Das Crabmeat schmeckte fade im Vergleich dazu.

»Wie war die Pelzmodenschau?« fragte ich Betsy, nachdem ich beim Kaviar keine Konkurrenz mehr zu befürchten hatte. Ich kratzte die letzten paar salzigen schwarzen Eier mit dem Suppenlöffel vom Teller und leckte ihn sauber ab.

»Es war wunderbar«, lächelte Betsy. »Es wurde gezeigt, wie man eine Stola für jede Gelegenheit aus Nerzschwänzen und einer goldenen Kette macht, die man für ein Dollar achtundneunzig bei Woolworth bekommt, und Hilda ist gleich danach in die Kaufhäuser mit Pelzausverkauf gewetzt und hat ein Bündel Nerzschwänze mit riesigem Preisnachlaß gekauft und ist bei Woolworth vorbeigegangen und hat dann das ganze auf der Busfahrt zurück zusammengenäht.«

Ich sah zu Hilda hinüber, die auf der anderen Seite von Betsy saß. Tatsächlich trug sie eine teuer aussehende Stola aus Pelzschwänzen, die an einer Seite mit einer baumelnden goldenen Kette zusammengefaßt waren.

Ich verstand Hilda nie ganz. Sie war einsachtzig groß, mit großen schrägen grünen Augen und dicken roten Lippen und einem leeren slawischen Gesichtsausdruck. Sie machte Hüte. Sie war dem Moderedakteur zugeteilt worden, was sie von den mehr literarischen Mädchen wie Doreen und Betsy und mir unterschied, die wir Artikel schrieben, wenn ein paar davon auch nur von Gesundheit und Schönheit handelten. Ich weiß nicht, ob Hilda überhaupt lesen konnte, aber sie machte hinreißende Hüte. Sie ging auf eine besondere Modeschule für Hüte in New York und jeden Tag trug sie für die Fahrt dorthin einen neuen Hut, den sie mit eigenen Händen in zarten fantastischen Farbschattierungen entweder aus etwas Stroh oder Pelz oder Bändern oder Tüll gemacht hatte.

»Wirklich erstaunlich«, sagte ich. »Erstaunlich.« Doreen

fehlte mir. Sie hätte irgendeine feine, bissige Bemerkung über Hildas herrlichen Pelz gemacht, um mich aufzuheitern.
Ich war sehr deprimiert. Ich war erst diesen Vormittag durch Jay Cee selbst demaskiert worden, und jetzt hatte ich das Gefühl, daß alle die unangenehmen Vermutungen, die ich über mich selbst hatte, sich bewahrheiteten und ich die Wahrheit nicht mehr viel länger verbergen konnte. Nachdem ich neunzehn Jahre lang hinter guten Noten und Schulpreisen und den verschiedensten Stipendien hergerannt war, ließ ich nach, ging es immer langsamer, fiel ich völlig aus dem Rennen.
»Warum bist du nicht mit uns zur Pelzmodenschau gekommen?« fragte Betsy. Ich hatte den Eindruck, daß sie sich wiederholte und mir die gleiche Frage schon vor einer Minute gestellt hatte, nur hatte ich nicht zugehört. »Warst du mit Doreen weg?«
»Nein«, sagte ich, »ich wollte zur Pelzmodenschau gehen, aber Jay Cee rief an und ließ mich ins Büro kommen.« Daß ich zu der Modenschau gehen wollte, stimmte nicht ganz, aber jetzt versuchte ich, mich selbst zu überzeugen, daß es so war, damit ich wirklich von dem, was Jay Cee mir angetan hatte, verletzt sein konnte.
Ich erzählte Betsy, wie ich an diesem Morgen im Bett gelegen und vorgehabt hatte, zu der Pelzmodenschau zu gehen. Ich erzählte ihr nicht, daß Doreen vorher in mein Zimmer gekommen war und gesagt hatte: »Wozu willst du zu dieser blöden Modenschau gehen, Lenny und ich fahren nach Coney Island, warum kommst du nicht mit? Lenny kann dir einen netten Kerl besorgen. Mit diesem Mittagessen da und der Filmpremiere am Nachmittag ist der Tag sowieso zum Teufel, niemand wird uns vermissen.«
Einen Moment lang hatte ich Lust. Die Modenschau war bestimmt eine blöde Sache. Ich hatte mir nie etwas aus Pelzen gemacht. Schließlich beschloß ich, im Bett zu bleiben, solange ich Lust hatte, und dann in den Central Park zu gehen und den Tag damit zuzubringen, im Gras zu liegen, dem längsten Gras, das ich in dieser kahlen Wildnis mit Ententeichen finden konnte.

Ich sagte Doreen, ich würde nicht zur Modenschau gehen oder zu dem Essen oder zur Filmpremiere, ich würde aber auch nicht nach Coney Island mitkommen, ich würde im Bett bleiben. Nachdem Doreen gegangen war, dachte ich darüber nach, warum ich das, was ich tun sollte, nicht mehr konsequent tun konnte. Das machte mich traurig und müde. Dann fragte ich mich, warum ich nicht konsequent tun konnte, was ich nicht tun sollte, so wie Doreen, und das machte mich sogar noch trauriger und noch müder.

Ich wußte nicht, wieviel Uhr es war, aber ich hatte die Mädchen auf dem Flur herumrennen und rufen hören, sie machten sich für die Pelzmodenschau fertig, und dann hörte ich wie es auf dem Flur still wurde, und als ich auf dem Rücken im Bett lag und zu der leeren, weißen Decke hinaufsah, schien die Stille immer mehr zu wachsen, bis ich das Gefühl hatte, meine Trommelfelle würden platzen. Dann klingelte das Telefon.

Für einen Augenblick starrte ich das Telefon an. Der Hörer vibrierte etwas in der knochenfarbenen Gabel, so daß ich wußte, es klingelte wirklich. Ich überlegte, ich konnte auf einer Tanzparty oder einer Veranstaltung jemand meine Telefonnummer gegeben und es völlig vergessen haben. Ich hob den Hörer ab und redete mit kräftiger, wacher Stimme.

»Hallo?«

»Hier ist Jay Cee«, stieß Jay Cee mit brutaler Schnelligkeit hervor. »Ich wollte nur wissen, ob Sie zufällig vorhaben, heute ins Büro zu kommen?«

Ich ließ mich ins Bett zurückfallen. Ich verstand nicht, wie Jay Cee auf die Idee kam, ich würde ins Büro kommen. Wir hatten hektographierte Terminpläne, damit wir mit unseren ganzen Verpflichtungen auf dem laufenden waren, und wir brachten eine ganze Reihe von Vormittagen und Nachmittagen auf Veranstaltungen in der Stadt zu, außerhalb des Büros. Natürlich waren einige von diesen Veranstaltungen freiwillig.

Es gab eine ganz schön lange Pause. Dann sagte ich schwach: »Eigentlich wollte ich zur Pelzmodenschau gehen.« Natür-

lich hatte ich das nicht im geringsten vorgehabt, aber mir fiel nichts ein, was ich sonst hätte sagen können.
»Ich sagte ihr, ich hätte vorgehabt zur Pelzmodenschau zu gehen«, sagte ich zu Betsy. »Aber sie sagte, ich solle ins Büro kommen, sie wolle etwas mit mir besprechen und es gäbe Arbeit.« »Ach!« sagte Betsy mitleidig. Sie muß die Tränen gesehen haben, die in meinen Dessertteller mit Meringe und Eis mit Cognac fielen, denn sie schob ihren eigenen, unberührten Nachtisch herüber, nachdem ich mit meinem fertig war, und abwesend fing ich an, ihn zu essen. Die Tränen waren mir etwas unangenehm, aber es waren schon ganz richtige. Jay Cee hatte ein paar furchtbare Sachen zu mir gesagt.

Als ich etwa um zehn Uhr meinen schwachen Auftritt im Büro hatte, stand Jay Cee auf und kam um den Tisch herum, um die Tür zu schließen, und ich setzte mich ihr gegenüber in den Drehstuhl vor meinem Schreibmaschinentisch, und sie setzte sich in den Drehstuhl hinter ihrem Tisch mir gegenüber, und hinter ihr wucherte das Fenster voll Topfpflanzen, ein Brett über dem anderen, wie ein tropischer Garten.
»Interessiert Sie Ihre Arbeit eigentlich nicht, Esther?«
»O ja, doch«, sagte ich. »Sie interessiert mich sehr.« Ich wollte die Worte herausschreien, als ob sie dadurch überzeugender geworden wären, aber ich hielt mich zurück.
Mein ganzes Leben lang hatte ich mir eingeredet, lernen und lesen und schreiben und wie wahnsinnig arbeiten sei das einzige, was ich tun wollte, und tatsächlich schien es zu stimmen, ich machte alles ganz gut und bekam lauter Einser, und als ich dann erst aufs College kam, war ich nicht mehr zu bremsen.
Ich war Korrespondent der lokalen Zeitung für das College und Herausgeber der literarischen Zeitschrift und Sekretär des Ehrenkuratoriums, das sich mit akademischen und gesellschaftlichen Verfehlungen und ihrer Bestrafung befaßte – ein anerkannt wichtiger Posten. Eine bekannte Dichterin, gleichzeitig Professorin an der Fakultät, unter-

stützte meine Studienanträge bei den größten Universitäten im Osten des Landes, ich hatte Zusagen für Stipendien, die alle Kosten für das gesamte Studium deckten, damit ich nach Beendigung des College weiter studierte; und jetzt war ich der besten Redakteurin aller intelligenten Modemagazine zugeteilt, und ich tat nichts anderes als bocken und scheuen wie ein beschränktes Wagenpferd.

»Es interessiert mich alles sehr.« Die Worte fielen hohl und flach auf Jay Cees Tisch wie jede Menge hölzerne Geldstücke.

»Das freut mich ja«, sagte Jay Cee etwas bissig. »Sie können in diesem Monat hier an der Zeitschrift eine Menge lernen, wissen Sie, wenn Sie nur die Ärmel aufkrempeln. Das Mädchen, das vor Ihnen hier war, hat sich mit dem Modenschaukrempel überhaupt nicht abgegeben. Sie ist aus dem Büro hier direkt zum TIME Magazin gegangen.«

»Ach!« sagte ich mit der gleichen Grabesstimme. »Das war aber schnell!«

»Sie haben ja noch ein Jahr am College«, fuhr Jay Cee etwas milder fort. »Was haben Sie vor, wenn Sie fertig sind?«

Irgendein riesiges Stipendium für die Universität oder ein Reisestipendium für ganz Europa hatte ich immer vorgehabt, und dann nahm ich mir vor, ein Professor zu werden und viele Gedichtbände zu schreiben, oder ich wollte Gedichtbände schreiben und Redakteur oder Lektor werden. Normalerweise lagen mir alle diese Pläne auf der Zunge.

»Das weiß ich eigentlich noch nicht«, hörte ich mich sagen. Es versetzte mir einen tiefen Schock, als ich mich das sagen hörte, weil ich in dem Augenblick, als ich es sagte, wußte, daß es stimmte.

Es klang wahr, und ich begriff das, so wie man eine unauffällige Person erkennt, die ewig um einen herumgeschlichen ist und plötzlich auf einen zukommt und sich als Vater zu erkennen gibt und genauso aussieht wie man selbst, und man weiß, daß das wirklich der Vater ist, und der Mensch, den man sein ganzes Leben lang für seinen Vater gehalten hat, ist ein Schwindel.

»Das weiß ich eigentlich noch nicht.«
»So werden Sie nie weiterkommen.« Jay Cee machte eine Pause.
»Welche Sprachen können Sie?«
»Na ja, Französisch kann ich etwas lesen, würde ich sagen, und ich wollte immer Deutsch lernen.« Ich hatte ungefähr fünf Jahre lang allen Leuten erzählt, daß ich Deutsch lernen wollte.
Meine Mutter sprach während ihrer Jugendzeit in Amerika Deutsch, und während des ersten Weltkrieges war sie deshalb von den Kindern auf der Schule fast gesteinigt worden. Mein deutschsprechender Vater, der starb, als ich neun war, kam aus irgendeinem manisch-depressiven Nest im finstersten Preußen. Mein jüngerer Bruder lebte gerade besuchsweise bei einer Familie in Berlin und sprach Deutsch wie ein Einheimischer.
Was ich nicht sagte war: jedesmal, wenn ich ein deutsches Wörterbuch oder ein Buch auf Deutsch in die Hand nahm, ging mir schon beim Anblick dieser dichten, schwarzen Stacheldrahtbuchstaben der Kopf zu wie eine Miesmuschel.
»Ich wollte eigentlich immer in einen Verlag gehen.« Ich versuchte, einen Faden zu ergreifen, der mich zu meiner alten, strahlenden Fähigkeit, mich zu verkaufen, zurückbrachte. »Ich glaube, ich werde mich bei ein paar Verlagen bewerben.«
»Sie sollten Französisch und Deutsch lesen können«, sagte Jay Cee mitleidlos, »und wahrscheinlich noch ein paar Sprachen dazu, Spanisch und Italienisch – noch besser Russisch. Hunderte von Mädchen strömen jeden Juni hier nach New York und wollen Redakteure oder Lektoren werden. Sie müssen mehr zu bieten haben als der Durchschnitt. Es ist besser, wenn Sie noch ein paar Sprachen lernen.«
Ich hatte nicht den Mut, Jay Cee zu erzählen, daß es im letzten College-Jahr keine Minute Zeit mehr gab, Sprachen zu lernen. Ich studierte in einem dieser Begabtenprogramme, die einem beibringen, unabhängig zu denken, und außer einer Vorlesung über Tolstoi und Dostojewski und einem Fortgeschrittenen-Seminar für Gedichtkomposition, hatte ich

meine ganze Zeit darauf zu verwenden, über ein obskures Motiv in den Werken von James Joyce zu schreiben. Ich hatte das Thema noch nicht festgelegt, denn ich war noch nicht dazu gekommen, »Finnegan's Wake« zu lesen, aber mein Professor war über die Arbeit sehr begeistert und hatte versprochen, mir ein paar Hinweise über Zwillingsbilder in der Dichtung zu geben.

»Ich will sehen, was ich tun kann«, sagte ich zu Jay Cee. »Vielleicht belege ich einfach einen von diesen doppelläufigen Schnellkursen Deutsch für Anfänger, die man da aufgezogen hat.« In diesem Augenblick hatte ich wirklich vor, das zu tun. Ich hatte es heraus, die für mein Semester zuständige Professorin zu überreden, mich irreguläre Dinge tun zu lassen. Sie hielt mich für eine Art interessantes Experiment.

Auf dem Collge mußte ich Pflichtvorlesungen in Physik und Chemie belegen. Ich hatte schon Botanik belegt und das mit gutem Erfolg. Das ganze Jahr hindurch gab ich auf keine einzige Prüfungsfrage eine falsche Antwort, und eine Zeitlang spielte ich mit den Gedanken, Botanikerin zu werden und die wilden Gräser Afrikas oder die südamerikanischen Regenwälder zu studieren, weil man viel leichter große Stipendien bekommt, um so ausgefallene Sachen in verrückten Gegenden zu studieren, da ist die Konkurrenz nicht so groß, wie wenn man Reisestipendien haben will, um Kunstgeschichte in Italien oder Englisch in England zu treiben.

Die Botanik war gut, und weil es mir Spaß machte, Blätter zu zerschneiden, sie unter das Mikroskop zu legen, und Schnitte des Weizenkorns und das merkwürdige, herzförmige Blatt im Geschlechtszyklus des Farns zu zeichnen, schien mir das alles so wirklich.

An dem Tag, als ich in die Physikvorlesung ging, war dies gestorben.

Ein kleiner dunkelhaariger Mann mit hoher, lispelnder Stimme namens Manzi stand in einem engen blauen Anzug vor den Studenten und hatte eine kleine Holzkugel in der Hand. Er legte die Kugel auf eine steile, eingekerbte Rutschbahn und ließ sie herunterrollen. Dann begann er zu reden: Wenn a gleich Beschleunigung und b gleich Zeit ist, und plötzlich kritzelte er Buchstaben und Zahlen und Gleichheits-Zeichen über die ganze Tafel, und in meinem Kopf war alles tot.

Ich nahm das Physikbuch mit aufs Zimmer. Es war ein riesiges Buch aus porösem Vervielfältigungspapier – vierhundert Seiten ohne Zeichnungen oder Fotografien, nur graphische Darstellungen und Formeln – zwischen ziegelroten Pappdeckeln. Dieses Buch hatte Mr. Manzi geschrieben, um damit den Collegemädchen Physik beizubringen, und falls er damit bei uns Erfolg hatte, wollte er versuchen, es zu publizieren.

Nun gut, ich studierte diese Formeln, ich ging zu den Vorlesungen und beobachtete, wie Kugeln Rutschbahnen herunterrollten, und hörte Glocken läuten, und am Ende des Semesters waren die meisten anderen Mädchen durchgefallen, und ich hatte eine glatte Eins. Zu ein paar Mädchen, die sich darüber beklagten, die Vorlesung sei zu schwer, hörte ich Mr. Manzi sagen: »Nein, es kann nicht zu schwer sein, denn ein Mädchen hat eine glatte Eins.« »Wer ist es? Sagen Sie es doch«, sagten sie, aber er schüttelte den Kopf und sagte nichts und schenkte mir ein süßes, kleines, verschwörerisches Lächeln.

Das brachte mich auf die Idee, im nächsten Semester der Chemie zu entkommen. Ich mochte ja eine glatte Eins in Physik haben, aber ich hatte panische Angst. Die Physik war mir die ganze Zeit widerlich gewesen. Ich konnte nämlich nicht vertragen, daß alles zu Buchstaben und Zahlen zusammenschrumpfte. Statt Blätterformen und vergrößerten Darstellungen von den Öffnungen, mit denen Blätter atmen, und statt faszinierenden Worten auf der Tafel, wie Carotin und Xanthophyll, gab es nur die häßlichen, ineinandergeschobenen, skorpionartigen Formeln in Mr. Manzis spezieller roter Kreide.

Ich wußte, die Chemie war noch schlimmer, weil ich eine große Tafel mit den paarundneunzig Elementen im Chemielaboratorium gesehen hatte, und die ganzen völlig ausrei-

chenden Wörter, wie Gold und Silber und Kobalt und Aluminium, waren häßliche Abkürzungen mit verschiedenen Dezimalzahlen dahinter. Wenn ich mein Gehirn noch mehr mit diesem Zeug plagen müßte, wurde ich verrückt. Ich würde einfach durchfallen. Nur durch einen furchtbaren Willensaufwand hatte ich mich durch das erste halbe Jahr geschleppt.
Deshalb ging ich mit einem klugen Plan zu dem zuständigen Professor.
Mein Plan war, ich benötigte die Zeit, um eine Vorlesung über Shakespeare zu hören, denn schließlich war Englisch ja mein Hauptfach. Sie und ich wüßten ja ganz genau, daß ich wieder eine glatte Eins in Chemie bekommen würde, wozu sollte ich also die Chemieprüfungen machen, warum konnte ich nicht einfach in die Vorlesungen gehen und zusehen, und es alles aufnehmen und Noten und Pflichtfächer einfach ignorieren? Es war eine Frage von Anstand unter anständigen Menschen, und Inhalt bedeutete mehr als Form, und die Noten waren sowieso wirklich etwas töricht, nicht wahr, wenn man sowieso wußte, man bekam immer eine Eins? Mein Plan wurde noch von der Tatsache unterstützt, daß das College gerade für die Jahrgänge nach meinem das zweite Pflichtjahr für naturwissenschaftliche Fächer fallengelassen hatte, mein Jahrgang war also der letzte, der noch unter der alten Regel zu leiden hatte.
Mr. Manzi war mit meinem Plan völlig einverstanden. Ich glaube, es schmeichelte ihm, daß ich seine Vorlesungen so genoß, sie mir nicht aus so materialistischen Gründen wie Testat und Note Eins anzuhören, sondern das nur wegen der reinen Schönheit der Chemie selbst tat. Ich hielt den Einfall für genial, den Vorschlag, die Chemievorlesungen zu hören, sogar noch, nachdem ich in die Shakespeare-Vorlesung übergewechselt war. Es war eine völlig unnötige Geste und erweckte den Eindruck, als könnte ich einfach nicht ertragen, die Chemie aufzugeben.
Natürlich wäre ich damit nie durchgekommen, wenn ich nicht eben von Anfang an die Eins gehabt hätte. Wenn mein zuständiger Professor gewußt hätte, wie ängstlich und de-

primiert ich war, und daß ich ernsthaft verzweifelte Mittel erwogen hatte, das Attest eines Arztes zu bekommen, ich sei nicht in der Lage, Chemie zu studieren, die Formeln würden mich schwindelig machen, oder so etwas – ich bin sicher, sie hätte mir keine Minute zugehört und mich trotzdem gezwungen, in diese Vorlesung zu gehen.

Wie es dann so kam, bewilligte die Fakultät meinen Antrag, und mein Professor erzählte mir später, ein paar der Professoren seien davon tief bewegt gewesen. Sie hielten das ganze für einen wirklichen Schritt der geistigen Reife.

Ich mußte lachen, als ich an den Rest dieses Jahres dachte. Ich ging fünfmal die Woche zu den Chemie-Vorlesungen und versäumte nicht eine davon. Mr. Manzi stand am Grunde des großen, gebrechlichen alten Amphitheaters, machte blaue Flammen und rote Explosionen und Wolken von gelbem Zeug, indem er den Inhalt eines Reagenzglases in ein anderes goß, und ich hielt mir seine Stimme aus den Ohren, indem ich mir einredete, es sei nur eine weit entfernte Mücke, und ich saß da und hatte meinen Spaß an den hellen Lichtern und den farbigen Feuern und schrieb seitenweise Villanellen und Sonette.

Mr. Manzi sah dann und wann zu mir hinauf und sah mich schreiben und schickte mir ein kleines, süßes, erfreutes Lächeln. Vermutlich glaubte er, ich würde die ganzen Formeln mitschreiben, aber nicht für die Prüfungen, wie die anderen Mädchen, sondern weil mich seine Darstellung so sehr faszinierte, daß ich gar nicht anders konnte.

Kapitel 4

Ich weiß nicht, warum mir da in Jay Cees Büro ausgerechnet meine gelungene Flucht vor der Chemie einfiel. Die ganze Zeit, während Jay Cee mit mir redete, sah ich hinter ihrem Kopf Mr. Manzi wie aus einem Zylinder gezaubert in der Luft schweben, er hielt die kleine Holzkugel in der Hand und das chemische Gefäß, das am letzten Tag vor den Osterferien eine große Wolke gelben Rauchs ausgestoßen

hatte. Es hatte nach verfaulten Eiern gerochen, und die Mädchen und Mr. Manzi mußten lachen.
Mr. Manzi tat mir leid. Ich wollte mich am liebsten vor ihn hinknien und mich dafür entschuldigen, daß ich so ein furchtbarer Lügner war.
Jay Cee übergab mir einen Haufen Manuskripte mit Erzählungen und sprach sehr viel freundlicher mit mir. Den Rest des Morgens brachte ich damit zu, die Geschichten zu lesen und meine Meinung über sie auf das rosa Memorandum-Papier zu tippen und sie in das Büro von Betsys Redakteur zu schicken, damit Betsy sie am nächsten Tag las. Jay Cee unterbrach mich gelegentlich, um mir irgend etwas Sachliches zu sagen oder mit mir zu schwätzen.
An diesem Mittag ging Jay Cee mit zwei berühmten Schriftstellern, einem Herrn und einer Dame, zum Essen. Der Herr hatte gerade sechs Kurzgeschichten an den New Yorker und sechs an Jay Cee verkauft. Das überraschte mich, weil ich nicht wußte, daß Zeitschriften gleich sechs Erzählungen auf einmal kauften, und ich war tief beeindruckt von dem Gedanken, wieviel Geld sechs Geschichten wahrscheinlich einbrachten. Jay Cee sagte, sie müsse bei diesem Essen sehr vorsichtig sein, denn die Dame schrieb ebenfalls Erzählungen, aber sie hatte keine davon je beim New Yorker untergebracht, Jay Cee hatte ihr nur eine in fünf Jahren abgenommen. Jay Cee mußte dem berühmteren Mann schmeicheln und gleichzeitig aufpassen, die weniger berühmte Frau nicht zu verletzen.
Als die Putten auf Jay Cees französischer Wanduhr mit den Flügeln schlugen und die kleinen, goldenen Trompeten an die Lippen setzten und zwölf Töne nacheinander herausschwirrten, sagte Jay Cee, für heute hätte ich genug gearbeitet und ich solle zu der Führung von ›Ladies' Day‹ gehen und zu dem Essen und zur Filmpremiere, und morgen solle ich mich wieder früh und frisch sehen lassen.
Dann zog sie eine Kostümjacke über ihre veilchenfarbene Bluse, steckte sich einen Hut von künstlichen Veilchen auf dem Kopf fest, puderte sich kurz die Nase und rückte die dicke Brille zurecht. Sie sah entsetzlich, aber sehr weise aus.

Beim Hinausgehen tätschelte sie mir mit veilchenfarbener Hand die Schulter.
»Lassen Sie sich von dieser tückischen Stadt nicht unterkriegen.«
Ein paar Minuten lang saß ich still in meinem Drehstuhl und dachte über Jay Cee nach. Ich versuchte, mir mich als die berühmte Redakteurin E. G. vorzustellen, in einem Büro voll Gummibäume in Töpfen und afrikanischen Veilchen, denen meine Sekretärin jeden Morgen frisches Wasser geben mußte. Ich wünschte mir eine Mutter wie Jay Cee. Dann wüßte ich auch, was tun. Meine Mutter half nicht viel. Meine Mutter hatte seit dem Tod meines Vaters Kurzschrift- und Schreibmaschinenunterricht gegeben, um uns durchzubringen, und im Geheimen haßte sie es und sie haßte ihn, weil er gestorben war, ohne Geld zu hinterlassen, weil er den Lebensversicherungen nicht traute. Sie bestand immer darauf, daß ich nach dem College Kurzschrift lernen sollte, damit ich zusammen mit dem Abschlußzeugnis etwas Praktisches in der Hand hatte. »Sogar die Apostel waren Zeltmacher«, sagte sie immer. »Sie mußten leben, genau wie wir.«

Ich benetzte die Finger in der Schale mit warmem Wasser, die eine Kellnerin von ›Ladies' Day‹ an Stelle meiner zwei leeren Eisteller hinstellte. Dann wischte ich jeden Finger sorgfältig an der Leinenserviette ab, die noch ganz sauber war. Dann faltete ich die Leinenserviette zusammen und nahm sie zwischen die Lippen und drückte die Lippen genau darauf. Als ich die Serviette wieder auf den Tisch legte, blühte in der Mitte verschwommen und rosa die Form von Lippen wie ein kleines Herz.
Ich dachte daran, was für einen weiten Weg ich zurückgelegt hatte.
Das erste Mal hatte ich im Haus meiner Wohltäterin eine Fingerschale gesehen. Wie mir die kleine, sommersprossige Dame im Stipendienbüro sagte, war es an meinem College üblich, der Person, der man sein Stipendium verdankte, zu schreiben und ihr zu danken, wenn diese noch am Leben war.

Ich bekam das Stipendium von Philomena Guinea, einer reichen Romanschriftstellerin, die zu Anfang dieses Jahrhunderts auf mein College gegangen war und aus deren ersten Roman ein Stummfilm mit Bette Davis gemacht worden war, und dazu noch eine Serie von Hörspielen, die noch immer lief, und es stellte sich heraus, sie war am Leben und lebte in einem großen Haus nicht weit weg von dem Country Club meines Großvaters.

Ich schrieb also an Philomena Guinea einen langen Brief mit kohlschwarzer Tinte auf grauem Papier, auf dem in Rot der Name des College geprägt war. Ich schrieb ihr, wie die Blätter im Herbst aussahen, wenn ich in die Hügel hinaus radelte, und wie wunderbar es war, in einer Schule auf dem Land zu leben, statt in der Stadt mit dem Bus in eine Schule fahren und zu Hause leben zu müssen, und alles Wissen erschließe sich mir, und vielleicht würde ich eines Tages so bedeutende Bücher schreiben wie sie.

Ich hatte eines von Mrs. Guineas Büchern in der Städtischen Bibliothek gelesen – die College-Bibliothek hatte sie aus irgendwelchen Gründen nicht – und es war vom Anfang bis zum Ende mit langen, spannenden Fragen vollgestopft: »Würde Evelyn entdecken, daß Gladys früher Roger gekannt hatte, fragte sich Hektor fiebernd«, und: »Wie konnte Donald sie heiraten, wenn er von dem Kind Elsie erfuhr, das bei Mrs. Rollmop auf der abgelegenen Farm versteckt war? befragte Griselda ihr freudloses, mondüberstrahltes Kissen.« Philomena Guinea, die mir später erzählte, auf dem College sei sie sehr dumm gewesen, hatte mit diesen Büchern viele Millionen Dollars verdient.

Mrs. Guinea beantwortete meinen Brief und lud mich zum Mittagessen in ihr Haus ein. Dort sah ich meine erste Fingerschale.

Auf dem Wasser schwammen ein paar Kirschblüten, und ich hielt es für irgendeine klare, japanische Suppe nach dem Essen und aß alles davon, inklusive der knusprigen kleinen Blüten. Mrs. Guinea sagte nie etwas darüber, und erst viel später, als ich auf dem College einer Debütantin, die ich kannte, von dem Essen erzählte, erfuhr ich, was ich getan hatte.

Als wir aus dem sonnenhell erleuchteten Inneren der Räume von ›Ladies' Day‹ herauskamen, waren die Straßen grau und dampften vom Regen. Es war nicht der schöne Regen, der einen sauber wäscht, sondern ein Regen, wie ich ihn mir in Brasilien vorstelle. Er kam senkrecht vom Himmel in Tropfen so groß wie Kaffeetassen, schlug mit einem Zischen auf den heißen Gehsteig, und Dampfwolken stiegen von dem glänzenden dunklen Zement auf. Mein heimlicher Wunsch, den Nachmittag allein im Central Park zu verbringen, starb in dem gläsernen Mixer der Drehtüren von ›Ladies' Day‹. Ich wurde durch den warmen Regen in die düstere pulsierende Höhle eines Taxis gespuckt, zusammen mit Betsy und Hilda und Emily Ann Offenbach, ein geziertes kleines Mädchen mit einem Knäuel von rotem Haar und mit einem Mann und drei Kindern in Teaneck, New Jersey.
Der Film war sehr schlecht. Es spielten ein hübsches blondes Mädchen, das wie June Allyson aussah, aber jemand anderes war, und ein schwarzhaariges Mädchen, das sexy war und wie Elizabeth Taylor aussah, aber auch jemand anderes war, und zwei große, breitschultrige Klotzköpfe, die Rick und Gil oder so ähnlich hießen.
Es war eine Football Romanze und in Technicolor.
Ich hasse Technicolor. In einem Technicolorfilm muß anscheinend jeder in jeder neuen Szene ein grelles neues Kleid tragen und muß wie ein Kleiderständer herumstehen, mit einer Menge sehr grüner Bäume oder mit sehr gelbem Weizen oder einem sehr blauen Ozean, der kilometerweit überallhin wogt.
Der größte Teil der Handlung in diesem Film spielte in den Football-Kojen, mit den zwei Mädchen, die in schicken Kleidern mit orangenen Chrysanthemen in der Größe von Kohlköpfen, herumfuchtelten und Beifall schrieen, oder in einem Tanzsaal, wo die Mädchen mit ihren Freunden über den Boden fegten, wie im Film ›Vom Winde verweht‹ angezogen, und dann schlichen sie sich in die Garderobe, um sich dort heftig häßliche Dinge mitzuteilen.
Schließlich landete das nette Mädchen bei dem netten Football-Star, das war vorherzusehen, und das Mädchen, das so

sexy war, hatte niemanden, weil der Mann mit Namen Gil sowieso nur eine Freundin haben wollte und keine Frau und jetzt mit einer einzelnen Fahrkarte nach Europa abhaute.
Ungefähr in diesem Augenblick begann es mir komisch zu werden. Um mich herum sah ich die Reihen hingerissener kleiner Köpfe, alle mit dem gleichen silbernen Glanz auf der Vorderseite und dem gleichen schwarzen Schatten auf der Rückseite, und sie sahen eben einfach wie ein Haufen dummer Mondschafe aus.
Ich spürte die furchtbare Gefahr, erbrechen zu müssen. Ich wußte nicht, ob mir der schreckliche Film Magenschmerzen verursachte oder ob es der ganze Kaviar war, den ich gegessen hatte.
»Ich fahre ins Hotel zurück«, flüsterte ich Betsy durch das Halbdunkel zu.
Betsy starrte mit tödlicher Konzentration auf die Leinwand.
»Ist dir nicht gut?« flüsterte sie und bewegte dabei kaum die Lippen.
»Nein«, sagte ich. »Mir ist miserabel.«
»Mir auch, ich komme mit.«
Wir schlüpften aus unseren Sitzen und sagten ›Entschuldigung, Entschuldigung, Entschuldigung‹ die ganze Reihe entlang, während die Leute sich beschwerten und zischten und ihre Gummischuhe und Schirme zur Seite taten, um uns vorbei zu lassen, und ich stieg auf so viele Füße wie möglich, das lenkte mich ab von dem riesigen Bedürfnis zu erbrechen, was sich vor mir so schnell aufblähte, daß ich nicht um es herumsehen konnte.
Die Reste eines lauen Regens fielen noch immer, als wir auf die Straße hinauskamen.
Betsy sah zum Fürchten aus. Alle Farbe war aus den Wangen gewichen, und ihr blutleeres Gesicht schwebte grün und schweißnaß vor mir her. Wir fielen in eines der gelbkarierten Taxis, die immer am Gehsteig warten, wenn man sich zu entscheiden versucht, ob man ein Taxi will oder nicht, und bis wir zum Hotel kamen, hatte ich mich einmal erbrochen und Betsy zweimal.
Der Taxifahrer nahm die Kurven mit solchem Schwung, daß

wir zuerst auf einer Seite des Rücksitzes und dann auf der anderen zusammengeschmissen wurden. Jedesmal, wenn eine von uns erbrechen mußte, lehnte sie sich ruhig vornüber, als wäre ihr etwas hingefallen und sie höbe es vom Boden auf, und die andere summte ein wenig und tat so, als ob sie zum Fenster hinaussähe. Der Taxifahrer schien trotzdem zu wissen, was wir taten.

»He«, protestierte er, während er durch ein Verkehrslicht fuhr, das gerade rot geworden war, »in meinem Wagen können Sie das nicht machen, steigen Sie aus und machen Sie es auf der Straße.« Aber wir sagten nichts und wahrscheinlich überlegte er, daß wir schon fast beim Hotel waren, weshalb er uns nicht aussteigen ließ, bis wir vor dem Haupteingang hielten.

Wir wagten nicht, noch lange damit zuzubringen, das Fahrgeld genau auszuzählen. Wir stopften einen Haufen Münzen in die Hand des Fahrers und ließen ein paar Papiertaschentücher fallen, um die Sauerei auf dem Boden zuzudecken, und stürzten durch die Lobby in den leeren Lift. Glücklicherweise war das Hotel um diese Zeit des Tages nicht belebt. Betsy mußte sich im Lift wieder übergeben, und ich hielt ihr den Kopf, und dann mußte ich mich übergeben, und sie hielt meinen.

Normalerweise fühlt man sich nach gründlichem Erbrechen sofort besser. Wir umarmten uns, verabschiedeten uns und gingen entgegengesetzt den Flur entlang zu unseren Zimmern, um uns hinzulegen. Nichts läßt einen zu engeren Freunden werden als zusammen zu erbrechen.

Aber als ich die Tür hinter mir zumachte und mich auszog und zum Bett schleppte, fühlte ich mich miserabler als je zuvor. Ich mußte einfach sofort auf die Toilette. Ich kämpfte mich in meinen weißen Bademantel mit den blauen Kornblumen darauf und wankte auf die Toilette hinaus.

Betsy war schon dort. Ich konnte sie hinter der Tür stöhnen hören, deshalb lief ich weiter um die Ecke zu der Toilette am nächsten Flur. Es war so weit, daß ich glaubte, sterben zu müssen.

Ich setzte mich auf die Toilette und lehnte den Kopf über

den Rand des Waschbeckens, und ich dachte, ich würde meine Eingeweide mit meinem Essen los. Die Übelkeit rollte wie große Wellen durch mich hindurch. Nach jeder Welle verging es wieder, und ich war schlapp wie ein nasses Blatt, und kalte Schauer überliefen mich, und dann fühlte ich, wie es wieder in mir aufstieg, und die glitzernden weißen Kacheln der Folterkammer unter meinen Füßen, über meinem Kopf und auf allen vier Seiten schlossen mich ein und quetschten mich in Stücke.

Ich weiß nicht mehr, wie lange ich damit zubrachte. Ich ließ das kalte Wasser andauernd laut in das Waschbecken laufen, ohne den Stöpsel hineinzutun, damit es so klang, als wüsche ich meine Sachen, und als ich mich dann einigermaßen normal fühlte, streckte ich mich auf dem Boden aus und lag ganz still. Der Sommer schien vorbei zu sein. Ich fühlte, wie mir der Winter die Knochen schüttelte und mich die Zähne zusammenschlagen ließ, und das große, weiße Hotelhandtuch, das ich mit mir heruntergezogen hatte, lag mir taub wie eine Schneewehe unter dem Kopf.

Ich fand, es waren sehr schlechte Manieren, so an einer Toilette zu klopfen, wie da geklopft wurde. Man brauchte doch nur um die nächste Ecke herumzugehen und eine andere Toilette aufzusuchen, so wie ich das getan hatte, und konnte mich in Frieden lassen. Aber die Person klopfte weiter und bat mich, sie einzulassen, und mir kam die Stimme irgendwie bekannt vor. Es klang etwas wie Emily Ann Offenbach.

Dann sagte ich: »Einen Augenblick.« Die Worte kamen dick wie Sirup heraus.

Ich nahm mich zusammen und stand langsam auf und zog die Toilette zum zehnten Mal ab und wischte die Schüssel sauber und rollte das Handtuch auf, damit die Flecken von dem Erbrochenen nicht zu deutlich zu sehen waren und schloß die Tür auf und ging auf den Flur hinaus.

Ich wußte, es würde furchtbare Folgen haben, wenn ich Emily Ann ansah oder jemand anderen, deshalb fixierte ich glasig ein Fenster, das am Ende des Ganges schwamm, und setzte einen Fuß vor den anderen.

Als nächstes sah ich den Schuh von jemandem. Es war ein dicker Schuh aus rissigem, schwarzen Leder, matt glänzend und ziemlich alt, mit kleinen Luftlöchern in einem kurvigen Muster über den Zehen, und seine Spitze deutete auf mich. Er schien auf einer harten grünen Fläche zu stehen, die meinem rechten Backenknochen wehtat.

Ich blieb sehr still liegen und wartete auf etwas, das mir sagte, was ich tun sollte. Etwas links von dem Schuh sah ich einen verschwommenen Haufen von blauen Kornblumen auf weißem Grund, und da wollte ich weinen. Es war der Ärmel meines eigenen Bademantels, auf den ich sah, und meine linke Hand lag bleich wie ein Kabeljau an seinem Ende.

»Sie ist wieder bei sich.«

Die Stimme kam aus einer kühlen, vernünftigen Gegend hoch über meinem Kopf. Für einen Augenblick hatte ich nicht das Gefühl, daß daran etwas bemerkenswert war, aber dann kam es mir eigenartig vor. Es war die Stimme eines Mannes, und Männer waren zu keiner Zeit nachts oder tagsüber in unserem Hotel erlaubt.

»Wie viele sind es im ganzen?« fuhr die Stimme fort.

Ich hörte mit Interesse zu. Der Boden schien wunderbar fest. Es war tröstlich zu wissen, daß ich hingefallen war und nicht weiterfallen konnte.

»Elf, glaube ich«, antwortete die Frauenstimme. Ich überlegte mir, daß sie zu dem schwarzen Schuh gehören mußte.

»Ich glaube, es sind außer ihr noch elf, aber eine fehlt, deshalb sind es nur zehn.«

»Gut, Sie bringen die hier ins Bett, ich werde mich um die anderen kümmern.«

Ich hörte an meinem rechten Ohr ein hohles Klopfen, das immer schwächer wurde. Dann öffnete sich weit weg eine Tür, und ich hörte Stimmen und Stöhnen, und die Tür schloß sich wieder.

Zwei Hände schoben sich mir unter die Achseln und die Stimme der Frau sagte: »Komm, komm, mein Kind, wir schaffen es schon«, und ich fühlte, wie ich halb hochgehoben wurde, und langsam zogen die Türen an mir vorbei, eine

nach der anderen, bis wir zu einer offenen Tür kamen und hineingingen. Das Laken auf meinem Bett war zurückgeschlagen, und die Frau half mir, mich hinzulegen und deckte mich bis zum Kinn zu, sie ruhte sich einen Augenblick in dem Lehnstuhl am Bett aus und fächelte sich mit einer dicken rosa Hand. Sie trug eine goldumränderte Brille und eine weiße Schwesternkappe.
»Wer sind Sie?« fragte ich mit schwacher Stimme.
»Ich bin die Krankenschwester des Hotels.«
»Was ist mit mir los?«
»Vergiftet«, sagte sie kurz. »Vergiftet, alle von euch. Ich habe so etwas noch nie gesehen. Überall erbrochen, mit was habt ihr jungen Damen euch nur vollgestopft?«
»Sind die anderen auch alle krank?« fragte ich mit etwas Hoffnung.
»Euer ganzer Verein«, bestätigte sie mit Genuß. »Hundeelend und rufen nach Mama.«
Der Raum umschwebte mich mit großer Sanftheit, als ob Stühle und Tisch und Wände sich aus Sympathie für meine plötzliche Schwäche gewichtlos gemacht hätten.
»Der Arzt hat Ihnen eine Spritze gegeben«, sagte die Krankenschwester von der Tür her. »Sie werden jetzt schlafen.«
Und die Tür nahm wie ein leeres Blatt Papier ihren Platz ein, und dann schob sich ein größeres Blatt Papier an die Stelle der Tür, und ich trieb darauf zu und lächelte mich in Schlaf.

Jemand stand mit einer weißen Tasse an meinem Bett.
»Trink das«, hieß es.
Ich schüttelte den Kopf. Das Kissen knisterte wie ein Strohbündel.
»Trink das, dann wirst du dich besser fühlen.«
Eine dicke weiße Porzellantasse wurde mir unter die Nase gehalten. In dem bleichen Licht, das Abend- oder Morgendämmerung hätte sein können, vertiefte ich mich in die klare gelbe Flüssigkeit, Butterstückchen schwammen auf der Oberfläche, und ein schwacher Geruch nach Huhn stieg mir in die Nase.

Meine Augen gingen versuchsweise zu dem Rock hinter der Tasse. »Betsy«, sagte ich.
»Nichts Betsy, ich bin's.«
Dann hob ich die Augen und sah Doreens Kopf, der sich gegen das bleiche Fenster abhob, ihr blondes Haar wurde an den äußeren Enden von hinten beleuchtet wie ein goldener Halo. Ihr Gesicht lag im Schatten, so daß ich ihren Ausdruck nicht sehen konnte, aber ich fühlte eine Art sachverständiger Zartheit von ihren Fingerspitzen ausgehen. Sie hätte Betsy sein können oder meine Mutter oder eine nach Farn duftende Krankenschwester.
Ich senkte den Kopf und nahm einen Schluck Brühe. Ich hatte das Gefühl, mein Mund wäre aus Sand. Ich nahm wieder einen Schluck, dann noch einen und noch einen, bis die Tasse leer war.
Ich kam mir gereinigt vor und heilig und bereit für ein neues Leben.
Doreen stellte die Tasse auf das Fensterbrett und setzte sich in den Sessel. Ich bemerkte, daß sie keine Anstalten machte, eine Zigarette herauszunehmen, und da sie Kettenraucherin war, überraschte mich das.
»Also, du bist fast gestorben«, sagte sie schließlich.
»Das war wohl der ganze Kaviar.«
»Nichts Kaviar! Der Hummer war es. Man hat ihn untersucht: er war voll Fäulniserreger.«
Ich sah die himmlisch weißen Küchen bei der Zeitschrift ›Ladies' Day‹ vor mir, die sich ins Unendliche erstreckten. Ich sah, wie eine Avocadobirne nach der anderen mit Hummer und Mayonnaise aufgefüllt und unter strahlenden Lichtern fotografiert wurde. Ich sah das delikate, rosa gefleckte Hummerfleisch verführerisch die Decke von Mayonnaise durchstoßen und sah, wie das sanfte, gelbe Birnengefäß mit seinem krokodilgrünen Rand das Ganze wie eine Wiege in Empfang nahm.
Gift.
»Wer hat das untersucht?« Ich stelle mir vor, der Arzt hätte irgendeinen Magen ausgepumpt und dann den Fund in seinem Hotellaboratorium analysiert.

»Diese Täubchen von ›Ladies' Day‹. Als ihr alle wie Kegel umgefallen seid, rief jemand das Büro an, und das Büro telefonierte mit ›Ladies' Day‹, und die haben untersucht, was von dem großen Essen übrig war. Ha!«
»Ha!« wiederholte ich hohl. Es war schön, Doreen wiederzuhaben.
»Sie haben Geschenke geschickt«, fügte sie hinzu. »Sie sind in einem großen Karton draußen auf dem Flur.«
»Wie ist das so schnell hergekommen?«
»Mit Spezialeilboten, was glaubst du denn? Sie können es sich nicht leisten, daß ihr alle herumlauft und erzählt, man hätte euch bei ›Ladies' Day‹ vergiftet. Wenn man nur einen klugen Anwalt hätte, dann könntet ihr die mit einer Schadenersatzklage um den letzten Pfennig bringen.«
»Was sind das für Geschenke?« Wenn das Geschenk gut genug war, dann war es mir egal, was geschehen war, weil ich mich jetzt danach so rein fühlte.
»Bis jetzt hat noch niemand die Schachtel aufgemacht, weil alle auf der Nase liegen. Nachdem man begriffen hat, daß ich die einzige bin, die noch aufrecht steht, soll ich euch allen die Suppe hineinzwingen, aber ich habe dir deine Suppe zuerst gebracht.«
»Schau nach, was es für ein Geschenk ist«, bat ich. Dann fiel es mir wieder ein und ich sagte: »Ich habe für dich auch ein Geschenk.«
Doreen ging in den Flur hinaus. Ich hörte sie einen Augenblick herummachen, und dann hörte ich das Geräusch von zerreißendem Papier. Schließlich kam sie mit einem dicken Buch in einem glänzenden, mit Namen vollgedrucktem Umschlag wieder.
»Die dreißig besten Kurzgeschichten des Jahres.« Sie ließ das Buch in meinen Schoß fallen. »Davon sind noch weitere elf Stück draußen in der Schachtel. Sie haben wohl gedacht, das wäre etwas zu lesen für euch, während ihr krank seid.« Sie machte eine Pause. »Was kriege ich?«
Ich wühlte in meiner Tasche und gab Doreen den Spiegel mit ihrem Namen und den Gänseblümchen darauf. Doreen sah mich an, ich sah sie an, und wir brachen in Gelächter aus.

»Wenn du willst, kannst du meine Suppe haben«, sagte sie. »Aus Versehen sind zwölf Suppen auf dem Tablett, und Lenny und ich haben so viele Würstchen in uns hineingestopft, während wir darauf gewartet haben, daß der Regen aufhört, ich kann keinen Bissen mehr essen.«
»Nur her damit«, sagte ich. »Ich habe einen Riesenhunger.«

Kapitel 5

Am nächsten Morgen um sieben Uhr klingelte das Telefon.
Langsam schwamm ich vom Grund eines schwarzen Schlafes nach oben. Ein Telegramm von Jay Cee steckte schon in meinem Spiegelrahmen, worin es hieß, ich sollte mir keine Gedanken über die Arbeit machen, sondern mich einen Tag lang ausruhen und wieder ganz gesund werden, und es tue ihr so leid mit dem verdorbenen Hummer – deshalb konnte ich mir nicht vorstellen, wer mich anrief.
Ich griff hinüber und legte den Hörer so auf das Kopfkissen, daß der untere Teil auf meinem Schlüsselbein lag und der obere Teil auf der Schulter.
»Ja.«
Eine männliche Stimme sagte: »Miss Esther Greenwood?«
Ich glaubte, einen leichten ausländischen Akzent zu hören.
»Ganz recht«, sagte ich.
»Hier ist Constantin Soundso.«
Ich verstand den Nachnamen nicht, aber er bestand aus vielen S und K. Ich kannte keinen Constantin, aber ich traute mich nicht, das zu sagen.
Dann fiel mir Mrs. Willard ein und ihr Simultandolmetscher.
»Natürlich, ja natürlich!« rief ich, setzte mich auf und drückte den Hörer mit beiden Händen an mich.
Ich hätte Mrs. Willard nie zugetraut, mich mit einem Mann namens Constantin bekannt zu machen.
Ich sammelte Männer mit interessanten Namen. Ich kannte schon einen Sokrates. Er war groß und häßlich und intellektuell und der Sohn irgendeines großen griechischen Film-

produzenten in Hollywood, aber dazu noch katholisch, was uns beiden die Sache verdarb. Außer Sokrates kannte ich einen Weißrussen mit Namen Attila, der am Institut für Industriemanagement in Boston war. Langsam begriff ich, daß Constantin versuchte, sich für später am Tag mit mir zu verabreden.
»Möchten Sie gerne heute nachmittag die UN besichtigen?«
»Ich kann die UN schon besichtigen«, sagte ich mit einem hysterischen Kichern.
Er schien verdutzt.
»Ich kann sie von meinem Fenster aus sehen.« Ich fürchtete, mein Englisch sei vielleicht etwas zu schnell für ihn.
Da war Stille.
Dann sagte er: »Vielleicht würden Sie danach gerne etwas essen.«
Ich entdeckte Mrs. Willards Ausdrucksweise, und ich verlor den Mut. Mrs. Willard lud einen immer ein, eine Kleinigkeit zu essen. Mir fiel ein, dieser Mann war in Mrs. Willards Haus eingeladen worden, gleich nach seiner Ankunft in Amerika. Mrs. Willard betrieb eine von diesen Konstruktionen, bei denen man Ausländer einlädt, und wenn man dann ins Ausland kommt, wird man von ihnen wieder eingeladen.
Mir war jetzt ganz klar, daß Mrs. Willard eben ihre Einladung nach Rußland gegen mein Essen in New York getauscht hatte.
»Ja, danach möchte ich gerne noch etwas essen«, sagte ich förmlich. »Um wieviel Uhr kommen Sie?«
»Ich werde Sie ungefähr um zwei Uhr mit dem Wagen abholen. Hotel Amazon, nicht wahr?«
»Ja.«
»Ah, ich weiß wo es ist.«
Einen Augenblick glaubte ich, der Ton seiner Stimme hätte etwas besonderes zu bedeuten, aber dann überlegte ich mir, wahrscheinlich waren ein paar von den Mädchen hier im Amazon Sekretärinnen bei der UN und er hatte vielleicht einmal eine von ihnen ausgeführt. Ich ließ ihn zuerst einhängen, dann tat ich es, legte mich in die Kissen zurück und fühlte mich widerlich.

Schon ging es bei mir wieder damit los, ich malte mir das strahlende Bild eines Mannes aus, der mich leidenschaftlich liebt im Augenblick unseres Zusammentreffens, und das Ganze wegen ein paar weit hergeholten Nichtigkeiten. Eine Pflichtführung durch die UN und danach ein belegtes Brötchen!
Ich versuchte mich wieder hochzubringen.
Wahrscheinlich war Mrs. Willard' Simultanübersetzer klein und häßlich. Zu guter Letzt würde ich auf ihn so wie auf Buddy Willard heruntersehen. Dieser Gedanke verschaffte mir eine gewisse Befriedigung. Weil ich Buddy Willard verachtete und obwohl alle immer noch annahmen, ich würde ihn heiraten, wenn er aus dem Tuberkulosekrankenhaus entlassen wurde, wußte ich, daß ich ihn niemals heiraten würde, auch wenn er der letzte und einzige Mann auf der Welt wäre.
Buddy Willard war ein Heuchler.
Natürlich hatte ich zuerst nicht gewußt, daß er ein Heuchler war. Ich hielt ihn für den wunderbarsten Jungen, den ich je gesehen hatte. Aus der Entfernung betete ich ihn fünf Jahre lang an, bevor er mich auch nur ansah, und dann gab es die herrliche Zeit, als ich ihn immer noch anbetete und er anfing, mich anzusehen, und als er mich dann immer öfter ansah, entdeckte ich ganz zufällig, was für ein furchtbarer Heuchler er war, und jetzt wollte er, daß ich ihn heirate, und ich hatte ihn gefressen.
Das Schlimmste daran war, ich konnte ihm nicht einfach sagen, was ich von ihm dachte, denn er bekam Tb, bevor ich es tun konnte, und jetzt mußte ich ihn bei guter Laune halten, bis er wieder gesund war und die ganze Wahrheit vertrug.
Ich beschloß, nicht im Hotel zu frühstücken. Das hätte nur bedeutet, daß ich mich anziehen mußte, und was hatte es für einen Sinn, sich anzuziehen, wenn man den Vormittag über im Bett blieb. Ich hätte wahrscheinlich herunter telefonieren und mir ein Frühstückstablett aufs Zimmer bestellen können, aber dann hätte ich der Person, die es brachte, ein Trinkgeld geben müssen, und ich wußte nie, wieviel ich zu

geben hatte. Ich hatte in New York ein paar sehr beunruhigende Erfahrungen mit Trinkgeld gemacht.
Als ich das erste Mal im Amazon ankam, trug ein zwergartiger, kahler Mann in der Uniform eines Laufburschen meinen Koffer zum Lift und schloß mir das Zimmer auf. Natürlich stürzte ich sofort zum Fenster, um hinauszusehen. Nach einer Weile merkte ich, daß der Laufbursche den Heiß- und den Kaltwasserhahn am Waschbecken andrehte und sagte: »Hier ist das heiße und hier das kalte Wasser«, und das Radio anschaltete und mir die Namen sämtlicher Radiostationen von New York aufzählte, und ich begann nervös zu werden, deshalb drehte ich ihm weiter den Rücken zu und sagte mit fester Stimme: »Vielen Dank, daß Sie mir den Koffer heraufgebracht haben.«
»Vielen Dank, vielen Dank, vielen Dank. Ha!« sagte er in sehr häßlichem, anzüglichem Ton, und bevor ich mich umdrehen konnte, um zu sehen, was in ihn gefahren war, war er fort und hatte mit einem groben Knall die Tür hinter sich geschlossen.
Als ich Doreen später von seinem merkwürdigen Benehmen erzählte, sagte sie: »Du dummes Stück, er wollte sein Trinkgeld.« Ich fragte, wieviel ich ihm hätte geben sollen, und sie sagte, mindestens fünfundzwanzig Cents, und fünfunddreißig, wenn der Koffer zu schwer war. Dabei hätte ich den Koffer sehr gut selbst aufs Zimmer tragen können, nur schien der Laufbursche es unbedingt tun zu wollen, deshalb ließ ich ihn. Ich hatte geglaubt, diese Art Service sei im Preis des Hotelzimmers inbegriffen.
Ich hasse es, Leuten für etwas Geld zu geben, was ich genauso gut selbst tun kann, es macht mich nervös.
Doreen sagte, man müßte zehn Prozent Trinkgeld geben, aber aus irgendeinem Grund hatte ich nie das nötige Kleingeld, und ich wäre mir furchtbar blöde vorgekommen, jemandem einen halben Dollar zu geben und dabei zu sagen: »Fünfzehn Cents davon ist Ihr Trinkgeld, bitte geben Sie mir fünfunddreißig Cents heraus.«
Als ich das erste Mal in New York ein Taxi nahm, gab ich dem Fahrer zehn Cents Trinkgeld. Die Fahrt kostete einen

Dollar, deshalb dachte ich, zehn Cents seien genau richtig, und gab dem Fahrer die Münze etwas schwungvoll und lächelnd. Er aber ließ sie auf der Handfläche liegen und starrte sie immer wieder an, und als ich aus dem Taxi stieg und schon fürchtete, ich hätte ihm aus Versehen eine kanadische Münze gegeben, fing er an zu schreien: »Dame, ich muß genauso leben wie Sie und jeder andere«, und das mit so lauter Stimme, daß ich einen Schreck bekam und weglief. Glücklicherweise mußte er an einer Ampel halten, sonst wäre er wahrscheinlich neben mir hergefahren und hätte mich weiter auf diese unangenehme Weise angeschrieen.
Als ich Doreen davon erzählte, sagte sie, es wäre durchaus möglich, daß der Satz beim Trinkgeld von zehn auf fünfzehn Prozent gestiegen sei, seit sie das letzte Mal in New York war. Oder dieser spezielle Taxifahrer sei einfach ein Schwein.

Ich griff nach dem Buch, das die Leute von ›Ladies' Day‹ geschickt hatten.
Als ich es aufschlug, fiel eine Karte heraus. Auf der Vorderseite der Karte war ein Pudel in einer blumigen Bettjacke, er saß mit traurigem Gesicht in einem Hundekorb, und das Innere der Karte zeigte den Pudel mit einem kleinen Lächeln im Korb, er schlief tief unter einem bestickten Tuch mit der Aufschrift: »Am schnellsten gesund, wenn du schläfst wie der Hund.« Unten auf der Karte hatte jemand mit lavendelfarbener Tinte geschrieben: »Werden Sie schnell wieder gesund. Von allen guten Freunden bei ›Ladies' Day‹.«
Ich blätterte eine Geschichte nach der anderen durch, bis ich schließlich auf eine Geschichte über einen Feigenbaum stieß. Dieser Feigenbaum wuchs auf grünem Rasen zwischen dem Haus eines Juden und einem Kloster, und der Jude und eine Negernonne trafen sich immer an dem Baum, um die reifen Feigen zu pflücken, bis sie eines Tages auf einem Ast des Baumes ein Vogelnest sahen, wo ein Vogel ausschlüpfte, und während sie den kleinen Vogel beobachteten, wie er sich den Weg aus dem Ei pickte, berührten sich ihre Handrücken, und dann kam die Nonne nicht mehr heraus, um mit dem Juden die Feigen zu pflücken, sondern statt ihrer kam ein

katholisches Küchenmädchen mit häßlichem Gesicht zum Pflücken, und nachdem sie beide fertig waren, zählte sie die Feigen, die der Mann gepflückt hatte, um sicher zu gehen, daß er nicht mehr als sie gepflückt hatte, und der Mann war wütend.
Ich fand das eine wunderbare Geschichte, besonders der Teil über den Feigenbaum im Winter unter dem Schnee und dann den Feigenbaum im Frühling mit all den grünen Früchten. Als ich auf die letzte Seite kam, war ich traurig, ich wollte zwischen die schwarzen Druckzeilen kriechen, so wie man durch einen Zaun kriecht und unter diesem schönen, großen, grünen Feigenbaum einschlafen.
Buddy Willard und ich, wir kamen mir vor wie der Jude und die Nonne, obwohl wir natürlich keine Juden waren und nicht katholisch, sondern Unitarier. Wir hatten uns unter unserem eigenen imaginären Feigenbaum getroffen, und wir hatten nicht etwa einen Vogel gesehen, der aus einem Ei schlüpft, sondern ein Baby, das aus einer Frau kam, und dann war etwas Furchtbares passiert, und wir waren unsere eigenen Wege gegangen.
Als ich da einsam und schwach in dem weißen Hotelbett lag, dachte ich an Buddy Willard, der sogar noch einsamer und schwächer als ich in dem Sanatorium in den Adirondacks-Bergen lag, und ich fühlte mich ganz besonders mies. In seinen Briefen erzählte mir Buddy immer wieder, er lese Gedichte von einem Dichter, der auch Arzt war, und er hätte von berühmten, schon gestorbenen Autoren gehört, die auch Ärzte gewesen seien, vielleicht könnten Ärzte und Dichter also doch gut miteinander auskommen. Das war aber ein ganz anderes Lied, als es Buddy Willard die ganzen zwei Jahre gesungen hatte, die wir uns kannten. Ich erinnere mich, wie er mich eines Tages anlächelte und sagte: »Weißt du, was ein Gedicht ist, Esther?«
»Nein, was denn?« sagte ich.
»Etwas Staub.« Und er sah so stolz aus, weil er sich das ausgedacht hatte, daß ich nur sein blondes Haar und die blauen Augen und weißen Zähne anstarrte – er hatte sehr lange, starke, weiße Zähne – und sagte: »Kann schon sein.«

Erst mitten in New York, ein ganzes Jahr später, fiel mir endlich eine Antwort auf diese Bemerkung ein.
Ich verbrachte eine Menge Zeit bei imaginären Unterhaltungen mit Buddy Willard. Er war ein paar Jahre älter als ich und sehr wissenschaftlich, so daß er immer alles mögliche beweisen konnte. Wenn ich mit ihm zusammen war, mußte ich mir Mühe geben, den Kopf über Wasser zu halten.
Diese Unterhaltungen, die ich im Kopf hatte, begannen gewöhnlich mit Anfängen von Gesprächen, die ich mit Buddy wirklich gehabt hatte, nur hörte es damit auf, daß ich ihm eine ziemlich scharfe Antwort gab, statt nur dazusitzen und zu sagen: »Kann schon sein.«
Als ich jetzt auf dem Rücken im Bett lag, stellte ich mir vor, wie Buddy sagte: »Weißt du, was ein Gedicht ist, Esther?«
»Nein, was denn?« würde ich sagen.
»Etwas Staub.«
Dann sagte ich, gerade wenn er lächelte und stolz aussah: »Genau wie die Kadaver, die du zerschnipselst. Genau wie die Leute, die du zu heilen glaubst. Sie sind Staub wie Staub wie Staub. Ich bin sicher, ein gutes Gedicht bleibt wesentlich länger bestehen als hundert von diesen Leuten zusammengenommen.«
Und natürlich hatte Buddy darauf keine Antwort, weil das stimmte, was ich sagte. Die Menschen waren zum größten Teil aus Staub, und ich sah nicht ein, warum es auch nur im geringsten besser war, diesen ganzen Staub zu verdoktern, statt Gedichte zu schreiben, an die sich die Menschen erinnerten und die sie sich aufsagten, wenn sie unglücklich oder krank waren oder nicht schlafen konnten.
Mein Fehler war, ich hielt alles, was Buddy Willard sagte, für die letzte Weisheit. Ich erinnere mich an den Abend, als er mich das erste Mal küßte. Es war nach dem Abschlußball in Yale.
Es war merkwürdig, auf welche Weise Buddy mich zu diesem Abschlußball eingeladen hatte.
Aus heiterem Himmel brach er einmal in den Weihnachtsferien bei uns ein, er hatte einen dicken, weißen Rollkragenpullover an und sah so gut aus, daß ich fast nicht aufhören

konnte, ihn anzustarren, und er sagte: »Ich komme vielleicht mal in dein College rüber, ja?«
Ich war platt. Ich sah Buddy nur sonntags in der Kirche, wenn wir beide vom College in den Ferien zu Hause waren, und auch da nur auf große Entfernung, ich konnte nicht fassen, daß es ihm eingefallen war, herzukommen und mich zu besuchen – die drei Kilometer zwischen unseren Häusern war er als Training zum Geländelauf gerannt, sagte er. Natürlich waren unsere Mütter befreundet. Sie waren zusammen auf die gleiche Schule gegangen, und dann hatten beide ihre Professoren geheiratet und sich in der gleichen Stadt niedergelassen, aber Buddy war im Herbst immer per Stipendium auf einem Internat gewesen oder hatte sich während des Sommers in Montana Blasen an den Händen geholt, um Geld zu verdienen, unsere Mütter, die ja dicke Schulfreundinnen waren, spielten also wirklich nicht die geringste Rolle.
Nach diesem plötzlichen Besuch hatte ich nichts mehr von Buddy gehört bis zu einem schönen Samstagmorgen Anfang März. Ich war in meinem Zimmer auf dem College, las von Peter dem Eremiten und Walter dem Geldlosen für die Prüfung über die Geschichte der Kreuzzüge am kommenden Montag, als das Telefon im Flur klingelte.
Normalerweise wechselt man sich mit dem Telefon auf dem Flur ab, aber da ich die Jüngste auf dem Flur mit sonst nur älteren Semestern war, mußte ich meistens daran gehen. Ich wartete einen Augenblick, um zu sehen, ob mir jemand zuvorkam. Dann überlegte ich mir, daß wahrscheinlich alle außer Haus waren, entweder um Squash zu spielen oder fort übers Wochenende, deshalb ging ich daran.
»Bist du es, Esther?« sagte das Mädchen unten, und als ich ja sagte, sagte sie: »Ein Mann will dich sprechen.« Ich war überrascht, weil mich noch nie einer der vermittelten Kavaliere telefonisch um eine zweite Verabredung gebeten hatte. Ich hatte einfach kein Glück. Ich haßte es, jeden Samstagabend mit feuchten Händen und neugierig herunterzukommen und dann stand da irgendeines von den Mädchen im letzten Semester, das mich dem Sohn des besten Freundes

ihrer Tante vorstellte, und dann traf ich da so einen bleichen, pickligen Kerl mit abstehenden Ohren oder einem Vorbiß oder einem verkrüppelten Bein. Das verdiente ich einfach nicht. Schließlich war ich nirgends verkrüppelt, ich studierte nur zu viel und wußte nie, wann ich wieder aufhören sollte.

Ich kämmte mich also und schminkte mir die Lippen und nahm mein Geschichtsbuch – um sagen zu können, ich sei auf dem Weg in die Bibliothek, wenn es sich herausstellen sollte, daß es irgend jemand Furchtbares war – und ging hinunter, und da lehnte Buddy Willard am Posttisch, in khakifarbener Jacke mit Reißverschluß und blauen Hosen und abgescheuerten grauen Schuhen und grinste mich an.

»Ich wollte dir nur guten Tag sagen«, sagte er.

Ich fand es etwas merkwürdig, daß er den weiten Weg von Yale hergekommen war und wenn auch per Autostop, wie er es immer machte, um Geld zu sparen, nur um mir guten Tag zu sagen.

»Hallo«, sagte ich. »Komm, wir gehen raus und setzen uns auf die Veranda.«

Ich wollte auf die Veranda hinausgehen, weil das Mädchen vom Dienst eine Schnüfflerin war und mich neugierig ansah. Sie war offensichtlich der Meinung, daß Buddy einen großen Fehler gemacht hatte.

Wir setzten uns nebeneinander in zwei Schaukelstühle aus Rohr. Das Sonnenlicht war sauber und windstill und fast heiß.

»Ich kann nur ein paar Minuten bleiben«, sagte Buddy.

»Ach was, bleib doch zum Essen«, sagte ich.

»Nein, das kann ich nicht. Ich bin mit Joan zum Ball hier.«

Ich kam mir wie ein Riesenidiot vor.

»Wie geht es Joan?« fragte ich kühl.

Joan Gilling kam aus unserem Ort und ging in unsere Kirche und war im College ein Jahr weiter als ich. Sie war ein hohes Tier – Klassensprecherin, mit Physik im Hauptfach und die beste Hockeyspielerin des College. Ihr gegenüber kam ich mir immer wie ein Würstchen vor, sie mit ihren strahlenden achatfarbenen Augen und den glänzenden, grabsteingroßen Zähnen und der rauhen Stimme. Außerdem war sie groß wie ein Pferd. Ich fand, Buddy hatte einen ziemlich schlechten Geschmack. »Ach Joan«, sagte er. »Sie hat mich schon vor zwei Monaten gebeten, zum Tanz herzukommen, und ihre Mutter hat meine Mutter gefragt, ob ich sie begleiten würde, was blieb mir schon übrig?«

«Schön, und warum hast du gesagt, du würdest sie begleiten, wenn du es nicht gewollt hast?« fragte ich hinterhältig.

»Ach, ich mag Joan. Es ist ihr egal, ob man für sie Geld ausgibt oder nicht, und es macht ihr Spaß, draußen zu sein. Das letzte Mal, als sie zum Wochenende in Yale war, sind wir mit dem Fahrrad nach East Rock gefahren, und sie ist das einzige Mädchen, das ich nicht den Berg hinaufschieben mußte. Joan ist in Ordnung.«

Ich gefror vor Neid. Ich war nie in Yale gewesen, und nach Yale fuhren die ganzen Letztsemester aus meinem Wohnheim am liebsten zum Wochenende. Ich beschloß, von Buddy Willard nichts zu erwarten. Wenn man von jemandem nichts erwartet, ist man nie enttäuscht.

»Dann gehst du jetzt wohl besser und triffst dich mit Joan«, sagte ich sachlich. »Ich bin verabredet, und er wird sich nicht besonders darüber freuen, mich mit dir hier sitzen zu sehen.«

»Eine Verabredung?« Buddy sah überrascht aus. »Wer ist es?«

»Es sind zwei«, sagte ich, »Peter der Eremit und Walter der Geldlose.«

Buddy sagte nichts, deshalb sagte ich: »Das sind ihre Spitznamen.« Dann fügte ich hinzu: »Sie sind von Dartmouth.«

Vermutlich wußte Buddy nicht viel von Geschichte, denn sein Mund wurde schmal. Er schwang sich aus dem Rohrschaukelstuhl und gab ihm einen harten, kleinen unnötigen Stoß. Dann ließ er mir ein blaßblaues Kuvert mit dem Wappen von Yale in den Schoß fallen.

»Hier ist ein Brief, den ich für dich abgeben wollte, falls du nicht dagewesen wärst. Die Frage darin kannst du mir per

Post beantworten. Ich habe jetzt keine Lust, dich das zu fragen.«
Nachdem Buddy weg war, machte ich den Brief auf. Es war ein Brief, der mich zum Semesterball nach Yale einlud.
Ich war so überrascht, daß ich eine Reihe von Juchzern von mir gab und ins Haus hineinrannte und schrie: »Ich gehe hin, ich gehe hin, ich gehe hin.«
Nach dem strahlend weißen Sonnenschein auf der Veranda war es pechschwarz im Haus, und ich konnte nichts erkennen. Ich sah mich das Mädchen vom Dienst umarmen. Als sie hörte, ich würde zum Ball nach Yale gehen, behandelte sie mich mit Erstaunen und Respekt.
Eigenartigerweise änderten sich danach die Dinge im Heim. Die Absolventen auf meinem Stockwerk begannen mit mir zu reden und gelegentlich ging eine von ihnen ganz spontan ans Telefon und niemand machte mehr vor meiner Tür häßliche laute Bemerkungen über Leute, die ihre goldene Studienzeit mit der Nase in Büchern vergeudeten.
Während des Festes also behandelte mich Buddy wie ein Freund oder ein Verwandter.
Wir tanzten die ganze Zeit kilometerweit voneinander entfernt, bis er mir plötzlich während der Melodie von »Auld Lang Syne« das Kinn auf den Kopf legte, als ob er müde sei. Dann gingen wir in dem kalten, schwarzen Wind um drei Uhr früh sehr langsam die acht Kilometer zurück zu dem Haus, wo ich im Wohnzimmer auf einer viel zu kurzen Couch übernachtete, denn das kostete nur fünfzig Cents pro Nacht, statt zwei Dollars wie die meisten anderen Übernachtungsmöglichkeiten mit anständigen Betten.
Ich kam mir öde und flach vor und war voll zertrümmerter Träume.
Ich hatte mir vorgestellt, Buddy würde sich an diesem Wochenende in mich verlieben, und ich brauchte mir nicht mehr darüber Gedanken zu machen, was ich den Rest des Jahres an den Samstagabenden tun sollte. Kurz bevor wir das Haus erreichten, wo ich übernachtete, sagte Buddy: »Komm, wir gehen zum Chemielabor hinauf.«
Ich war entsetzt. »Zum Chemielabor?«

»Ja.« Buddy griff nach meiner Hand. »Da oben hinter dem Chemielabor gibt es eine herrliche Aussicht.«
Und tatsächlich gab es da eine Art hügeligen Platz hinter dem Chemielabor, von wo aus man die Lichter von ein paar Häusern New Havens sehen konnte.
Ich stand da und tat so, als ob ich das schön fände, während Buddy auf dem unebenen Boden festen Halt suchte. Während er mich küßte, hielt ich die Augen offen und versuchte, mir die Verteilung der Lichter der Häuser zu merken, damit ich sie nie mehr vergaß.
Schließlich trat Buddy zurück. »Mensch!« sagte er.
»Wieso Mensch!« sagte ich erstaunt. Es war ein trockener, keineswegs anregender kleiner Kuß gewesen, und ich erinnere mich, wie ich dachte, zu schade, daß unsere Münder von dem acht Kilometer langen Spaziergang in dem kalten Wind so rauh waren.
»Mensch, dich zu küssen ist großartig.«
Bescheiden sagte ich überhaupt nichts.
»Du gehst wohl mit einer Menge Jungens«, sagte Buddy dann.
»Naja, es geht.« Mir war, als ob ich jede Woche des Jahres mit einem anderen Jungen ausgegangen sei.
»Naja, ich muß ziemlich arbeiten.«
»Ich auch«, sagte ich schnell. »Ich muß schließlich mein Stipendium verlängert bekommen.«
»Aber ich glaube, ich könnte es schaffen, dich jedes dritte Wochenende zu treffen.«
»Das wäre schön.« Ich wurde fast ohnmächtig und mußte unbedingt zum College zurück und es allen erzählen.
Buddy küßte mich wieder an der Treppe des Hauses, und im nächsten Herbst, als er sein Stipendium zum Medizinstudium bekam, fuhr ich statt nach Yale dahin, wo er dann studierte, und dort fand ich heraus, daß er mich die ganzen Jahre hindurch betrogen hatte und was für ein Heuchler er war.
Ich entdeckte das an dem Tag, an dem wir bei der Geburt des Babys zusahen.

Kapitel 6

Ich hatte Buddy immer gebeten, mir im Krankenhaus etwas wirklich Interessantes zu zeigen, deshalb ließ ich an einem Freitag alle meine Vorlesungen ausfallen und fuhr auf ein langes Wochenende hin, und er nahm mich in die Mangel.

Es fing damit an, daß ich mir einen weißen Mantel anzog und auf einem hohen Stuhl in einem Raum mit vier Leichen saß, während Buddy und seine Freunde an ihnen herumschnitten. Diese Leichen sahen so wenig nach Menschen aus, daß es mir überhaupt nichts ausmachte. Sie hatten eine steife lederartige, violettschwarze Haut und sie rochen wie alte Töpfe mit sauer Eingemachten.

Dann nahm mich Buddy in eine Halle hinaus, wo große Glasflaschen mit Babies standen, die gestorben waren, bevor sie auf die Welt kamen. Das Baby in der ersten Flasche hatte einen großen, weißen Kopf, der sich über einen kleinen zusammengerollten Körper von der Größe eines Frosches beugte. Das Baby in der zweiten Flasche war größer, und das Baby daneben war noch größer, und das Baby in der letzten Flasche hatte die Größe eines normalen Babys, und es schien mich mit einem kleinen Lächeln wie ein Ferkel anzusehen.

Ich war ganz schön stolz, mit welcher Ruhe ich mir diese grausamen Dinge ansah. Es warf mich nur einmal, als ich mich mit dem Ellenbogen auf den Magen von Buddys Leiche stützte, um ihm beim Sezieren einer Lunge zuzusehen. Nach ein oder zwei Minuten hatte ich so ein brennendes Gefühl am Ellenbogen, und es kam mir, der Körper könnte doch noch halb lebendig sein, weil er so warm war, deshalb sprang ich mit einem kleinen Schrei vom Stuhl. Dann erklärte mir Buddy, das Brennen komme nur von dem Konservierungsmittel, und ich setzte mich wieder so wie vorher hin.

In der Stunde vor dem Mittagessen nahm mich Buddy zu einer Vorlesung über Sichelzellenanämie und andere deprimierende Krankheiten, wo sie kranke Leute auf das Podium rollten und sie ausfragten und sie dann wieder wegrollten und farbige Diapositive zeigten. Ich erinnere mich an ein

Lichtbild mit einem schönen lachenden Mädchen, das ein schwarzes Muttermal auf der Wange hatte. »Zwanzig Tage, nachdem dieses Muttermal erschien, war das Mädchen tot«, sagte der Doktor und alles wurde für einen Augenblick ganz still, und dann läutete die Glocke, so daß ich nie wirklich herausbekam, was für ein Muttermal das war oder warum das Mädchen gestorben war.
Am Nachmittag wollten wir bei einer Geburt zusehen. Zuerst standen wir vor einem Wäscheschrank auf dem Flur des Krankenhauses, aus dem Buddy eine weiße Maske nahm, die ich tragen sollte, und etwas Gaze.
Ein großer, fetter Medizinstudent, so groß wie Sidney Greenstreet, stand dabei und sah zu, wie Buddy mir die Gaze rund um den Kopf wickelte, bis mein Haar völlig zugedeckt war und nur meine Augen über der weißen Maske heraussahen.
Der Medizinstudent gab ein unerfreuliches, kleines Kichern von sich. »Das Kind kann auch nur eine Mutter schön finden«, sagte er.
Ich war so damit beschäftigt, darüber nachzudenken, wie furchtbar fett er war und wie schrecklich es für einen Mann sein mußte und besonders für einen jungen Mann, so fett zu sein, denn keine Frau würde es aushalten, sich über diesen dicken Bauch zu beugen und ihn küssen, daß ich nicht gleich begriff, daß es eine Beleidigung war, was dieser Student zu mir gesagt hatte. Bis mir kam, wie fabelhaft er sich vorkommen mußte und mir eine schneidende Bemerkung eingefallen war, nur eine Mutter könne einen fetten Mann lieben, war er schon weg.
Buddy untersuchte eine merkwürdige, hölzerne Scheibe in der Wand mit einer Reihe von Löchern darin, von der Größe eines Silberdollars bis zur Größe eines Tellers.
»Gut, gut«, sagte er zu mir. »Da bekommt jemand gleich ein Baby.«
An der Tür des Kreißsaales stand ein dünner Medizinstudent mit krummem Rücken, den Buddy kannte.
»Hallo, Will«, sagte Buddy. »Wer macht es?«
»Ich«, sagte Will düster, und ich sah die kleinen Schweiß-

tropfen, die auf seiner hohen, bleichen Stirn perlten. »Ich, und es ist mein erstes.«
Buddy sagte, Will sei im sechsten Semester und müsse acht Geburten absolviert haben, bevor er abschließen könne.
Dann bemerkten wir geschäftiges Treiben am anderen Ende des Flurs, und ein paar Männer in limonengrünen Mänteln und Kopfbedeckungen und ein paar Schwestern kamen in unregelmäßiger Prozession auf uns zu, sie schoben eine Bahre vor sich her mit einem großen weißen Klumpen darauf.
»Sie sollten da nicht zusehen«, murmelte mir Will ins Ohr. »Sie werden nie mehr ein Baby haben wollen. Man dürfte Frauen nicht zusehen lassen. Das bedeutet das Ende der menschlichen Rasse.«
Buddy und ich lachten, und dann schüttelte Buddy Wills Hand, und wir gingen alle in den Raum hinein.
Ich war so betroffen von dem Anblick des Tisches, auf den sie die Frau hoben, daß ich kein Wort sagte. Er sah aus wie irgendein furchtbarer Foltertisch, mit den metallenen, in die Luft stehenden Steigbügeln an einem Ende und allen möglichen Instrumenten und Drähten und Röhren, die ich nicht genau erkennen konnte, am anderen.
Buddy und ich standen nicht weit von der Frau entfernt beim Fenster, von wo wir alles genau sehen konnten. Der Bauch der Frau ragte so hoch auf, daß ich weder ihr Gesicht noch ihren Oberkörper sehen konnte. Sie schien aus nichts, als nur aus einem riesigen, fetten Spinnenbauch zu bestehen und zwei kleinen häßlichen spindligen Beinen, die in die hohen Steigbügel gesteckt waren, und die ganze Zeit während der Geburt gab sie nur diese unmenschlichen klagenden Laute von sich.
Später sagte mir Buddy, die Frau stünde unter Medikamenten, die sie ihre Schmerzen vergessen ließen, und wenn sie schimpfte und stöhnte, wußte sie in Wirklichkeit gar nicht, was sie tat, weil sie in einer Art Dämmerschlaf lag. Das klang genau wie die Art von Medikament, die nur ein Mann erfinden konnte, dachte ich. Diese Frau hier mit den furchtbaren Schmerzen spürte offensichtlich alles, sie hätte sonst nicht so gestöhnt, und dann ging sie wieder nach Hause und

fing wieder ein Baby an, weil sie durch das Mittel vergessen hatte, wie schlimm der Schmerz gewesen war, und die ganze Zeit wartete in einem geheimen Teil von ihr dieser lange, blinde, tür- und fensterlose Korridor des Schmerzes nur darauf, sich wieder zu öffnen und sie einzuschließen.
Der Oberarzt, der Will beaufsichtigte, sagte dauernd zu der Frau: »Nach unten drücken, Mrs. Tomolillo, nach unten drücken, so ist es gut, nach unten drücken«, und endlich sah ich, in dem gespaltenen, rasierten Platz zwischen ihren beiden Beinen, der von den Desinfektionsmitteln rot leuchtete, ein dunkles, struppiges Ding erscheinen.
»Der Kopf des Kindes«, flüsterte Buddy unter dem Stöhnen der Frau.
Aber der Kopf des Kindes blieb aus irgendeinem Grund stecken, der Doktor sagte zu Will, er müsse schneiden. Ich hörte, wie sich die Schere in die Haut der Frau eingrub wie in Stoff, und das Blut begann herunterzulaufen – ein wildes helles Rot. Dann schien das Baby auf einmal in Wills Hände zu plumpsen, mit der Farbe einer blauen Pflaume und überpudert mit weißem Zeug und von Blut gestreift, und Will sagte mit entsetzter Stimme: »Ich lasse es fallen, ich lasse es fallen, ich lasse es fallen.«
»Nein, das tun Sie nicht«, sagte der Arzt und nahm das Kind aus Wills Händen und begann es zu massieren, und die blaue Farbe verschwand, und das Baby fing mit einsamer, krächzender Stimme zu schreien an, und ich sah, daß es ein Junge war.
Als erstes pinkelte das Baby dem Arzt ins Gesicht. Später sagte ich Buddy, ich begriffe nicht, wie das möglich sei, aber er sagte, es sei durchaus möglich, wenn auch ungewöhnlich, das zu sehen.
Sobald das Baby geboren war, teilten sich die Leute in dem Raum in zwei Gruppen, die Schwestern banden eine metallene Hundemarke um das Handgelenk des Kindes und reinigten seine Augen mit Watte am Ende eines Stöckchens und wickelten es ein und legten es in ein mit Stoff ausgefüttertes Bettchen, während der Arzt und Will den Schnitt der Frau mit einer Nadel und einem langen Faden vernähten.

Ich glaube, jemand sagte: »Es ist ein Junge, Mrs. Tomolillo«, aber weder antwortete die Frau noch hob sie den Kopf.

»Nun, wie war's?« fragte Buddy mit befriedigtem Gesicht, als wir über den grünen Platz zu seinem Zimmer gingen.

»Wunderbar«, sagte ich. »So etwas könnte ich mir jeden Tag ansehen.«

Mir war nicht danach, ihn zu fragen, ob man auch noch anders Babys bekommen könnte. Aus irgendeinem Grund war es für mich das Wichtigste, daß das Baby tatsächlich aus einem selbst herauskam und man sicher war, es war das eigene. Wenn man sowieso diese ganzen Schmerzen hatte, konnte man genausogut wach bleiben, dachte ich.

Ich hatte mir immer vorgestellt, wie ich mich auf dem Gebärtisch auf die Ellenbogen stützte, nachdem alles vorbei war – totenblaß natürlich, weil ohne Make-up und weil ich so entsetzlich gelitten hatte, aber lächelnd und strahlend, das Haar fiel mir offen bis zur Taille herab, und ich streckte die Hände nach meinem ersten, kleinen, sich krümmenden Kind aus und sagte seinen Namen, wie immer der lautete.

»Warum war es denn ganz voll Mehl?« fragte ich dann, um das Gespräch in Gang zu halten, und Buddy erklärte mir das mit dem wachsigen Zeug, das die Haut des Babys schützt.

Als wir wieder in Buddys Zimmer waren, das mich am meisten an eine Mönchszelle erinnerte, mit den nackten Wänden, dem dürftigen Bett und dem blanken Fußboden und dem Tisch voll mit Grays Anatomie und anderen dicken, grausigen Büchern, zündete Buddy eine Kerze an und machte eine Flasche Dubonnet auf. Dann legten wir uns nebeneinander aufs Bett, und Buddy schlürfte den Wein, während ich laut »Wohin ich niemals reiste« und andere Gedichte aus einem mitgebrachten Buch vorlas.

Buddy hatte einmal gesagt, er glaube schon, es müsse etwas an Dichtung daran sein, wenn ein Mädchen wie ich den ganzen Tag damit zubrächte, und deshalb las ich ihm jedesmal, wenn wir uns trafen, Gedichte vor und erklärte ihm, was sie mir sagten. Das war Buddys Einfall gewesen. Er teilte unsere Wochenenden immer so ein, daß es uns nicht leid tun

mußte, unsere Zeit irgendwie verschwendet zu haben. Buddys Vater war Lehrer, und ich glaube, Buddy hätte ebenso gut Lehrer werden können, er versuchte immer, mir Dinge zu erklären und mir etwas Neues beizubringen. Als ich mit einem Gedicht fertig war, sagte er plötzlich: »Hast du schon mal einen Mann gesehen, Esther?«
So, wie er das sagte, wußte ich, er meinte nicht einen richtigen Mann oder einen Mann im allgemeinen, ich wußte, er meinte einen nackten Mann.
»Nein«, sagte ich »nur Skulpturen.«
»Also, würdest du mich gerne sehen?«
Ich wußte nicht, was ich sagen sollte. Meine Mutter und meine Großmutter hatten in letzter Zeit eine Menge Andeutungen gemacht, was für ein feiner, sauberer Kerl Buddy Willard sei, aus einer so feinen, sauberen Familie, und jeder in der Kirche hielt ihn für einen musterhaften Menschen, so besonders freundlich seinen Eltern und älteren Leuten gegenüber, dazu noch so sportlich und so hübsch und so intelligent.
Ich hatte wirklich nichts anderes gehört, wie fein und sauber Buddy war und wie sehr gerade er die Art von Mensch war, für den ein Mädchen fein und sauber zu bleiben hatte. Deshalb hatte ich überhaupt keine Bedenken bei dem, was sich Buddy ausdachte.
»Gut, also gut, ich glaube schon«, sagte ich.
Ich starrte Buddy an, als er den Reißverschluß seiner Hose aufmachte und sie auszog und auf einen Stuhl legte und dann die Unterhose auszog, die aus so etwas ähnlichem wie einem Nylonfischnetz war.
»Sie sind kühl«, erklärte er, »und meine Mutter sagt, sie lassen sich leicht waschen.«
Dann stand er einfach vor mir und ich starrte ihn weiter an. Das einzige, woran ich denken konnte, war Truthahnhals und Truthahnmagen, und ich war sehr deprimiert.
Buddy schien verletzt zu sein, daß ich nichts sagte.
»Ich glaube, du solltest dich an mich so gewöhnen«, sagte er. »Jetzt laß mich dich ansehen.«
Aber mich vor Buddy auszuziehen, reizte mich etwa genauso

sehr wie mich im College fotografieren zu lassen, wo man nackt vor einer Kamera stehen muß, und die ganze Zeit weiß, daß das Bild von einem, splitternackt vorne und von der Seite, in die Kartei der Sportabteilung vom College kommt, um dort mit einem A, B, C oder D versehen zu werden, je nachdem wie gerade man sich hält.

»Ach, ein anderes Mal«, sagte ich.

»Gut.« Buddy zog sich wieder an.

Dann küßten und umarmten wir uns eine Weile, und es ging mir etwas besser. Ich trank den Rest von dem Dubonnet und saß mit übergeschlagenen Beinen an Buddys Bettende und bat ihn um einen Kamm. Ich fing an, mir das Haar übers Gesicht zu kämmen, damit Buddy es nicht sah. Plötzlich sagte ich: »Hast du schon mal was mit jemandem gehabt, Buddy?«

Ich weiß nicht, warum ich das sagte, die Worte kamen mir einfach von selbst aus dem Mund. Ich hatte nie auch nur für einen Augenblick angenommen, Buddy hätte mit jemandem etwas gehabt. Ich erwartete, daß er sagte: »Nein, ich habe mich aufgehoben, bis ich eine so reine Jungfrau wie dich heirate.«

Aber Buddy sagte überhaupt nichts, er wurde nur rot.

»Also hast du etwas gehabt?«

»Wie meinst du das, etwas gehabt?« fragte Buddy dann mit hohler Stimme.

»Du weißt schon, hast du mit jemand geschlafen?« Ich kämmte mir weiter gleichmäßig die Haare seitwärts über das Gesicht, zu Buddy hin, und ich konnte die kleinen elektrischen Fäden an meiner heißen Wange kleben fühlen, und ich wollte schreien: »Hör auf, hör auf, sag es mir nicht, sag überhaupt nichts.« Aber ich tat es nicht, ich hielt nur still.

»Ja, schon«, sagte Buddy schließlich.

Ich kippte fast um. Seit mich Buddy Willard in der ersten Nacht geküßt und gefragt hatte, ob ich mit einer Menge Jungen ausginge, hatte ich das Gefühl gehabt, ich sei viel erotischer und erfahrener als er, und alles, was er tat, umarmen und küssen und streicheln, das fiel ihm wegen mir einfach so aus dem Nichts ein, er konnte nicht anders und wußte auch nicht, wie es kam.

Jetzt begriff ich, er hatte die ganze Zeit nur so getan, als sei er so unschuldig.
»Erzähl mir davon.« Ich kämmte mir langsam weiter die Haare und spürte, wie sich die Zähne des Kammes bei jeder Bewegung in meine Wange gruben. »Wer war es?«
Buddy schien erleichtert, daß ich nicht böse war. Er schien sogar erleichtert, jemandem erzählen zu können, wie er verführt worden war.
Natürlich war Buddy verführt worden, Buddy hatte nicht damit angefangen, und es war nicht eigentlich seine Schuld. Es war diese Kellnerin in dem Hotel auf Cape Cod, wo er im letzten Sommer als Laufbursche gearbeitet hatte. Buddy war es aufgefallen, daß sie ihn so merkwürdig anstarrte und sich in dem Durcheinander in der Küche mit ihren Brüsten an ihn drückte, deshalb fragte er sie eines Tages, was los sei, und sie sah ihm gerade in die Augen und sagte: »Ich will dich.«
»Mit Petersilie verziert?« hatte Buddy unschuldig gelacht.
»Nein«, hatte sie gesagt. »Nachts.«
Und so hatte Buddy seine Reinheit und seine Jungfräulichkeit verloren.
Zuerst glaubte ich, er hätte mit der Kellnerin nur das eine Mal geschlafen, aber als ich ihn fragte, wie oft, nur um sicher zu sein, sagte er, er könne sich nicht mehr genau erinnern, aber ein paarmal in der Woche für den Rest des Sommers. Ich multiplizierte dreimal zehn und bekam dreißig heraus, was mir ganz unbegreiflich schien.
Danach gefror einfach etwas in mir.
Als ich wieder am College war, fragte ich ein paar Mädchen im letzten Semester, was sie täten, wenn ein Junge, den sie kannten, ihnen mitten rein einfach so erzählt, er hätte im Sommer dreißigmal mit irgendeiner schlampigen Kellnerin geschlafen. Aber die Mädchen sagten, fast alle Jungen seien so, und man könne ihnen eigentlich nichts vorwerfen, bis man fest mit ihnen ginge oder verlobt sei.
Tatsächlich störte mich gar nicht die Vorstellung, daß Buddy mit jemandem schlief. Ich hatte schon von allen möglichen Leuten gelesen, die miteinander schlafen, und wenn es ein

anderer Junge gewesen wäre, hätte ich ihn nur über die interessantesten Einzelheiten ausgefragt und wäre vielleicht hingegangen und hätte selbst mit jemandem geschlafen, nur um gleichzuziehen, und dann nicht mehr darüber nachgedacht. Ich konnte aber einfach nicht vertragen, daß Buddy so getan hatte, als sei ich besonders sexy und er so rein, während er die ganze Zeit etwas mit dieser verhurten Kellnerin gehabt hatte und mich nur hätte auslachen können.

»Was hält deine Mutter von der Kellnerin?« fragte ich Buddy an diesem Wochenende.

Buddy hatte ein erstaunlich enges Verhältnis zu seiner Mutter. Er zitierte sie immer über die Beziehung zwischen Mann und Frau, und ich wußte, daß Mrs. Willard, was Jungfräulichkeit bei Männern und bei Frauen betraf, ganz fanatisch war. Als ich das erste Mal zum Abendessen zu ihr ins Haus kam, sah sie mich mit einem eigenartigen, scharfen untersuchenden Blick an, und ich wußte, sie versuchte herauszubekommen, ob ich eine Jungfrau war oder nicht.

Genau wie ich vermutet hatte, Buddy war verlegen.

»Mutter hat mich über Gladys gefragt«, gab er zu.

»Nun, was hast du gesagt?«

»Ich habe gesagt, Gladys sei frei, eine Weiße und einundzwanzig Jahre alt.« Da wußte ich genau, so grob würde Buddy mit seiner Mutter sprechen, wenn es um mich ging. Immer wieder zitierte er seine Mutter: »Was ein Mann will, ist ein Weibchen, und was eine Frau will, ist grenzenlose Sicherheit«, und »Ein Mann ist ein Pfeil in die Zukunft und eine Frau ist der Ort, von dem aus der Pfeil fortschießt«, bis ich es nicht mehr hören konnte.

Jedesmal, wenn ich etwas dagegen sagen wollte, sagte Buddy, seine Mutter freue sich immer noch an seinem Vater, und das wäre doch wunderbar für Leute ihres Alters, das zeige doch deutlich, daß sie wirklich Bescheid wisse.

Kurzum, ich hatte gerade beschlossen, Buddy Willard ein für allemal abzuservieren – nicht weil er mit dieser Kellnerin geschlafen hatte, sondern weil er nicht den ehrlichen Mut gehabt hatte, es einfach offen zuzugeben und es als Teil seiner selbst zu nehmen – als auf dem Gang das Telefon läutete und

jemand mit einem kleinen, wissenden Singsang rief: »Es ist für dich, Esther, aus Boston.«
Ich wußte sofort, irgend etwas war nicht in Ordnung, denn der einzige Mensch, den ich in Boston kannte, war Buddy, und er rief mich nie mit Ferngespräch an, weil das viel teurer war als Briefe. Als er einmal eine Nachricht hatte, die ich so schnell wie möglich bekommen sollte, fragte er überall bei den anderen Medizinstudenten, ob jemand an diesem Wochenende zu meinem College führe, und tatsächlich gab es jemand, er gab ihm einen Zettel für mich mit, und ich bekam ihn noch am gleichen Tag. Er mußte noch nicht einmal die Briefmarke bezahlen.
Natürlich war es Buddy. Er erzählte mir, bei der jährlichen Röntgenuntersuchung sei herausgekommen, daß er Tuberkulose hatte, und er ginge auf ein Stipendium für Medizinstudenten mit Tuberkulose in ein Tuberkulosesanatorium in den Adirondacks. Dann sagte er, ich hätte seit jenem letzten Wochenende nicht mehr geschrieben, und er hoffe, daß zwischen uns nichts sei, und ich möchte doch bitte versuchen, ihm wenigstens einmal in der Woche zu schreiben, und ihn dann in den Weihnachtsferien in dem Sanatorium besuchen.
Ich hatte Buddy noch nie so durcheinander erlebt. Er war sehr stolz auf seine perfekte Gesundheit und erklärte mir immer, es sei psychosomatisch, wenn sich bei mir die Stirn- und Kieferhöhlen verstopften und ich nicht mehr atmen konnte. Ich fand diese Einstellung etwas merkwürdig für einen Arzt, und vielleicht wäre es besser, er würde Psychiatrie studieren, aber das sagte ich natürlich nie laut.
Ich sagte Buddy, wie leid mir das mit der Tuberkulose täte, und versprach zu schreiben, aber als ich einhängte, hatte ich kein bißchen Mitleid. Ich war nur wunderbar erleichtert.
Ich fand, die Tuberkulose war genau die richtige Strafe für so ein Doppelleben, wie Buddy es lebte, und dafür, daß er sich anderen gegenüber so überlegen vorkam. Und ich dachte, wie praktisch es war, daß ich auf dem College nicht verkünden mußte, ich hätte mit Buddy Schluß gemacht, und ich mußte nicht wieder mit diesen, von Dritten arrangierten Verabredungen anfangen. Ich erzählte einfach allen, Buddy hätte

Tuberkulose und wir seien praktisch verlobt, und wenn ich an den Samstagabenden auf dem Zimmer blieb, waren alle ganz besonders nett zu mir, weil man mich für besonders tapfer hielt und glaubte, ich arbeitete nur deshalb so, um meinen großen Kummer zu verbergen.

Kapitel 7

Natürlich war Constantin viel zu klein, aber auf seine Weise sah er gut aus, mit hellbraunem Haar und dunkelblauen Augen und einem lebendigen, herausfordernden Gesichtsausdruck. Er hätte fast Amerikaner sein können, so braun war er und so gute Zähne hatte er, aber ich erkannte sofort, daß er keiner war. Er hatte etwas, was den amerikanischen Männern, denen ich begegnet bin, fehlte, und zwar Intuition.

Von Anfang an glaubte Constantin mir, daß ich kein Protegé von Mrs. Willard war. Einmal hob ich eine Augenbraue, dann stieß ich ein trockenes, kleines Lachen aus, und sehr bald brieten wir Mrs. Willard am offenen Feuer, und ich dachte: »Diesem Constantin macht es nichts aus, daß ich etwas zu groß bin und nicht genug Sprachen kann und nicht in Europa war, hinter all dem sieht er mich so wie ich wirklich bin.«

Constantin fuhr mich in seinem alten, grünen Cabriolet mit rissigen, bequemen, braunen Ledersitzen und heruntergeklapptem Verdeck zur UN. Er erzählte mir, seine Bräune käme vom Tennisspielen, und als wir so nebeneinander saßen und in der offenen Sonne die Straßen entlangflogen, nahm er meine Hand und drückte sie, und ich war glücklicher als ich je gewesen war, seit ich im Alter von neun Jahren mit meinem Vater in dem Sommer, bevor er starb die heißen, weißen Strände entlang lief. Und als Constantin und ich in einem dieser lautlosen, ausgepolsterten Säle in der UN saßen, neben einem strengen, muskulösen russischen Mädchen ohne Make-up, die Simultanübersetzerin war wie Constantin, dachte ich, wie merkwürdig, es war mir noch nie vorher aufgefallen, ganz glücklich war ich nur bis zu meinem zehnten Geburtstag gewesen.

Trotz Pfadfinder und Klavierstunden und Wasserfarbenmalen und Tanzstunden und Segelkurs, und bei allen diesen Sachen hielt mich meine Mutter ziemlich kurz, und trotz des College, mit heimlichen Zusammenkünften im Morgengrauen vor dem Frühstück, mit Blaubeerkuchen und den Päckchen neuer Ideen, die jeden Tag explodierten – war ich nie wieder glücklich gewesen. Ich starrte durch das russische Mädchen in dem zweireihigen, grauen Kostüm hindurch. Sie rasselte ein Idiom nach dem anderen in ihrer eigenen, unerlernbaren Sprache herunter – Constantin sagte, das sei das Schwierigste daran, weil die Russen nicht die gleichen Idiome wie wir hätten – und ich wünschte mir von ganzem Herzen, ich könnte in sie hineinkriechen und den Rest meines Lebens damit verbringen, ein Idiom nach dem anderen auszustoßen. Glücklicher würde ich deshalb wohl nicht werden, aber es wäre wieder ein kleiner Stein Nützlichkeit unter den ganzen anderen Steinchen. Dann schienen Constantin und die russische Übersetzerin und die ganze Gesellschaft von schwarzen und weißen und gelben Männern, die sich da unten hinter den beschrifteten Mikrophonen stritten, wegzutreiben. Ich sah ihre Münder lautlos auf- und zugehen, als säßen sie auf dem Deck eines abfahrenden Schiffes und hätten mich in der Mitte eines riesigen Schweigens ausgesetzt.
Ich begann alles das zusammenzuzählen, was ich nicht konnte.
Ich fing mit dem Kochen an.
Meine Großmutter und meine Mutter kochten so gut, daß ich ihnen alles überließ. Sie versuchten immer wieder, mir ein Gericht beizubringen, aber ich sah zu und sagte nur: »Ja, ja, ich verstehe«, während mir die Anweisungen wie Wasser durch den Kopf flossen, und dann ruinierte ich immer alles, was ich kochte, so daß mich schließlich niemand mehr aufforderte, es noch einmal zu tun.
Ich erinnere mich an Jody, meine beste und einzige Freundin während des ersten Jahres auf dem College, sie machte mir eines Morgens bei sich zu Hause Rühreier. Sie schmeckten ungewöhnlich, und als ich sie fragte, ob sie irgend etwas Besonderes hineingetan hätte, sagte sie, Käse und Knoblauchsalz. Ich fragte, wer ihr das beigebracht hätte, und sie sagte,

niemand, sie hätte sich das einfach ausgedacht. Aber schließlich war sie praktisch veranlagt und wollte im Hauptfach Soziologie studieren.
Kurzschrift konnte ich auch nicht.
Das bedeutete, ich würde nach dem College keine gute Stellung bekommen. Meine Mutter sagte immer wieder, niemand würde mich nur mit Hauptfach Englisch nehmen. Aber eine Englischabsolventin, die Kurzschrift konnte, war schon etwas anderes. Von allen Seiten würde ich Angebote bekommen. Ich würde bei den aufsteigenden jungen Männern gefragt sein und einen aufregenden Brief nach dem anderen diktiert bekommen.
Die Schwierigkeit war nur, ich haßte die Vorstellung, Männern irgendwie zu dienen. Ich wollte meine eigenen aufregenden Briefe diktieren. Außerdem schienen diese kleinen Kurzschriftzeichen in dem Buch, das mir meine Mutter zeigte, genauso schlimm zu sein wie: t gleich Zeit und s gleich die zurückgelegte Strecke.
Meine Liste wurde länger. Ich war eine schrecklich schlechte Tänzerin. Ich konnte den Takt nicht halten. Ich konnte keine Balance halten, und immer wenn wir im Turnunterricht einen schmalen Balken mit ausgestreckten Händen und einem Buch auf dem Kopf entlanggehen mußten, fiel ich herunter. Ich konnte weder reiten noch skifahren, die beiden Dinge, die ich am liebsten getan hätte, weil das zuviel Geld kostete. Ich konnte weder Deutsch sprechen noch Hebräisch lesen noch Chinesisch schreiben. Von den meisten der merkwürdigen fernen Länder, die die UN-Männer vor mir vertraten, wußte ich nicht einmal, wo auf der Landkarte sie lagen.
Als ich da im schalldichten Herz des UN-Gebäudes zwischen Constantin, der Tennisspielen konnte und simultan übersetzen, und dem russischen Mädchen saß, das so viele Idiome kannte, kam ich mir das erste Mal im Leben schrecklich unzulänglich vor. Das Schlimme war, ich war immer unzulänglich gewesen, ich hatte nur noch nie darüber nachgedacht.
Ich war nur gut im Einsammeln von Stipendien und Preisen, und diese Epoche ging zu Ende.

Ich kam mir vor wie ein Rennpferd in einer Welt ohne Rennbahnen oder wie ein Fußballstar, der sich plötzlich auf der Wallstreet und in einem Geschäftsanzug sieht, die Tage des Ruhms sind zu einem kleinen, goldenen Pokal auf dem Kaminsims zusammengeschrumpft, auf dem Pokal ist ein Datum eingraviert, wie das Datum auf einem Grabstein.
Ich sah mein Leben so verzweigt vor mir wie den grünen Feigenbaum in der Erzählung.
Am Ende jedes Zweiges winkte und blinzelte wunderbare Zukunft, wie ein fette purpurfarbene Feige. Die eine Feige war ein Mann und ein glückliches Heim und Kinder, und die andere Feige war eine berühmte Dichterin, und die nächste Feige war eine brillante Professorin, und eine andere Feige war E. G., die großartige Redakteurin, und eine andere Feige war Europa und Afrika und Südamerika, und eine andere Feige war Constantin und Sokrates und Attila und eine Menge anderer Liebhaber mit komischen Namen und ausgefallenen Berufen, und eine andere Feige war eine Olympiasiegerin, und unter und über diesen Feigen hingen noch viel mehr Feigen, die ich nicht genau erkennen konnte. Ich sah mich in der Gabelung des Feigenbaumes sitzen, ich verhungerte, nur weil ich mich nicht entschließen konnte, welche Feige ich nehmen sollte. Ich wollte jede einzelne, aber eine auszuwählen hätte bedeutet, alle anderen zu verlieren, und während ich dort saß und nicht fähig war, mich zu entscheiden, begannen die Feigen schrumpelig zu werden und schwarz, und eine nach der anderen fiel auf den Boden, mir vor die Füße.
Constantins Restaurant roch nach Kräutern und Gewürzen und saurer Sahne. Während der ganzen Zeit in New York hatte ich so ein Restaurant nie gefunden, ich war nur auf diese ›Himmlische Hamburger Lokale‹ gestoßen, wo riesige Hamburger serviert werden und Tagessuppe und vier Sorten von besonderem Kuchen, an einer sehr sauberen Theke, einem langen, blitzenden Spiegel gegenüber.
Um in das Restaurant zu kommen, mußten wir sieben schwach beleuchtete Stufen in eine Art Keller hinuntergehen.
Reiseplakate waren auf die rauchgeschwärzten Wände ge-

klebt, so wie Fenster mit Aussicht auf Schweizer Seen und japanische Berge und afrikanische Steppen, und auf Flaschen steckten dicke staubige Kerzen, die seit Jahrhunderten ihr farbiges Wachs Rot über Blau über Grün in einer feinen, dreidimensionalen Spitze geweint zu haben schienen und einen Lichtkreis auf jeden Tisch warfen, wo Gesichter blühend und wie Flammen hingen. Ich weiß nicht mehr was ich aß, aber nach dem ersten Mund voll fühlte ich mich sehr viel besser. Es war mir, als ob meine Vision von dem Feigenbaum und den ganzen dicken Feigen, die verschrumpelten und zur Erde fielen, sehr gut aus der gänzlichen Leere eines leeren Magens entstanden sein konnte.
Constantin füllte unsere Gläser immer wieder mit süßem griechischen Wein, der nach Kiefernrinde schmeckte, und ich merkte, wie ich ihm erzählte, ich würde Deutsch lernen und nach Europa fahren und eine Kriegsberichterstatterin werden wie Maggie Higgins.
Als wir dann bei Yoghurt mit Erdbeermarmelade angekommen waren, fühlte ich mich so wohl, daß ich beschloß, mich von Constantin verführen zu lassen.

Von dem Augenblick an, als Buddy Willard mir das von der Kellnerin erzählte, hatte ich erwogen, hinzugehen und selbst mit jemandem zu schlafen. Mit Buddy zu schlafen zählte aber nicht, weil er mir immer um einen Menschen voraus war, es mußte jemand anderes sein.
Der einzige Junge, bei dem ich tatsächlich überlegt hatte, ob ich mit ihm schlafen sollte, war ein bitterer, hakennasiger Südstaatler von Yale, der an einem Wochenende zu unserem College gekommen war, nur um zu entdecken, daß seine Freundin am Tag vorher mit einem Taxifahrer durchgegangen war. Da das Mädchen in meinem Haus gewohnt hatte und ich als einzige an diesem Abend zu Hause war, blieb es an mir hängen, ihn aufzuheitern. In dem Café am Ort, in einer der abschließenden, mit hohen Trennwänden umgebenen Kojen, wo Hunderte von Menschen ihre Namen ins Holz geschnitzt hatten, tranken wir eine Tasse schwarzen Kaffee nach der anderen und redeten offen über Sex.

Dieser Junge – er hieß Eric – sagte, er fände es widerlich, wie die ganzen Mädchen meines College an den Eingängen unter den Hauslampen und in den Büschen ganz offen herumstünden und vor der Sperrstunde um ein Uhr mit ihren Freunden schmusten, und jeder, der vorbeikam, konnte sie sehen. Eine Million Jahre Evolution, sagte Eric bitter, und was sind wir? Tiere. Dann erzählte mir Eric, wie er das erste Mal mit einer Frau geschlafen hatte.
Er ging in den Südstaaten auf eine höhere Schule, die darauf spezialisiert war, vollendete Herren heranzuziehen, und es bestand ein ungeschriebenes Gesetz, daß man eine Frau erkannt haben mußte, wenn man absolvierte. Erkannt im biblischen Sinn, sagte Eric.
Deshalb fuhren Eric und ein paar seiner Klassenkameraden mit dem Autobus in die nächste Stadt und suchten ein bekanntes Freudenhaus auf. Erics Hure hatte noch nicht einmal ihr Kleid ausgezogen. Sie war eine fette, mittelalterliche Frau mit rot gefärbten Haaren und verdächtig dicken Lippen und rattenfarbiger Haut, und sie wollte das Licht nicht ausschalten, so daß er sie unter einer von Fliegen übersäten Fünfundzwanzig-Watt-Birne hatte, und es war keineswegs so, wie man immer tat. Es war so langweilig wie aufs Klo zu gehen.
Ich sagte, vielleicht sei es nicht so langweilig, wenn man eine Frau liebte, aber Eric sagte, das würde einem verdorben, wenn man daran dächte, daß diese Frau auch nur ein Tier sei wie alle anderen, deshalb würde er nie mit einer Frau, die er liebte, ins Bett gehen. Er würde zu einer Hure gehen, wenn er mußte, und würde die Frau, die er liebte, aus diesem ganzen schmutzigen Geschäft heraushalten.
Damals ging mir durch den Kopf, Eric sei vielleicht der richtige Mann, mit dem ich schlafen könnte, weil er es schon getan hatte und nicht wie die ganzen anderen Jungens eine schmutzige Phantasie hatte oder es dumm wirkte, wenn er darüber redete. Aber dann schrieb mir Eric einen Brief, er glaube, er könne mich wirklich lieben, ich sei so intelligent und zynisch und hätte trotzdem ein so freundliches Gesicht, überraschenderweise wie das seiner älteren Schwester; da wußte ich, es

hatte keinen Zweck, ich war der Typ, mit dem er nie ins Bett gehen würde, und ich schrieb ihm, unglücklicherweise hätte ich vor, einen Jugendfreund zu heiraten.

Je mehr ich darüber nachdachte, desto besser gefiel mir der Gedanke, mich von einem Simultanübersetzer in New York City verführen zu lassen. Constantin schien in jeder Beziehung reif und bedächtig. Ich wußte, es gab keinen Menschen, demgegenüber er damit angeben würde, so wie die Collegejungen ihren Zimmernachbarn oder ihren Freunden von der Basketballmannschaft gegenüber damit angaben, wie sie es mit Mädchen auf dem Rücksitz vom Auto gehabt hatten. Und es wäre eine angenehme Ironie des Schicksals, mit einem Mann zu schlafen, den ich durch Mrs. Willard kennengelernt hatte, fast als wäre sie auf Umwegen schuld daran.
Als Constantin fragte, ob ich mit in seine Wohnung kommen wollte, um ein paar Platten mit Balalaikamusik zu hören, lächelte ich innerlich. Meine Mutter hatte immer gesagt, unter keinen Umständen solle ich jemals nach einem Abendausgang mit einem Mann auf sein Zimmer gehen, es würde alles immer auf das gleiche hinauslaufen.
»Ich mag Balalaikamusik sehr gerne«, sagte ich.
Constantins Zimmer hatte einen Balkon und vom Balkon aus sah man über den Fluß, und wir konnten unten in der Dunkelheit das Tuten der Schlepper hören. Ich war ergriffen und fühlte mich zart und war absolut sicher, was ich tun wollte.
Ich wußte, ich konnte ein Kind bekommen, aber dieser Gedanke hing weit und undeutlich in der Ferne und machte mir überhaupt keine Sorgen. Es gab kein hundertprozentig sicheres Mittel, kein Baby zu bekommen, hieß es in einem Artikel, den meine Mutter aus dem Reader's Digest ausgeschnitten und mir ins College geschickt hatte. Dieser Artikel mit dem Titel ›Zur Verteidigung der Keuschheit‹ war von einer verheirateten Rechtsanwältin, die Kinder hatte, verfaßt. Dort wurden alle Gründe dafür aufgezählt, warum ein Mädchen außer mit ihrem Mann mit niemandem schlafen sollte, und auch das erst nachdem sie verheiratet waren.
Das Hauptargument des Artikels war, die Welt eines Man-

nes sei verschieden von der einer Frau, und die Emotionen eines Mannes seien verschieden von den Emotionen einer Frau, und nur die Ehe füge die beiden Welten und die zwei verschiedenen Emotionen richtig zusammen. Meine Mutter sagte, davon erfahre ein Mädchen nichts bis es zu spät sei, deshalb müsse es den Rat von Leuten befolgen, die schon etwas davon verstünden, wie eine verheiratete Frau.

Die Rechtsanwältin sagte, am besten seien Männer, die für ihre Frauen rein bleiben wollten, und selbst wenn sie nicht rein seien, wollten es die Männer sein, die ihren Frauen das Geschlechtliche beibringen. Natürlich würden sie versuchen, ein Mädchen zum Geschlechtsverkehr zu überreden, und erklären, sie würden sie später heiraten, aber sobald sie nachgäbe, würden sie allen Respekt vor ihr verlieren und sagen, weil sie es mit ihnen getan hätte, würde sie es auch mit anderen Männer tun, und so würden sie das Leben des Mädchens zerstören.

Die Frau schloß ihren Artikel, es sei besser, sicherzugehen als unglücklich zu sein und außerdem gäbe es kein sicheres Mittel dagegen, nicht doch mit einem Kind dazusitzen, und dann stecke man erst wirklich in der Tinte.

Nur ließ der Artikel meines Erachtens die Gefühle eines Mädchens aus.

Es konnte ja ganz schön sein, einen reinen Mann zu heiraten, aber was war, wenn er dann plötzlich berichtete, er sei gar nicht rein, nachdem man geheiratet hatte, so wie Buddy Willard? Ich fand es unerträglich, mir eine Frau vorzustellen, die ein völlig reines Leben haben mußte und einen Mann, der ein Doppelleben haben konnte, eins davon rein und eins nicht. Wenn es so schwierig war, einen intelligenten wirklichen Mann zu finden, der noch mit einundzwanzig rein war, dann, so beschloß ich schließlich, konnte ich genauso gut davon absehen, selbst rein zu bleiben, und jemanden heiraten, der auch nicht rein war. Denn wenn er mich dann unglücklich machte, konnte ich ihn genauso unglücklich machen.

Als ich neunzehn war, war Reinheit die große Sache.

Statt einer in Katholiken und Protestanten oder Republikaner und Demokraten oder Weiße und Neger oder sogar

Frauen und Männer eingeteilten Welt, war für mich die Welt in Leute eingeteilt, die mit jemandem geschlafen hatten, und Leute, die das nicht getan hatten, und das schien der einzige wirklich entscheidende Unterschied zwischen zwei Menschen.
Ich glaubte, eine phantastische Veränderung würde über mich kommen an dem Tag, an dem ich die Grenze überschritt.
Es wäre so, wie wenn ich je Europa besuchen würde. Ich käme nach Hause, und wenn ich genau in den Spiegel sah, würde ich hinten im Auge eine kleine weiße Alp entdecken. Jetzt stellte ich mir vor, wenn ich morgen in den Spiegel sah, würde ich in meinen Augen einen Constantin so groß wie eine Puppe erkennen, der mich von dort anlächelte.
Ungefähr eine Stunde ruhten wir uns also in zwei getrennten Liegestühlen auf Constantins Balkon aus, das Grammophon spielte und die Balalaikaplatten waren zwischen uns aufgestapelt. Ein schwaches milchiges Licht kam von den Straßenlampen oder dem Halbmond oder den Autos oder den Sternen, ich konnte nicht sagen, woher, aber außer meine Hand zu halten, zeigte Constantin nicht das geringste Bedürfnis, mich zu verführen.
Ich fragte ihn, ob er verlobt sei oder irgendeine feste Freundin hätte, weil ich dachte, vielleicht war das der Grund, aber er sagte nein, es läge ihm daran, sich von solchen Verbindungen freizuhalten. Von dem ganzen Kiefernrindenwein, den ich getrunken hatte, spürte ich schließlich starke Schläfrigkeit durch meine Adern fließen.
»Ich glaube, ich gehe hinein und lege mich hin«, sagte ich.
Ich schlenderte in das Schlafzimmer und bückte mich, um die Schuhe auszuziehen. Das saubere Bett bewegte sich vor mir wie ein sicheres Boot auf und ab. Ich streckte mich der Länge nach aus und schloß die Augen. Dann hörte ich Constantin seufzen und vom Balkon hereinkommen. Nacheinander bumsten seine Schuhe auf den Boden, und er legte sich neben mich. Ich sah ihn heimlich hinter einer Haarsträhne an.
Er lag auf dem Rücken, die Hände unter dem Kopf, und starrte an die Decke. Die gestärkten weißen Ärmel seines Hemdes, die bis zum Ellenbogen aufgerollt waren, schim-

merten unheimlich im Halbdunkel und seine gebräunte Haut schien fast schwarz. Er war der schönste Mann, den ich je gesehen hatte, dachte ich. Ich dachte, wenn ich doch nur ein scharf geschnittenes, wohlgeformtes Gesicht hätte, oder ein gescheites politisches Gespräch führen könnte oder eine berühmte Schriftstellerin wäre, dann würde mich Constantin interessant genug finden, um mit mir zu schlafen.
Und dann überlegte ich mir, ob er ins Durchschnittliche absinken würde, sobald er mich gern hatte, und würde ich nicht, sobald er mich liebte, einen Fehler nach dem anderen entdekken, so wie das bei Buddy Willard und den Jungens davor war.
Immer wieder passierte das gleiche:
Ich bekam von weitem einen makellosen Mann zu Gesicht, und sobald er näher kam, erkannte ich sofort, daß er keineswegs genügte. Das ist einer der Gründe, warum ich niemals heiraten wollte. Keinesfalls wollte ich unendliche Sicherheit und ein Ort sein, von dem aus ein Pfeil fortfliegt. Ich wollte Veränderung, Aufregung und selbst in alle Richtungen fliegen, wie die farbigen Strahlen einer Rakete am 4. Juli.

Ich wachte mit dem Geräusch von Regen auf.
Es war stockfinster. Nach einer Weile entzifferte ich die schwachen Umrisse eines fremden Fensters. Immer wieder erschien ein Lichtstrahl aus dem Nichts, wanderte wie ein geisterhafter forschender Finger die Wand entlang und glitt wieder ins Nichts.
Dann hörte ich jemanden atmen.
Zuerst dachte ich, nur ich selbst sei es, und ich läge im Dunkeln in meinem Hotelzimmer, nachdem ich mir den Magen verdorben hatte. Ich hielt den Atem an, aber das Atmen ging weiter. Neben mir auf dem Bett glühte ein grünes Auge. Es war wie ein Kompaß in Viertel eingeteilt. Ich griff langsam hin und schloß die Hand darum. Ich hob es hoch. Es kam ein Arm mit, schwer wie der Arm eines toten Mannes, aber warm von Schlaf.
Constantins Uhr stand auf drei.
Er lag in Hemd und Hosen und mit Strümpfen an den Fü-

ßen genauso wie ich ihn gelassen hatte, als ich einschlief, und als sich meine Augen an die Dunkelheit gewöhnten, erkannte ich die bleichen Augenlider und die gerade Nase und den nachgiebigen, wohlgeformten Mund, aber sie schienen unwirklich, wie auf Nebel gezeichnet. Ein paar Minuten lang beugte ich mich hinüber und sah ihn prüfend an. Ich war noch nie vorher neben einem Mann eingeschlafen.

Ich versuchte mir vorzustellen, wie das sei, wenn Constantin mein Mann wäre.

Das würde bedeuten, um sieben Uhr aufstehen und ihm Eier und Schinken und Toast und Kaffee machen und im Schlafrock und mit Haarwicklern herumtrödeln, nachdem er zur Arbeit gegangen war, die schmutzigen Teller abwaschen und das Bett machen, und wenn er dann nach einem lebendigen, faszinierenden Tag nach Hause kam, erwartete er ein großes Abendessen, und ich verbrachte den Abend damit, noch schmutzigere Teller abzuwaschen, um dann völlig erschöpft ins Bett zu fallen.

Für ein Mädchen, das fünfzehn Jahre lang glatte Einser gehabt hatte, schien das ein ödes und vergeudetes Leben, aber ich wußte, so war die Ehe, denn Buddy Willards Mutter kochte und putzte und wusch vom Morgen bis zum Abend, und sie war die Frau eines Universitätsprofessors und war selbst Lehrerin an einer Privatschule gewesen.

Als ich Buddy einmal besuchte, traf ich Mrs. Willard, wie sie mit Wollstoffstreifen aus Mr. Willards alten Anzügen einen Teppich webte. Mit diesem Teppich hatte sie Wochen zugebracht, und ich bewunderte das gewebte Muster aus Braun und Grün und Blau, aber nachdem Mrs. Willard damit fertig war, legte sie den Teppich an die Stelle ihrer alten Küchenmatte, statt ihn an die Wand zu hängen, so wie ich es getan hätte, und nach ein paar Tagen war er schmutzig und farblos und von irgendeiner anderen Matte, die man für weniger als einen Dollar in einem Warenhaus kaufen konnte, nicht mehr zu unterscheiden.

Und ich wußte, trotz der ganzen Rosen und Küsse und Essen im Restaurant, mit denen ein Mann eine Frau überschüttete, bevor er sie heiratete, wollte er sie sich eigentlich nur unter

die Füße legen wie Mrs. Willards Küchenmatte, wenn die Hochzeit vorbei war.
Meine eigene Mutter hatte mir doch erzählt, sobald sie und mein Vater für die Flitterwochen Reno verließen – mein Vater war vorher verheiratet gewesen, deshalb mußte er sich scheiden lassen – hatte mein Vater zu ihr gesagt: »Ah, welche Erleichterung, jetzt können wir damit aufhören, so zu tun als ob, und können ganz wir selbst sein« – und von diesem Tag an hatte meine Mutter keine Minute Ruhe mehr.
Ich erinnerte mich auch daran, daß Buddy Willard in ernstem, wissenden Ton gesagt hatte, wenn ich erst Kinder hätte, würde ich ganz anders denken und keine Gedichte mehr schreiben wollen. Deshalb glaubte ich, es sei vielleicht wirklich wie Gehirnwäsche, wenn man verheiratet war und Kinder hatte, und man lief dann nur noch dumpf wie ein Sklave in einem privaten, totalitären Staat herum. Während ich auf Constantin heruntersah, wie man auf einen glänzenden unerreichbaren Kiesel auf dem Grund einer tiefen Quelle blickt, hoben sich seine Augenlider und er sah durch mich hindurch, und seine Augen waren voll von Liebe. Ich beobachtete stumm, wie ein kleiner Verschluß von Erkennen über die verschwommene Zärtlichkeit schnappte, und die weiten Pupillen wurden glänzend und flach wie Lackleder. Constantin setzte sich auf, gähnte. »Wieviel Uhr ist es?«
»Drei«, sagte ich mit flacher Stimme. »Es ist besser, ich gehe nach Hause. Ich muß morgen früh zur Arbeit.«
»Ich fahre dich nach Hause.«
Als wir Rücken an Rücken jeweils auf unserer Seite des Bettes saßen und in diesem schrecklichen weißen Licht der Nachttischlampe mit unseren Schuhen herummachten, spürte ich, daß Constantin sich umdrehte. »Ist dein Haar immer so?«
»Was meinst du?«
Er antwortete nicht, sondern langte herüber, legte die Hand an meine Haarwurzeln und fuhr mit den Fingern langsam wie ein Kamm an ihnen entlang zu den Haarenden. Ein kleiner elektrischer Schlag durchfuhr mich, und ich saß ganz still. Schon als ich noch klein war, mochte ich das Gefühl, wenn

mir das Haar gekämmt wurde. Es machte mich schläfrig und friedlich.
»Ach, ich weiß, woher es kommt«, sagte Constantin. »Du hast es gerade gewaschen.«
Und er beugte sich herunter, um sich die Tennisschuhe zuzubinden.
Eine Stunde später lag ich in meinem Hotelbett und hörte dem Regen zu. Es klang nicht einmal wie Regen, es klang wie wenn ein Wasserhahn tropft. Der Schmerz in der Mitte meines linken Schienbeins wurde lebendig, und ich gab alle Hoffnung auf, vor sieben Uhr noch zu schlafen, wenn mich das Weckradio mit herzhaften Marschklängen weckte.
Jedesmal wenn es regnete, schien sich der alte Beinbruch an sich selbst zu erinnern, und er erinnerte sich an einen dumpfen Schmerz.
Dann dachte ich: »Buddy Willard war daran schuld, daß ich das Bein gebrochen habe.«
Dann dachte ich: »Nein, ich habe es selbst gebrochen. Ich habe es absichtlich gebrochen, um mir zurückzuzahlen, daß ich ein solches Ekel war.«

Kapitel 8

Mr. Willard fuhr mich in die Adirondacks Berge. Es war am Tag nach Weihnachten und ein grauer Himmel bauschte sich fett vor Schnee über uns. Ich fühlte mich überfressen und dumpf und enttäuscht, so wie ich mich immer am Tag nach Weihnachten fühlte, als ob das, was immer die Tannenzweige und die Kerzen und die mit silbernen und goldenen Bändern eingepackten Geschenke und die offenen Feuer aus Birkenscheiten und der Weihnachtstruthahn und die Weihnachtslieder am Klavier versprachen, niemals vorbei ginge.
An Weihnachten wünschte ich mir fast, katholisch zu sein.
Zuerst fuhr Mr. Willard, und dann fuhr ich. Ich weiß nicht mehr, über was wir sprachen, aber als die schon tief unter altem Schnee steckende Landschaft immer rauher wurde und die Fichten sich von den grauen Hügeln so dunkelgrün, daß

sie schwarz aussahen, bis zum Straßenrand herabzogen, wurde ich immer trauriger.
Ich war drauf und dran, Mr. Willard zu bitten, alleine weiterzufahren, ich würde mit Autostop wieder nach Hause fahren.
Aber ein Blick auf Mr. Willards Gesicht – das jungenhaft kurzgeschnittene silbrige Haar, die klaren blauen Augen, die rosa Wangen, alles übergossen wie ein süßer Hochzeitskuchen mit dem unschuldigen, vertrauenden Gesichtsausdruck – und ich wußte, ich konnte es nicht. Ich mußte den Besuch bis zum Ende durchstehen.
Um die Mittagszeit wurde das Grau etwas heller, und wir parkten an einer vereisten Ausfahrt und teilten uns die Thunfischbrote und das Gebäck und die Äpfel und die Thermosflasche mit schwarzem Kaffee, die Mrs. Willard für uns als Mittagessen eingepackt hatte.
Mr. Willard sah mich freundlich an. Dann räusperte er sich und wischte sich ein paar übrige Krümel vom Schoß. Ich wußte, er würde etwas Ernsthaftes sagen, denn er war sehr scheu und ich hatte ihn sich auf gleiche Weise räuspern hören, bevor er eine wichtige Vorlesung in Wirtschaftslehre gab.
»Nelly und ich wollten immer eine Tochter haben.«
Für einen verrückten Augenblick glaubte ich, Mr. Willard würde verkünden, Mrs. Willard sei schwanger und erwarte ein Mädchen. Dann sagte er: »Aber ich kann mir keine nettere Tochter als dich vorstellen.«
Mr. Willard mußte gedacht haben, ich weinte, weil ich so froh war, ihn als Vater zu bekommen. »Na, na«, er tätschelte mir die Schulter und räusperte sich ein- oder zweimal. »Ich glaube, wir verstehen uns.«
Dann öffnete er die Wagentür auf seiner Seite und kam auf meine Seite herüber, sein Atem wurde in der grauen Luft zu gewundenen Rauchsignalen. Ich rutschte auf den Sitz, den er verlassen hatte, und er ließ den Wagen an, und wir fuhren weiter.
Ich weiß nicht genau, was ich von Buddys Sanatorium erwartete.
Ich glaube, ich stellte mir eine Art hölzernes Chalet vor, hoch auf der Spitze eines kleinen Berges, mit rotbackigen jungen

Männern und Frauen, alle sehr attraktiv, die aber mit hektisch glitzernden Augen unter dicken Decken auf Balkons lagen.
»Tuberkulose ist so, wie wenn man mit einer Bombe in den Lungen lebt«, hatte Buddy mir ins College geschrieben. »Man liegt einfach ganz ruhig da und hofft, daß sie nicht losgeht.«
Ich konnte mir nur schwer vorstellen, daß Buddy ruhig lag. Seine ganze Lebensphilosophie war es, auf den Beinen zu sein und jede Sekunde etwas zu tun. Sogar im Sommer am Strand legte er sich niemals hin, um in der Sonne zu dösen, wie ich das tat. Er lief herum oder spielte Ball oder machte ein paar Liegestütze, um die Zeit zu nutzen.
Mr. Willard und ich warteten im Empfangsraum auf das Ende der Mittagsruhe.
Die Farben des Sanatoriums schienen ganz auf ›Leber‹ zu basieren. Dunkle, finster aussehende Hölzer, schwarzbraune Lederstühle, Wände, die vielleicht einmal weiß gewesen waren, aber von einer sich ausbreitenden, den Putz zerfressenden Seuche oder von der Feuchtigkeit befallen waren. Auf dem Boden lag fleckiges braunes Linoleum.
Auf einem niedrigen Kaffeetisch, mit runden und halbrunden eingeätzten Flecken in dem dunklen Furnier, lagen ein paar verwitterte Hefte von TIME und LIFE. Ich blätterte das mir nächstliegende Heft halb durch. Das Gesicht von Eisenhower leuchtete zu mir auf, kahl und leer wie das Gesicht eines Embryos in einer Flasche.
Nach einer Weile bemerkte ich ein heimliches tropfendes Geräusch. Einen Moment dachte ich, die Wände hätten angefangen, die Feuchtigkeit abzugeben, von der sie durchtränkt sein mußten, aber dann sah ich, das Geräusch kam von einem kleinen Springbrunnen in einer Ecke des Raumes.
Der Springbrunnen spritzte aus einem rohen Stück Rohr ein paar Zentimeter in die Luft, warf die Hände hoch, fiel zusammen und ertränkte sein restliches Tröpfeln in einem mit gelbem Wasser gefüllten Steinbecken. Das Becken war mit den weißen sechseckigen Kacheln ausgelegt, die man in öffentlichen Bedürfnisanstalten findet.

Ein Summer ertönte, in der Ferne öffneten und schlossen sich Türen. Dann kam Buddy herein.
»Hallo, Vater.«
Buddy umarmte seinen Vater und kam prompt entsetzlich strahlend zu mir hinüber und streckte die Hand aus. Ich schüttelte sie. Sie fühlte sich feucht und fett an.
Mr. Willard und ich saßen nebeneinander auf einer Ledercouch. Buddy setzte sich uns gegenüber auf den Rand eines schlüpfrigen Sessels. Er lächelte weiter, als wären seine Mundwinkel durch unsichtbare Drähte hochgezogen.
Daß Buddy dick sein könnte, damit hatte ich überhaupt nicht gerechnet. Jedesmal wenn ich an ihn im Sanatorium dachte, sah ich tiefliegende Schatten auf den Wangenknochen und die Augen aus fast fleischlosen Augenhöhlen brennen.
Aber alles Konkave an Buddy war plötzlich konvex geworden. Ein dicker Bauch schwoll unter dem engen weißen Nylonhemd und seine Wangen waren rund und rosig wie Marzipanfrüchte. Sogar sein Lachen klang plump.
Buddys Augen folgten meinen. »Das kommt vom Essen«, sagte er. »Wir werden jeden Tag genudelt und liegen nur herum. Aber ich darf jetzt stundenweise spazierengehen, deshalb keine Angst, in ein paar Wochen bin ich wieder dünn.«
Er sprang auf und lächelte wie ein gutgelaunter Gastgeber. »Wollt ihr mein Zimmer sehen?«
Ich folgte Buddy und Mr. Willard folgte mir durch Schwingtüren mit Milchglasscheiben, einen düsteren, leberfarbenen Korridor entlang, der nach Bohnerwachs und Lysol roch und nach irgendeinem anderen undeutlicheren Geruch wie abgebrochene Gardenien.
Buddy machte eine braune Tür auf, und wir drängten uns in das enge Zimmer.
Ein klobiges Bett mit einem dünnen weißen Überzug, der mit blauen, bleistiftdicken Streifen bedeckt war, nahm den meisten Raum ein. Daneben stand ein Nachttisch mit einem Krug Wasser und einem Wasserglas und dem silbrigen Ende eines Thermometers, das aus einem Gefäß mit rosa Desinfektionsmittel herausragte. Ein zweiter Tisch, voll mit Büchern und Papieren und gebrannten Tontöpfen – bemalt und gebrannt,

aber nicht lackiert – war zwischen das Ende des Bettes und die Schranktür gezwängt.
»Na ja«, atmete Mr. Willard aus, »es sieht ganz gemütlich aus.«
Buddy lachte.
»Was ist denn das?« Ich nahm einen Aschenbecher aus Ton in der Form eines Lilienblattes, auf schmutziggrünem Grund waren die Blattadern sorgfältig in Gelb aufgemalt. Buddy rauchte nicht.
»Ein Aschenbecher«, sagte Buddy. »Er ist für dich.«
Ich stellte den Aschenbecher hin. »Ich rauche nicht.«
»Ich weiß«, sagte Buddy. »Ich dachte, er würde dir trotzdem gefallen.«
»Nun«, Mr. Willard rieb eine papierene Lippe gegen die andere. »Ich glaube, ich sollte wieder. Ich glaube, ich lasse euch zwei jungen Leute ...«
»Gut, Papa. Du mußt wieder fahren.«
Ich war überrascht. Ich hatte gedacht, Mr. Willard würde über Nacht bleiben und mich am nächsten Tag zurückfahren.
»Soll ich mitkommen?«
»Nein, nein.« Mr. Willard zog ein paar Geldscheine aus der Brieftasche und gab sie Buddy.
»Sieh zu, daß Esther einen guten Platz im Zug bekommt. Sie bleibt vielleicht einen Tag oder so.«
Buddy begleitete seinen Vater zur Tür.
Ich kam mir von Mr. Willard im Stich gelassen vor. Ich hatte das Gefühl, daß er das schon die ganze Zeit vorgehabt hatte, aber Buddy sagte, nein, sein Vater könne den Anblick von Krankheit einfach nicht ertragen und besonders die Krankheit seines eigenen Sohnes nicht, denn er halte alle Krankheiten für Krankheiten des Willens. Mr. Willard war in seinem Leben keinen einzigen Tag krank gewesen.
Ich setzte mich auf Buddys Bett. Man konnte sich einfach nirgendwo sonst hinsetzen.
Buddy kramte geschäftsmäßig in seinen Papieren herum. Dann gab er mir eine dünne graue Zeitschrift.
»Sieh auf Seite elf nach.«

Die Zeitschrift war irgendwo in Maine gedruckt und voll von schablonenhaften Gedichten und Beschreibungen in Abschnitten, die durch Sternchen getrennt waren. Auf Seite elf fand ich ein Gedicht mit dem Titel »Florida – Dämmerung«. Ich überflog ein dichterisches Bild nach dem anderen über wassermelonenfarbige Lichter und schildkrötengrüne Palmen und Muscheln, gekehlt wie die Reste griechischer Architektur.
»Nicht schlecht.« Ich fand es entsetzlich.
»Wer hat es geschrieben?« fragte Buddy mit sonderbarem, taubenhaften Lächeln.
Mein Blick fiel auf den Namen in der unteren rechten Ecke der Seite. B. S. Willard.
»Ich weiß es nicht.« Dann sagte ich: »Natürlich weiß ich es, Buddy. Du hast es geschrieben.«
Buddy rutschte zu mir herüber.
Ich rutschte zurück. Ich wußte sehr wenig über Tuberkulose, aber es schien mir eine besonders ernste Krankheit zu sein, weil sie sich so unsichtbar hinzog. Buddy konnte gut in seiner eigenen kleinen mörderischen Aura von Tuberkeln sitzen, dachte ich.
»Keine Sorge«, lachte Buddy. »Ich bin nicht positiv.«
»Positiv?«
»Du steckst dich schon nicht an.«
Buddy holte tief Atem, so wie man das bei einem steilen Aufstieg tut.
»Ich möchte dich etwas fragen.« Er hatte die beunruhigende neue Angewohnheit, mir seinen Blick in die Augen zu bohren, als ob er tatsächlich darauf aus war, mir den Kopf zu durchbohren, um noch besser analysieren zu können, was darin vorging.
»Ich wollte es dich eigentlich per Brief fragen.«
Ich hatte eine verschwommene Vision eines blaßblauen Kuverts mit dem Wappen von Yale auf der Rückseite.
»Aber dann fand ich, es wäre besser, wenn ich warte, bis du herkommst, damit ich dich persönlich fragen kann.« Er machte eine Pause. »Willst du gar nicht wissen, was es ist?«
»Was denn?« sagte ich mit einer kleinen, nicht vielversprechenden Stimme.

Buddy setzte sich neben mich. Er legte mir den Arm um die Hüfte und strich mir das Haar vom Ohr zur Seite. Ich rührte mich nicht. Dann hörte ich ihn flüstern: »Möchtest du gerne Mrs. Buddy Willard werden?«
Ich spürte den furchtbaren Zwang lachen zu müssen.
Diese Frage hätte mich jeden Augenblick während der fünf oder sechs Jahre, die ich Buddy Willard anbetete, einfach umgeworfen, dachte ich.
Buddy merkte, wie ich zögerte.
»Oh, ich weiß schon, ich bin jetzt noch nicht in Form«, sagte er schnell. »Ich bin immer noch in Behandlung und es kann gut sein, daß ich noch eine oder zwei Rippen los werde, aber nächsten Herbst studiere ich wieder weiter. Spätestens kommendes Frühjahr in einem Jahr ...«
»Ich glaube, ich muß dir etwas sagen, Buddy.«
»Ich weiß«, sagte Buddy steif. »Du hast jemand anders getroffen.«
»Nein, das ist es nicht.«
»Was denn dann?«
»Ich werde nie heiraten.«
»Du bist verrückt.« Buddy strahlte. »Das wirst du dir schon noch anders überlegen.«
»Nein, ich habe es mir überlegt.«
Aber Buddy sah nur weiter fröhlich aus.
»Erinnerst du dich«, sagte ich, »damals als du nach dem Fest mit mir per Autostop zum College zurückgefahren bist?«
»Ich erinnere mich.«
»Weißt du noch, wie du mich gefragt hast, wo ich am liebsten leben würde, auf dem Land oder in der Stadt?«
»Und du hast gesagt ...«
»Und ich habe gesagt, ich würde gerne auf dem Land leben und in der Stadt?« Buddy nickte.
»Und du«, fuhr ich mit plötzlicher Stärke fort, »du hast gelacht und gesagt, ich hätte die perfekte Veranlagung eines echten Neurotikers und diese Frage stamme aus einem Fragebogen, den du in dieser Woche in der Psychologievorlesung bekommen hättest?«
Buddys Lächeln verschwand.

»Also, du hast recht gehabt. Ich bin neurotisch. Ich könnte nie auf dem Land und nie in der Stadt leben.«
»Du könntest dazwischen leben«, schlug Buddy hilfreich vor.
»Dann könntest du manchmal in die Stadt gehen und manchmal aufs Land.«
»Und was ist dabei so neurotisch?«
Buddy gab keine Antwort.
»Nun?« stieß ich aus, und dachte: »Diese Kranken soll man nicht verhätscheln, das ist sehr schlecht für sie, das verdirbt sie völlig.«
»Nichts«, sagte Buddy mit blasser, leiser Stimme.
»Neurotisch, ha!« ich lachte verächtlich. »Wenn das neurotisch ist, wenn man zwei sich gegenseitig ausschließende Dinge zur gleichen Zeit tun will, dann bin ich verdammt neurotisch. Ich werde mein ganzes Leben lang zwischen zwei sich ausschließenden Dingen hin und her fliegen.«
Buddy legte seine Hand auf meine.
»Laß mich mit dir fliegen.«

Ich stand auf Mount Pisgah am Anfang der Skiabfahrt und sah hinunter. Ich war noch nie in meinem Leben Ski gefahren. Aber ich dachte, ich sollte die Aussicht genießen, wenn ich schon mal da war.
Links von mir entließ der Schlepplift einen Skifahrer nach dem anderen auf den verschneiten Gipfel, der von dem vielen Hin und Her und nach der etwas auftauenden Mittagssonne so glatt und hart wie Glas geworden war. Die kalte Luft straffte meine Lungen und Stirnhöhlen mit visionärer Klarheit.
Zu beiden Seiten rasten die Skifahrer in roten und blauen und weißen Jacken die blendende Piste hinunter wie fliehende Teilchen einer amerikanischen Fahne. Vom Fuß der Abfahrt her spielte die imitierte Blockhütte ihre Schlager in den Überhang der Stille.
Wir schauen auf die Jungfrau
Aus unserem Haus für zwei . . .
Das heitere Lied und das Dröhnen zogen wie ein unsicht-

barer Bach in einer Schneewüste an mir vorbei. Eine sorglose herrliche Geste, und ich würde mich die Abfahrt hinabschleudern auf den kleinen khakifarbenen Fleck seitwärts unter den Zuschauern zu, der Buddy Willard war.
Den ganzen Vormittag hatte Buddy mir das Skifahren beigebracht. Zuerst lieh sich Buddy Ski und Skistöcke von einem Freund im Dorf, Skistiefel von der Frau eines Arztes, deren Füße nur um eine Nummer größer waren als meine, und eine rote Windjacke von einer Lernschwester. Erstaunlich, wie beharrlich er bei meiner Halsstarrigkeit war.
Dann fiel mir ein, daß Buddy beim Medizinstudium einen Preis bekommen hatte, weil er besonders viele Angehörige von Gestorbenen überredete, ihre Toten im Dienste der Wissenschaft sezieren zu lassen, ob es nötig war oder nicht. Ich vergaß, was für ein Preis das war, aber ich konnte mir Buddy gut in dem weißen Mantel vorstellen mit dem Stethoskop, das wie ein Teil seiner Anatomie aus einer Seitentasche herausragte, wie er lächelte und sich verbeugte und abgestumpfte, dumpfe Verwandte dazu überredete, die Einwilligung zu unterzeichnen.
Dann lieh Buddy sich das Auto seines eigenen Arztes, der selbst Tuberkulose gehabt und deshalb viel Verständnis hatte, und wir fuhren los, als der Summer in den sonnenlosen Gängen des Sanatoriums schnarrend den Beginn des Spaziergangs ankündigte. Buddy war noch nie Ski gefahren, aber er sagte, die Grundregeln seien ganz einfach, und er habe den Skilehrern und ihren Schülern oft zugesehen, deshalb könne er mir alles Nötige beibringen. Die erste halbe Stunde lang ging ich gehorsam im Grätschschritt einen kleinen Hügel hinauf, stieß mich mit den Stöcken ab und fuhr gerade wieder hinunter. Buddy schien mit meinen Fortschritten zufrieden.
»Sehr gut, Esther«, bemerkte er, als ich die Abfahrt zum zwanzigstenmal anging. »Jetzt wollen wir es mit dem Schlepplift versuchen.«
Ich blieb erhitzt und keuchend stehen.
»Aber Buddy, ich kann doch noch keine Bogen fahren. Alle die Leute, die von da oben herunterkommen, können Bogen fahren.«

»Du brauchst ja nur halb hinaufzufahren. Dann wirst du nicht zu viel Fahrt bekommen.«
Und Buddy begleitete mich zum Schlepplift und zeigte mir, wie ich das Seil durch die Hände laufen lassen mußte, und dann sagte er, ich solle mit den Fingern zugreifen und hinauffahren. Der Gedanke, nein zu sagen, kam mir überhaupt nicht. Ich schloß die schmerzenden Finger um die rauhe, rutschende Schlange des Seils und fuhr hinauf.
Aber das Seil zog mich schwankend und balancierend so schnell vorwärts, daß ich die Hoffnung aufgab, auf halber Höhe davon loszukommen. Ein Skifahrer war vor mir und einer hinter mir und wenn ich losgelassen hätte, hätte es mich umgeworfen und ich wäre von Skiern und Skistöcken durchbohrt worden, und ich wollte keine Schwierigkeiten machen, deshalb blieb ich ruhig daran hängen. Oben aber bereute ich es.
Buddy hatte mich ausgemacht, wie ich da in der roten Jacke zögerte. Seine Arme schlugen die Luft wie khakifarbene Windmühlenflügel. Dann merkte ich, daß er mir zu verstehen gab, in einer Lücke herunterzufahren, die sich zwischen den verwobenen Skifahrern geöffnet hatte. Aber während ich mich unsicher mit trockenem Hals noch nicht entschließen konnte, verwischte sich der glatte weiße Pfad von meinen Füßen bis zu seinen Füßen.
Ein Skifahrer kreuzte ihn von links, ein anderer kreuzte ihn von rechts. Buddys Arme winkten dumm wie Fühler weiter von der anderen Seite des Feldes, das von kleinen, sich bewegenden mikroskopischen Lebewesen, wie von Bazillen wimmelte, oder seine Arme streckten sich wie leuchtende Ausrufezeichen.
Ich sah von dem wimmelnden Amphitheater auf zu der Aussicht dahinter.
Das große, graue Auge des Himmels sah mich an, seine dunstige Sonne rückte die ganzen weißen und schweigenden weiten Fernen, die von allen Punkten der Windrose heranflossen, in den Brennpunkt, ein bleicher Hügel nach dem anderen, um zu meinen Füßen zum Stillstand zu kommen.
Die innere Stimme quälte mich, kein Idiot zu sein, meine

Haut zu retten und die Ski abzuschnallen und hinunterzugehen, von den buschigen Kiefern getarnt, die entlang der Abfahrt standen – und sie floh wie ein trostloser Moskito. Der Gedanke, ich könnte mich umbringen, entwickelte sich in meinem Kopf, gelassen, wie ein Baum oder eine Blume.
Ich schätzte die Entfernung zu Buddy mit den Augen.
Seine Arme waren jetzt verschränkt, und er schien eins zu sein mit dem Lattenzaun hinter ihm – starr, braun und unwichtig.
Ich rückte an den Rand des Hügels, grub die Spitzen der Skistöcke in den Schnee und stieß mich ab zu einem Flug, den ich weder durch Geschick noch durch irgendeinen verspäteten Willensakt beenden konnte, das wußte ich.
Ich fuhr geradewegs hinab.
Ein scharfer Wind, der sich versteckt hatte, traf mich voll in den Mund und fegte mir das Haar waagrecht vom Kopf zurück. Ich sank hinab, aber die weiße Sonne stieg nicht höher. Sie hing über den schwebenden Wellen der Hügel, ein empfindungsloser Angelpunkt, ohne den die Welt nicht bestand.
Ein kleiner, antwortender Punkt in meinem Körper flog ihr entgegen. Ich fühlte, wie sich meine Lungen mit der Flut der Landschaft füllten – Luft, Berge, Bäume, Menschen. Ich dachte: »So ist es, wenn man glücklich ist.«
Ich sank hinab, vorbei an denen, die Bogen fuhren, an den Schülern, den Könnern, durch die Jahre von Unentschlossenheit und Lächeln und Kompromiß hindurch, in meine eigene Vergangenheit.
Auf beiden Seiten wichen Menschen und Bäume zurück wie die dunklen Wände eines Tunnels, während ich weiter auf den stillen, leuchtenden Punkt am Ende zustürzte, auf den Kiesel am Grund der Quelle, das weiße süße Kind bewahrt im Bauch der Mutter.
Meine Zähne knirschten auf einem Mundvoll Sand. Eiswasser sickerte mir den Hals hinab.
Buddys Gesicht hing über mir, nah und groß wie ein aus der Bahn geratener Planet. Andere Gesichter tauchten dahinter auf. Dahinter wimmelten schwarze Punkte auf einer Fläche

von Weiß. Wie unter der Berührung mit dem Zauberstab einer törichten Fee sprang die alte Welt Stück für Stück in ihre Lage zurück.
»Du hast es gut gemacht«, informierte eine bekannte Stimme mein Ohr, »bis dir der Mann in den Weg kam.«
Leute machten meine Bindung los und sammelten meine Skistöcke ein, die schief aus ihren jeweiligen Schneewehen in den Himmel ragten. Der Zaun der Skihütte schob sich mir in den Rücken. Buddy beugte sich herunter, um mir die Schuhe und einige ausfüllenden Paare weiße Wollsocken auszuziehen. Seine dicke Hand umfaßte den linken Fuß, fuhr mir dann zentimeterweise den Knöchel hinauf, griff zu und tastete, als ob sie nach einer versteckten Waffe suchte.
Eine unbetroffene, weiße Sonne schien hoch am Himmel. Ich wollte mich daran schleifen bis ich heilig und dünn und wesentlich wie die Klinge eines Messers wurde.
»Ich fahre wieder hinauf«, sagte ich. »Ich tue es noch einmal.«
»Nein, das tust du nicht.«
Ein merkwürdig zufriedener Ausdruck kam über Buddys Gesicht.
»Nein, das tust du nicht«, wiederholte er mit endgültigem Lächeln. »Dein Bein ist an zwei Stellen gebrochen. Du wirst ein paar Monate in Gips stecken.«

Kapitel 9

»Ich bin so froh, daß sie sterben.«
Hilda krümmte gähnend die Katzenglieder, vergrub den Kopf in den Armen auf dem Konferenztisch und schlief wieder ein. Ein galliggrüner Strohwisch stand ihr über den Augenbrauen wie ein tropischer Vogel.
Galliggrün. Das wurde für die Herbstmode angekündigt, nur war Hilda wie gewöhnlich ein halbes Jahr voraus. Galliggrün mit Schwarz, Galliggrün mit Weiß, Galliggrün mit Nilgrün, der verwandten Farbe.
Modeanzeigen, silbern und voll Nichts, schickten mir ihre

fischigen Blasen ins Hirn. Sie stiegen an die Oberfläche und platzten leer. Ich bin so froh, daß sie sterben.
Ich verfluchte das Schicksal, das mich zusammen mit Hilda im Hotelrestaurant hatte ankommen lassen. Nachdem es am Abend vorher spät geworden war, war ich zu gleichgültig, um mir eine Entschuldigung einfallen zu lassen, die mich wieder in mein Zimmer gebracht hätte, wegen einem vergessenen Handschuh, Taschentuch, Regenschirm oder Notizbuch. Zur Strafe hatte ich den langen tödlichen Weg von den Milchglasscheiben des Amazon bis zur erdbeerfarbenen Marmortäfelung unseres Eingangs an der Madison Avenue.
Hilda bewegte sich den ganzen Weg entlang wie ein Mannequin.
»Ein hübscher Hut, hast du ihn selbst gemacht?«
Halb erwartete ich, Hilda würde sich mir zuwenden und sagen: »Du bist wohl krank«, aber sie streckte nur den Schwanenhals aus und zog ihn wieder zusammen.
»Ja.«
Am Abend vorher hatte ich ein Theaterstück gesehen, wo die Heldin von einem bösen Geist besessen war, und wenn der Geist aus ihr redete, klang die Stimme so hohl und tief, daß man nicht erkennen konnte, ob es ein Mann oder eine Frau war. Und Hildas Stimme klang genauso wie die Stimme dieses Geistes.
Sie starrte auf ihr Spiegelbild in den glänzenden Schaufensterscheiben, wie um sich jeden Augenblick davon zu überzeugen, daß sie immer noch existierte. Das Schweigen zwischen uns war so umfassend, daß ich das Gefühl hatte, etwas davon sei meine Schuld.
Deshalb sagte ich: »Ist das nicht furchtbar mit den Rosenbergs?«
Die Rosenbergs sollten am gleichen Tag spät abends auf dem elektrischen Stuhl hingerichtet werden.
»Ja!« sagte Hilda, und endlich glaubte ich, eine menschliche Seite tief in ihrem Herzen berührt zu haben. Erst als wir zu zweit in der gruftartigen Morgendämmerung des Konferenzraumes auf die anderen warteten, erläuterte Hilda dieses Ja.

»Es wäre entsetzlich, wenn solche Leute am Leben sind.«
Dann gähnte sie, und ihr bleicher, orangefarbener Mund öffnete sich voll riesiger Schwärze. Fasziniert starrte ich auf die blinde Höhle hinter dem Gesicht, bis sich die zwei Lippen begegneten und bewegten und der Geist aus seinem Versteck heraus sagte: »Ich bin sehr froh, daß sie sterben.«

»Nun lächeln Sie schon.«
Ich saß auf dem rosa Samtsofa in Jay Cees Büro, das Gesicht dem Fotograf der Zeitschrift zugewandt, und hielt eine Papierrose. Von zwölf Mädchen war ich das letzte, das fotografiert wurde. Ich hatte versucht, mich im Waschraum zu verstecken, aber das hatte nicht geklappt. Betsy hatte meine Füße unter den Türen entdeckt.
Ich wollte nicht fotografiert werden, weil ich dann weinen mußte. Ich wußte nicht, warum ich weinen mußte, aber ich wußte, wenn mich jemand ansprach oder mich zu genau ansah, würden mir die Tränen aus den Augen fließen und das Schluchzen würde mir aus dem Hals fliegen und ich würde eine Woche lang weinen. Ich spürte, wie die Tränen in mir, wie Wasser in einem übervollen, nicht sicher stehenden Glas, kurz vor dem Überlaufen waren.
Dies war die letzte Serie Aufnahmen, bevor die Zeitschrift in Druck ging und bevor wir nach Tulsa oder Biloxi oder Teaneck oder Coos Bay zurückfuhren oder wo immer wir her waren, und wir sollten mit symbolischen Dingen in der Hand fotografiert werden, die zeigten, was wir werden wollten.
Betsy hielt eine Reisstaude in der Hand, um zu zeigen, daß sie eine Farmersfrau werden wollte, und Hilda hielt den kahlen, gesichtslosen Kopf einer Hutmacherpuppe, um zu zeigen, sie wollte Hüte entwerfen, und Doreen hielt einen goldgestickten Sari, damit man sah, sie wollte zur Sozialarbeit nach Indien (in Wirklichkeit wollte sie das gar nicht, sagte sie mir, sie wollte nur den Sari). Als man mich fragte, was ich werden wollte, sagte ich, ich wüßte es nicht.
»Ach, natürlich wissen Sie es«, sagte der Fotograf.
»Sie will alles werden«, sagte Jay Cee witzig.
Ich sagte, ich wollte Dichter werden.

Dann versuchte man etwas zu finden, das ich in der Hand halten konnte.
Jay Cee schlug einen Gedichtband vor, aber der Fotograf sagte, nein, das sei zu direkt. Es müßte etwas sein, aus was Gedichte entstanden. Schließlich nahm Jay Cee die langstielige Papierrose von ihrem neuesten Hut ab.
Der Fotograf machte mit den heißen weißen Lampen herum.
»Zeigen Sie uns, wie glücklich es Sie macht, ein Gedicht zu schreiben.«
Ich starrte durch den Blätterfries des Gummibaums in Jay Cees Fenster auf den blauen Himmel dahinter. Ein paar puffige Theaterwolken zogen von rechts nach links. Ich heftete die Augen auf die größte Wolke, so als hätte ich vielleicht das große Glück, mit ihr fortzuziehen, wenn sie wieder außer Sicht kam.
Ich hielt es für sehr wichtig, daß die Linie meines Mundes gerade blieb.
»Schenken Sie uns ein Lächeln.«
Wie der Mund einer Bauchrednerpuppe begann sich mein eigener Mund endlich gehorsam nach oben zu verziehen.
»He«, protestierte der Fotograf in plötzlicher Ahnung, »Sie sehen ja aus, als ob Sie gleich zu heulen anfangen.«
Ich konnte nicht mehr.
Ich vergrub das Gesicht in der rosa Samtfassade von Jay Cees Sofa und mit riesiger Erleichterung brachen die salzigen Tränen und die widerlichen Geräusche, die sich den ganzen Morgen lang in mir herumgetrieben hatten, in den Raum hinaus.
Als ich den Kopf hob, war der Fotograf verschwunden.
Auch Jay Cee war verschwunden. Ich fühlte mich schlapp und verlassen, wie die abgestreifte Haut eines schrecklichen Tieres. Es war eine Erleichterung, von dem Tier befreit zu sein, aber es schien meinen Geist mit sich genommen zu haben und noch alles andere, worauf es die Klauen legen konnte.
Ich wühlte in der Handtasche nach dem goldenen Etui mit Augenbrauentusche und Bürste und Lidschatten und den drei Lippenstiften und dem Taschenspiegel. Das Gesicht, das mich daraus anstarrte, schien hinter dem Gefängnisgitter hervor-

zustarren und lange geprügelt worden zu sein. Es sah verwundet und aufgeschwollen aus und hatte ganz falsche Farben. Es war ein Gesicht, das Seife und Wasser und christliche Barmherzigkeit brauchte. Verzagt begann ich, es zu schminken.

Nach einer dezenten Pause wehte Jay Cee wieder herein, unter dem Arm lauter Manuskripte.

»Das wird Ihnen Spaß machen«, sagte sie. »Viel Spaß beim Lesen.«

Jeden Morgen ließ eine schneeartige Lawine von Manuskripten die staubgrauen Haufen in dem Büro des Redakteurs für Romane und Erzählungen weiter anschwellen. In Arbeitszimmern und Dachböden und Schulzimmern ganz Amerikas mußten die Leute schreiben. Angenommen, es wurde jede Minute ein Manuskript fertig; dann waren das in fünf Minuten fünf Manuskripte auf dem Tisch des Redakteurs. Innerhalb einer Stunde wären es sechzig, die schon auf den Boden quollen. Und in einem Jahr ... Ich lächelte und stellte mir ein altes, in der Luft schwebendes Manuskript vor, auf der rechten oberen Ecke stand Esther Greenwood. Für die Zeit nach dem Monat an der Zeitschrift hatte ich mich bei einem Sommerkurs beworben, den ein berühmter Schriftsteller leitete, wo man das Manuskript einer Geschichte hinschickte und er las sie und sagte, ob man gut genug war, an seinem Kurs teilzunehmen.

Natürlich war es ein Kurs mit nur wenig Teilnehmern und ich hatte meine Geschichte schon vor langer Zeit hingeschickt und hatte bis jetzt noch nichts von dem Schriftsteller gehört, aber ich war sicher, den Brief mit der Zusage zu Hause auf dem Tisch mit der Post vorzufinden.

Ich beschloß, Jay Cee zu überraschen und ein paar von den Geschichten, die ich in diesem Kurs geschrieben hatte, unter Pseudonym einzusenden. Dann würde der Redakteur eines Tages selbst zu Jay Cee herüberkommen und die Geschichten auf ihren Tisch fallen lassen und sagen: »Das liegt weit über dem Üblichen«, und Jay Cee würde zustimmen und sie annehmen und den Autor zum Essen einladen und ich wäre es.

»Im Ernst«, sagte Doreen, »der ist ganz anders.«
»Erzähl mir von ihm«, sagte ich steinern.
»Er kommt aus Peru.«
»Die sind untersetzt«, sagte ich. »Sie sind häßlich wie Azteken.«
»Nein, nein, nein, meine Liebe, ich habe ihn schon kennengelernt.«
Wir saßen auf meinem Bett in einem Durcheinander von schmutzigen Baumwollkleidern und Nylonstrümpfen mit Laufmaschen und grauer Unterwäsche, und Doreen hatte mich zehn Minuten lang zu überreden versucht, mit dem Freund eines Bekannten von Lenny in einen Country Club zum Tanzen zu fahren, und sie betonte, das sei etwas ganz anderes als ein Freund von Lenny, aber weil ich am nächsten Morgen den Acht-Uhr-Zug nach Hause nehmen wollte, meinte ich, ich müßte versuchen zu packen.
Außerdem hatte ich so eine vage Idee, wenn ich die ganze Nacht allein in den Straßen von New York spazieren ginge, dann würde endlich etwas von dem Geheimnis und der Herrlichkeit der Stadt auf mich abfärben.
Aber ich gab es auf.
In diesen letzten Tagen war es mir immer schwerer gefallen, mich zu irgend etwas zu entschließen. Und wenn ich mich dann schließlich dazu entschloß, etwas zu tun, wie zum Beispiel einen Koffer zu packen, dann zog ich nur meine ganzen schmierigen, teueren Kleider aus dem Schrank und der Kommode und breitete sie auf den Stühlen und dem Bett und dem Boden aus und dann saß ich da und starrte völlig verwirrt darauf. Sie hatten anscheinend eine eigene, störrische Persönlichkeit, die sich weigerte, gewaschen und zusammengefaltet und verstaut zu werden.
»Die ganzen Kleider da sind es«, sagte ich Doreen. »Wenn ich zurückkomme, kann ich die Kleider da einfach nicht mehr vertragen.«
»Wenn es sonst nichts ist.«
Und in ihrer schönen, eingleisigen Art begann Doreen, sich die Höschen und die Strümpfe und den komplizierten trägerlosen Büstenhalter voll mit Stahlfedern – ein Geschenk

der Primel Korsettfirma, das ich mich nicht zu tragen getraut hatte – zu schnappen und schließlich die traurige Sammlung von verrückt geschnittenen vierzig-Dollar-Kleidern ...
»He, das laß da. Das ziehe ich an.« Doreen sortierte aus dem Bündel einen schwarzen Fetzen aus und ließ ihn mir in den Schoß fallen. Dann wickelte sie den Rest der Kleider zu einem weichen Haufen zusammen und stopfte ihn außer Sichtweite unter das Bett.

Doreen schlug mit dem goldenen Türklopfer an die grüne Tür. Von innen hörte man Gepolter und das Lachen eines Mannes, das abbrach. Dann machte ein großer Junge in Hemdsärmeln und mit blonden, kurzgeschnittenen Haaren die Tür einen Spalt auf und sah heraus.
»Baby!« brüllte er. Doreen verschwand in seinen Armen. Ich hielt ihn für die Person, die Lenny kannte. Ich stand still am Eingang in dem schwarzen Kleid und der schwarzen Stola mit den gelben Fransen daran, eifersüchtiger denn je, doch weniger erwartungsvoll. »Ich beobachtete nur«, sagte ich mir, während ich Doreen beobachtete, wie sie von dem blonden Jungen in den Raum hinein einem anderen Mann gereicht wurde, der auch groß war, dunkel und mit etwas längerem Haar. Dieser Mann trug einen fleckenlosen weißen Anzug, ein blaßblaues Hemd und eine gelbe Seidenkrawatte mit einer glänzenden Krawattennadel.
Ich konnte die Augen von dieser Krawattennadel nicht losreißen.
Ein großes, weißes Licht schien daraus hervorzuschießen und den Raum zu erleuchten. Dann zog sich das Licht in sich zurück und ein Tautropfen blieb auf goldener Fläche zurück.
Ich setzte einen Fuß vor den anderen.
»Das ist ein Brillant«, sagte jemand und eine Menge Leute brachen in Gelächter aus.
Mein Fingernagel tippte auf eine glasige Facette.
»Ihr erster Brillant.«
»Gib ihn ihr, Marco.«
Marco verbeugte sich und legte mir die Nadel in die Hand.
Sie strahlte blendend und blitzte von Licht wie ein göttlicher

Eiswürfel. Ich steckte sie schnell in die Abendtasche aus imitierten schwarzen Perlen und sah mich um. Die Gesichter waren leer wie Teller und niemand schien zu atmen.
»Glücklicherweise«, eine trockene harte Hand umschloß meinen Oberarm, »leiste ich der Dame für den Rest des Abends Gesellschaft. Vielleicht«, das Funkeln in Marcos Augen verlosch und sie wurden schwarz, »werde ich ihr einen kleinen Dienst erweisen ...«
Jemand lachte.
»... der einen Brillanten wert ist.«
Die Hand um meinen Arm griff fester zu.
»Autsch!«
Marco nahm die Hand weg. Ich sah auf meinen Arm. Ein roter Daumenabdruck erschien. Marco beobachtete mich. Dann zeigte er auf die Unterseite meines Armes. »Hier.«
Ich sah hin, und entdeckte vier schwache gleiche Druckstellen.
»Also, ich meine es ganz ernst.«
Marcos kleines, flackerndes Lächeln erinnerte mich an eine Schlange, die ich im Zoo von Bronx geärgert hatte. Wenn ich mit dem Finger an die dicke Glasscheibe des Käfigs schlug, öffnete die Schlange ihre Uhrwerkkiefer und schien zu lächeln. Dann stieß sie und stieß sie und stieß sie an die unsichtbare Scheibe, bis ich weiterging.
Ich war noch nie einem Frauenhasser begegnet.
Ich wußte, Marco war ein Frauenhasser, weil er sich trotz der ganzen Mannequins und Fernsehsternchen, die in dieser Nacht im Raum waren, um niemanden außer um mich kümmerte. Nicht aus Freundlichkeit oder gar aus Neugier, sondern weil ich ihm wie eine Spielkarte aus einem Pack gleicher Karten zugefallen war.

Ein Mann von der Kapelle des Country Clubs ging zum Mikrophon und fing an, diese samengefüllten Rasseln zu schütteln, die südamerikanische Musik bedeuten.
Marco griff nach meiner Hand, aber ich hielt mich an meinem vierten Daiquiri fest und blieb fest sitzen. Ich hatte noch nie vorher einen Daiquiri getrunken. Und ich trank einen

Daiquiri, weil Marco ihn für mich bestellt hatte, und ich war so dankbar, weil er mich nicht gefragt hatte, was ich trinken wollte, daß ich kein Wort gesagt hatte, sondern nur einen Daiquiri nach dem anderen trank.
Marco sah mich an.
»Nein«, sagte ich.
»Was soll das heißen, nein?«
»Ich kann zu dieser Musik nicht tanzen.«
»Seien Sie nicht dumm.«
»Ich will hier sitzenbleiben und mein Glas austrinken.«
Marco beugte sich mit gespanntem Lächeln zu mir und auf einmal bekam mein Glas Flügel und landete im Topf einer Palme. Dann griff Marco so meine Hand, daß ich nur die Wahl hatte, ihm auf die Tanzfläche zu folgen oder meinen Arm ausgerissen zu bekommen.
»Es ist ein Tango.« Marco manövrierte mich zwischen den Tänzern hindurch hinaus. »Ich mag Tangos.«
»Ich kann nicht tanzen.«
»Sie müssen nicht tanzen. Ich übernehme das Tanzen.«
Marco hakte mir einen Arm um die Taille und zog mich hoch an seinen strahlend weißen Anzug. Dann sagte er: »Tun Sie so, als ob Sie untergehen.«
Ich schloß die Augen, und die Musik brach über mir wie ein Unwetter zusammen. Marcos Bein glitt vorwärts gegen meins, und mein Bein glitt zurück, und ich schien an ihm befestigt zu sein, mit jedem einzelnen Glied, und ich bewegte mich, wie er sich bewegte, ganz ohne eigenen Willen oder eigenes Wissen, und nach einer Weile dachte ich: »Zum Tanzen braucht es nicht zwei, sondern nur einen«, und ich ließ mich treiben und wiegen wie ein Baum im Wind.
»Was habe ich Ihnen gesagt?« Marcos Atem brannte an meinem Ohr. »Sie sind eine ganz passable Tänzerin.«
Ich begriff, warum Frauenhasser aus Frauen solche Idioten machen. Frauenhasser waren wie Götter: unverletzlich und übermäßig stark. Sie kamen herunter und dann verschwanden sie. Man konnte sie niemals einfangen.
Nach der südamerikanischen Musik gab es eine Pause.
Marco führte mich durch die französischen Türen hinaus in

den Garten. Lichter und Stimmen ergossen sich aus dem Fenster des Saales, aber ein paar Meter dahinter hatte die Dunkelheit eine Barrikade errichtet und alles abgeschlossen. In dem unendlichen Leuchten der Sterne verströmten die Bäume und Blumen ihre kühlen Gerüche. Es gab keinen Mond.
Die geschnittenen Hecken schlossen sich hinter uns. Ein verlassener Golfplatz zog sich zu ein paar hügeligen Klumpen von Bäumen hin, und ich spürte die ganze verzweifelte Geläufigkeit der Szene – der Country Club und der Tanz und der Rasen mit seiner einzigen Grille.
Ich wußte nicht, wo ich war, aber es war irgendwo in den reichen Vororten von New York.
Marco zog eine dünne Zigarre und ein silbernes Feuerzeug in der Form eines Geschosses heraus. Er steckte die Zigarre zwischen die Lippen und beugte sich über die kleine Flamme. Sein Gesicht mit den starken Schatten und Lichtflächen sah fremdartig aus, wie das eines Flüchtlings.
Ich beobachtete ihn.
»In wen sind Sie verliebt?« sagte ich dann.
Einen Augenblick sagte Marco nichts, er öffnete einfach den Mund und ließ einen blauen dampfenden Ring hervor.
»Großartig!« lachte er.
Der Rauchring wurde größer und verschwommener, geisterhaft bleich in der schwarzen Luft.
Dann sagte er: »Ich liebe meine Kusine.«
Ich war nicht überrascht.
»Warum heiraten Sie sie nicht?«
»Unmöglich.«
»Warum?«
Marco zuckte mit den Schultern. »Sie ist meine Kusine ersten Grades. Sie wird Nonne.«
»Ist sie schön?«
»Der reicht keine das Wasser.«
»Weiß sie, daß Sie sie lieben?«
»Natürlich.«
Ich machte eine Pause. Das Hindernis schien mir unwirklich.
»Wenn Sie sie lieben«, sagte ich, »werden Sie eines Tages jemand anderes lieben.«

Marco zertrat seine Zigarre.
Der Boden stieg hoch und traf mich mit einem weichen Schlag. Erde quoll mir durch die Finger. Marco wartete bis ich mich wieder halb aufgerichtet hatte. Dann legte er mir beide Hände auf die Schultern und warf mich zurück.
»Mein Kleid ...«
»Dein Kleid!« Die Erde gab nach und fügte sich an meine Schulterblätter. »Dein Kleid!« Marcos Gesicht senkte sich wolkenartig über meins. Ein paar Tropfen Speichel trafen meine Lippen. »Dein Kleid ist schwarz und der Schmutz ist auch schwarz.«
Dann warf er sich hin mit dem Gesicht nach unten, als ob er seinen Körper durch meinen und in die Erde graben wollte.
»Jetzt geschieht es«, dachte ich. »Es geschieht. Wenn ich so liegen bleibe und nichts tue, wird es geschehen.«
Marco schlug die Zähne in den Träger auf meiner Schulter und riß mir das Kleid bis zum Gürtel auf. Ich sah nackte Haut schimmern, wie einen bleichen Schleier, der zwei blutrünstige Feinde trennt.
»Schlampe!«
Das Wort zischte an meinem Ohr.
»Schlampe!«
Der Staub senkte sich, und ich konnte das Schlachtfeld überblicken.
Ich fing an, mich zu winden und zu beißen.
Marco drückte mich mit seinem Gewicht auf die Erde.
»Schlampe!«
Ich bohrte ihm den Absatz meines Schuhs in den Fuß. Er drehte sich um und griff nach der verletzten Stelle.
Dann bog ich die Finger zu einer Faust zusammen und schlug sie ihm auf die Nase. Es war, als ob man die Stahlplatte eines Kriegsschiffs traf. Marco setzte sich auf. Ich begann zu weinen.
Marco zog ein weißes Taschentuch heraus und betupfte seine Nase. Schwärze, wie Tinte, breitete sich auf dem bleichen Tuch aus.
Ich lutschte an meinen salzigen Knöcheln.
»Ich will zu Doreen.«

Marco starrte über den Golfplatz.
»Ich will zu Doreen. Ich möchte nach Hause.«
»Schlampen, alles Schlampen.« Marco schien mit sich selbst zu reden. »Ja oder nein, es ist immer das gleiche.«
Ich stieß Marco an der Schulter.
»Wo ist Doreen?«
Marco schnaubte. »Geh zum Parkplatz. Schau auf die Rücksitze von allen Autos.«
Dann fuhr er herum.
»Mein Brillant.«
Ich stand auf und holte mir meine Stola aus der Dunkelheit wieder. Ich machte Anstalten zu gehen. Marco sprang auf die Füße und verstellte mir den Weg. Dann wischte er sich absichtlich mit den Fingern unter der blutigen Nase entlang und beschmutzte mir mit zwei Strichen die Wangen.
»Mit diesem Blut habe ich mir meinen Brillant verdient. Gib ihn mir wieder.«
»Ich weiß nicht, wo er ist.«
Natürlich wußte ich genau, daß der Diamant in meiner Abendtasche war und daß die Abendtasche wie ein Nachtvogel in die einhüllende Dunkelheit geflogen war, als Marco mich niedergeschlagen hatte. Ich überlegte mir, ob ich ihn weglocken sollte, um dann alleine zurückzukommen und danach zu suchen.
Ich hatte keine Ahnung, was man für einen Brillanten dieser Größe bekommen würde, aber ich wußte, was auch immer, es war eine Menge.
Marco nahm meine Schultern in beide Hände.
»Sag es mir«, sagte er und betonte jedes Wort gleich stark, »sag es mir, oder ich breche dir den Hals.«
Plötzlich war es mir egal.
»Er ist in meiner Abendtasche aus imitierten schwarzen Perlen«, sagte ich. »Irgendwo im Dreck.«
Ich ließ Marco auf Händen und Füßen in der Dunkelheit nach einer anderen kleineren Dunkelheit suchen, die das Licht seines Brillanten vor seinen wütenden Augen verbarg.
Doreen war weder im Saal noch auf dem Parkplatz.
Ich hielt mich im Schatten, damit niemand das Gras be-

merkte, das an meinem Kleid und meinen Schuhen klebte, und bedeckte mit der schwarzen Stola meine Schultern und nackten Brüste. Glücklicherweise war das Tanzen fast zu Ende, und die Leute gingen in Gruppen zu den geparkten Autos. Ich fragte an einem Auto nach dem anderen, bis ich endlich einen Wagen fand, in dem noch Platz war und der mich in der Mitte von Manhattan absetzte.

Zu dieser verschwommenen Stunde zwischen Dunkelheit und Dämmerung war die Sonnenterrasse des Amazon verlassen. Leise wie ein Einbrecher kroch ich in meinem mit Kornblumen verzierten Bademantel zum Rande der Brüstung. Die Brüstung reichte mir fast bis zu den Schultern, deshalb zog ich einen Liegestuhl aus dem Stapel an der Wand, öffnete ihn und kletterte auf den unsicheren Sitz.

Ein starker Wind hob mir das Haar vom Kopf. Zu meinen Füßen löschte die Stadt ihre Lichter in den Schlaf hinein, und ihre Gebäude wurden schwarz, wie für ein Begräbnis.

Es war meine letzte Nacht.

Ich ergriff das mitgebrachte Bündel und zog an einem bleichen Ende. Ein trägerloser elastischer Unterrock, der durch das Tragen die Elastizität verloren hatte, plumpste mir in die Hand. Ich schwenkte ihn hin und her, wie eine Waffenstillstandsfahne, einmal, zweimal ... der Wind ergriff ihn und ich ließ los.

Eine weiße Flocke schwebte in die Nacht hinaus und sank langsam hinab. Auf welcher Straße oder welchem Dach würde sie liegenbleiben.

Wieder zupfte ich an dem Bündel.

Der Wind gab sich Mühe, versagte aber, und wie eine Fledermaus senkte sich ein Schatten dem Dachgarten des Penthouses gegenüber zu.

Stück für Stück fütterte ich meine Garderobe an den Nachtwind, und flatternd wie die Asche eines Geliebten wurden die grauen Fetzen fortgetragen, um sich hier, dort, wo genau, würde ich nie erfahren, im dunklen Herzen von New York niederzulassen.

Kapitel 10

Das Gesicht im Spiegel sah wie ein kranker Indianer aus. Ich ließ das Make-up-Etui in die Tasche fallen und starrte aus dem Zugfenster. Wie ein riesiger Schuttabladeplatz flogen die Sümpfe und Hinterhöfe von Connecticut vorbei, ein zusammengefallenes Bruchstück ohne Beziehung zum anderen. Welch ein Mischmasch war die Welt!

Ich sah auf den ungewohnten Rock und die Bluse herunter. Der Rock war ein grünes Dirndl mit kleinen schwarzen, weißen und stahlblauen Formen übersät, und er stand ab wie ein Lampenschirm. Statt Ärmeln hatte die weiß durchbrochene Bluse Rüschen an den Schultern, schlapp wie die Schwingen eines neuen Engels.

Ich hatte vergessen, mir aus den Sachen, die ich über New York hatte fliegen lassen, irgendwelche Tageskleider zurückzubehalten, deshalb hatte mir Betsy Bluse und Rock gegen den Bademantel mit den Kornblumen eingetauscht.

Mein farbloses Spiegelbild, weiße Flügel, brauner Pferdeschwanz und alles, geisterte über die Landschaft.

»Landpomeranze«, sagte ich laut.

Eine Frau mir gegenüber sah von ihrer Zeitschrift auf.

Im letzten Augenblick hatte ich keine Lust gehabt, die beiden diagonalen Streifen von angetrocknetem Blut, die mir die Wangen zeichneten, wegzuwaschen. Sie schienen rührend und ziemlich auffällig, und ich wollte sie mit mir herumtragen wie Andenken an einen toten Liebhaber, bis sie von selbst abgingen.

Wenn ich lächelte oder mein Gesicht viel bewegte, würde das Blut natürlich in kürzester Zeit abblättern, deshalb hielt ich das Gesicht unbeweglich, und wenn ich sprechen mußte, redete ich durch die Zähne, ohne die Lippen zu bewegen.

Ich begriff eigentlich nicht, warum die Leute mich ansahen. Es gab viele Leute, die noch verrückter als ich aussahen.

Mein grauer Koffer lag im Gepäcknetz über meinem Kopf, leer bis auf die *Dreißig besten Kurzgeschichten des Jahres*, ein weißes Sonnenbrillenetui aus Plastik und zwei Dutzend Avocadobirnen, ein Abschiedsgeschenk von Doreen.

Die Birnen waren noch nicht reif, deshalb würden sie sich gut halten, und immer, wenn ich den Koffer hochhob oder herunternahm oder ihn nur trug, schossen sie mit einem besonderen kleinen eigenen Donnern von einem Kofferende zum anderen.
»Halt an Autobahn 128!« rief der Schaffner aus.
Die gezähmte Wildnis von Fichte, Ahorn und Eiche rollte zum Stillstand und blieb wie ein schlechtes Bild im Rahmen des Zugfensters stecken. Der Koffer rumpelte und schlug, als ich den langen Gang hinunterging.
Ich trat aus dem Wagen mit Klimaanlage auf den Bahnsteig und der mütterliche Atem der Vorstädte umfing mich. Es roch nach Grassprengern und Familienautos und Tennisschlägern und Hunden und kleinen Kindern.
Sommerliche Windstille legte eine besänftigende Hand über alles, wie der Tod.
Meine Mutter wartete neben dem handschuhgrauen Chevrolet.
»Aber Liebes, was hast du mit deinem Gesicht gemacht?«
»Mich geschnitten«, sagte ich kurz, und kroch auf den Rücksitz hinter dem Koffer her. Ich wollte nicht, daß sie mich während der ganzen Fahrt nach Hause anstarrte.
Die Polsterung fühlte sich schlüpfrig und sauber an.
Meine Mutter setzte sich hinter das Steuerrad, warf mir ein paar Briefe in den Schoß und wandte mir dann den Rücken zu. Das Auto schnurrte und wurde lebendig.
»Ich glaube, ich sollte es dir gleich sagen«, sagte sie, und ich konnte die schlechten Nachrichten ihrem Hals ansehen, »du bist bei dem Schriftstellerkurs nicht angekommen.«
Es verschlug mir die Luft.
Den ganzen Juni über hatte sich dieser Kurs vor mir wie eine glänzende sichere Brücke über den öden Abgrund des Sommers gezogen. Jetzt sah ich sie schwanken und sich auflösen, und ein Körper in weißer Bluse und grünem Rock stürzte in die Tiefe. Dann verzog sich mein Mund säuerlich.
Ich hatte es erwartet.
Ich zog mich auf der Mitte des Rückgrats zusammen, mit der Nase in Höhe des Fensterrandes und sah die Häuser der

Außenbezirke von Boston vorbeigleiten. Als die Häuser bekannter wurden, krümmte ich mich noch mehr.
Es war sehr wichtig, nicht erkannt zu werden.
Der grau ausgeschlagene Autohimmel über meinem Kopf war zu wie das Dach eines Gefängniswagens, und die weißen, glänzenden, gleichartig mit Holz verkleideten Häuser und die wohlgepflegten grünen Zwischenräume zogen vorbei, eine Stange nach der anderen in einem großen, aber ausbruchsicheren Käfig.
Ich hatte noch nie einen Sommer in den Vororten zugebracht.

Das hohe Quietschen von Kinderwagenrädern quälte meine Ohren. Die Sonne, die durch die Blenden hereinsickerte, füllte das Schlafzimmer mit schwefligem Licht. Ich wußte nicht, wie lange ich geschlafen hatte, aber ich spürte einen großen Krampf von Erschöpfung.
Das Doppelbett neben mir war leer und ungemacht.
Um sieben Uhr hatte ich gehört, wie meine Mutter aufstand, in die Kleider schlüpfte und auf Zehen aus dem Zimmer schlich. Dann klang das Summen der elektrischen Saftpresse von unten herauf und der Geruch von Kaffee und von Speck zog unter der Tür hindurch. Dann lief das Wasser aus dem Hahn über der Spüle, und Teller klirrten, als meine Mutter sie abtrocknete und zurück in den Schrank stellte.
Dann öffnete sich die Haustür und schloß sich wieder. Dann öffnete sich die Autotür und schloß sich, und der Motor machte brumm-brumm und zog weg, der Kies knirschte, und das Geräusch verlor sich in der Ferne.
Meine Mutter unterrichtete eine Menge Mädchen des städtischen College in Kurzschrift und Schreibmaschine und kam erst am Nachmittag nach Hause.
Wieder quietschten die Wagenräder vorbei. Jemand schien unter meinem Fenster ein Baby hin und her zu schieben.
Ich schlüpfte aus dem Bett und kroch auf Händen und Knien auf dem Teppich leise hinüber, um zu sehen, wer es war. Unser Haus war klein und weiß mit Holz verkleidet und stand in der Mitte eines kleinen grünen Rasenstückes an der Ecke von zwei friedlichen Vorstadtstraßen, aber

trotz der kleinen Ahornbäume, die mit Zwischenraum um unser Grundstück gepflanzt waren, konnte jeder, der auf dem Gehsteig vorbeikam, zu den Fenstern des zweiten Stocks hinaufsehen und genau erkennen, was vor sich ging. Das war mir durch unsere nächste Nachbarin klar geworden, eine boshafte Frau, die Mrs. Ockenden hieß.

Mrs. Ockenden war eine pensionierte Krankenschwester, die gerade ihren dritten Mann geheiratet hatte – die beiden anderen waren unter merkwürdigen Umständen gestorben – und sie brachte unmäßig viel Zeit damit zu, hinter den gestärkten weißen Vorhängen ihrer Fenster herauszusehen.

Sie hatte meine Mutter zweimal wegen mir antelefoniert – einmal um zu berichten, daß ich eine Stunde lang vor dem Haus unter der Straßenlampe in einem blauen Plymouth gesessen und jemanden geküßt hatte, und das zweite Mal meinte sie, es wäre besser, ich zöge die Blenden meines Zimmers herunter, denn sie hätte eines Nachts mich halbnackt gesehen, als ich mich zum Schlafen fertigmachte, als sie zufällig ihren Scotchterrier spazierenführte.

Mit großer Vorsicht hob ich die Augen zur Höhe des Fensterbrettes.

Eine Frau, keine einssechzig groß, mit einem grotesk vorspringenden Bauch, schob einen alten schwarzen Kinderwagen die Straße entlang. Zwei oder drei kleine Kinder verschiedener Größe, alle mit bleichen schmutzigen Gesichtern und nackten schmutzigen Knien watschelten im Schatten ihres Rockes hinter ihr her.

Ein ernstes, fast religiöses Lächeln stand auf dem Gesicht der Frau. Sie lächelte in die Sonne, den Kopf wie ein Spatzenei, das auf einem Entenei sitzt, glücklich zurückgebogen. Ich kannte die Frau gut.

Es war Dodo Conway.

Dodo Conway war eine Katholikin, die auf das Barnard College gegangen war und dann einen Architekten von der Columbia Universität geheiratet hatte, der auch katholisch war. Sie besaßen oben an unserer Straße ein großes, weiträumiges Haus, das hinter einer angekränkelten Fassade von

Fichten stand und umgeben war von Kinderautos, Dreirädern, Puppenwagen, Spielzeug, Feuerwehrautos, Baseball-Schlägern, Federballnetzen, Crockettoren, Hamsterkäfigen und jungen Cockerspaniels – das ganze wuchernde Zubehör der Vorstadtkindheit.
Dodo interessierte mich trotz alledem.
Ihr Haus war anders als alle anderen unserer Nachbarschaft, was die Größe anging (es war viel größer), und seine Farbe (das zweite Stockwerk war aus dunkelbraunen Brettern gebaut und das erste mit grauem Stuck versehen, der mit grauen und roten golfballartigen Steinen verziert war) und die Fichten machten es unsichtbar, was in unserer Gemeinschaft von ineinandergehenden Rasenflächen und freundlichen, hüfthohen Hecken als unsozial galt.
Dodo zog ihre sechs Kinder – und tat dies zweifellos dann auch mit ihrem siebten – mit Reiscrispies, Erdnußbutter – und Marshmallowbroten, Vanilleeis und literweise Milch auf. Sie bekam extra Rabatt von dem örtlichen Milchmann.
Jeder liebte Dodo, obwohl der anschwellende Umfang ihrer Familie der Gesprächsstoff der Nachbarschaft war. Die älteren Leute der Umgebung, wie meine Mutter, hatten zwei Kinder, und die jüngeren, reicheren hatten vier, aber nur Dodo stand ein siebter bevor. Sogar sechs wurden schon für übertrieben gehalten, aber schließlich, hieß es allgemein, war Dodo ja katholisch.
Ich beobachtete, wie Dodo den jüngsten Conway auf und ab schob. Sie schien es mir zuliebe zu tun.
Kinder machten mich krank.
Ein Brett des Fußbodens knackte, und ich duckte mich wieder, gerade als sich Dodo Conways Gesicht, instinktiv oder weil sie besonders gut hörte, auf der kleinen Achse des Halses drehte.
Ich fühlte, wie ihr Blick durch die weiße Holzverkleidung und die rosa Rosen der Tapete drang und mich entdeckte, wie ich da hinter den silbernen Rippen der Zentralheizung kauerte.
Ich kroch ins Bett zurück und zog mir das Laken über den

Kopf. Aber selbst dadurch wurde das Licht nicht abgehalten, deshalb vergrub ich den Kopf unter die Dunkelheit des Kissens und tat so als sei Nacht. Ich sah keinen Grund aufzustehen.
Ich hatte nichts zu erwarten.
Nach einer Weile hörte ich das Telefon unten auf der Diele läuten. Ich stopfte mir das Kissen in die Ohren und gab mir fünf Minuten. Dann hob ich den Kopf aus seiner beuteligen Höhle. Das Läuten hatte aufgehört.
Fast sofort fing es wieder an.
Ich verfluchte die Freundin, Verwandte oder Fremde, wer es auch war, die gerochen hatte, daß ich nach Hause gekommen war, und ging barfuß hinunter. Der schwarze Apparat auf dem Tisch in der Diele trillerte immer wieder wie ein nervöser Vogel den gleichen hysterischen Ton.
Ich nahm den Hörer ab.
»Hallo«, sagte ich mit tiefer, verstellter Stimme.
»Hallo, Esther, was ist denn los, hast du Kehlkopfentzündung?«
Es war meine alte Freundin Jody, die aus Cambridge anrief.
Jody arbeitete diesen Sommer in einem Kaufhaus und hatte in der Mittagszeit eine Vorlesung über Soziologie belegt. Sie und zwei andere Mädchen aus meinem College hatten von vier Harvard Jurastudenten eine große Wohnung gemietet, und ich hatte vorgehabt, mit ihnen zusammenzuziehen, wenn mein Kurs anfing.
Jody wollte wissen, wann sie mit mir rechnen konnten.
»Ich komme nicht«, sagte ich. »Ich bin nicht angenommen worden.«
Es gab eine kleine Pause.
»So ein Esel«, sagte Jody dann. »Der weiß ja nicht, was gut ist.«
»Genau mein Eindruck.« Meine Stimme klang mir fremd und hohl in den Ohren.
»Komm trotzdem. Beleg irgendeinen anderen Kurs.«
Die Idee, Deutsch zu studieren oder Psychopathologie, kam mir durch den Sinn. Ich hatte schließlich fast das ganze New

Yorker Gehalt gespart und hätte es mir deshalb leisten können.
Aber die hohle Stimme sagte: »Laß mich lieber aus dem Spiel.«
»Na ja«, fing Jody an, »da ist noch ein anderes Mädchen, das mit uns zusammenziehen möchte, falls jemand ausfällt ...«
»Gut, laß sie kommen.«
In dem Moment, als ich auflegte, wußte ich, ich hätte zusagen sollen zu kommen. Es würde mich verrückt machen, noch einen Morgen dem Kinderwagen von Dodo Conway zuhören zu müssen. Und ich hatte es mir zum Prinzip gemacht, niemals länger als eine Woche mit meiner Mutter im gleichen Haus zusammenzuleben.
Ich griff nach dem Hörer.
Meine Hand bewegte sich ein paar Zentimeter nach vorne, zog sich dann zurück und fiel schlaff herunter. Ich zwang sie wieder auf den Hörer zu, aber wieder blieb sie stecken, als ob sie auf eine Glasscheibe gestoßen sei.
Ich ging ins Eßzimmer hinüber.
Auf dem Tisch fand ich einen länglichen Geschäftsbrief von der Sommerschule aufgestellt und einen dünnen grauen, in Buddy Willards klarer Schrift an mich adressierten Brief auf übriggebliebenem Yale-Briefpapier.
Ich schlitzte den Brief der Sommerschule mit einem Messer auf.
Ich sei zwar für den Schriftstellerkurs nicht angenommen worden, hieß es, könne aber statt dessen einen anderen Kurs wählen, aber ich müsse noch am gleichen Morgen bei der Anmeldung vorsprechen, sonst wäre es zu spät, um mich einzuschreiben, da die Kurse fast völlig belegt seien.
Ich rief bei der Anmeldung an und hörte der apathischen Stimme zu, die eine Nachricht durchgab, Miss Esther Greenwood habe alle Pläne aufgegeben, die Sommerschule zu besuchen. Dann machte ich Buddy Willards Brief auf.
Buddy schrieb, er würde sich wahrscheinlich in eine Krankenschwester verlieben, die auch Tuberkulose hätte, aber seine Mutter hätte für den Juli ein kleines Haus in den

Adirondacks gemietet, und wenn ich mit ihr hinführe, könne es durchaus sein, daß sich seine Gefühle für die Krankenschwester als reiner Unfug herausstellten.
Ich griff mir einen Bleistift und strich Buddys Mitteilung durch. Dann drehte ich das Briefpapier um und schrieb auf die andere Seite, ich sei mit einem Simultandolmetscher verlobt und wolle Buddy nie wiedersehen, da ich nicht vorhätte, meinen Kindern einen Heuchler als Vater zu geben.
Ich steckte den Brief wieder in den Umschlag, verschloß ihn mit einem Klebeband und adressierte ihn an Buddy zurück, ohne eine neue Briefmarke daraufzukleben. Ich fand, die Nachricht sei gut und gerne ihre drei Cents wert.
Dann beschloß ich, den Sommer damit zuzubringen, einen Roman zu schreiben.
Da wären eine ganze Menge Leute bedient.
Ich schlenderte in die Küche, schlug ein Ei in eine Tasse mit rohem Hackfleisch, vermischte und aß es. Dann stellte ich den Spieltisch auf die abgeschirmte Terrasse zwischen Haus und Garage.
Ein großer wuchernder Busch schloß vorne die Sicht von der Straße her ab, die Hauswand und die Garagenwand übernahmen das gleiche auf beiden Seiten, und eine Gruppe von Birken und eine Hecke schützten mich vor Mrs. Ockenden im Rücken.
Ich zählte mir dreihundertfünfzig Blatt Papier aus dem Vorrat meiner Mutter ab, der im Schrank auf der Diele unter einem Haufen alter Filzhüte und Wollschals versteckt war.
Wieder auf der Terrasse steckte ich den ersten jungfräulichen Bogen in meine alte Reiseschreibmaschine und drehte ihn ein.
Mit einem anderen, weit entfernten Bewußtsein sah ich mich auf der Terrasse sitzen, umgeben von zwei weißen holzverkleideten Wänden, einem Busch und einer Gruppe von Birken und einer Hecke, klein wie eine Puppe im Puppenhaus.
Ein Gefühl von Zärtlichkeit füllte mein Herz. Die Heldin würde ich selbst sein, nur getarnt. Sie würde Elaine heißen. Elaine. Ich zählte die Buchstaben an den Fingern ab. Esther hatte auch sechs Buchstaben. Das schien ein Glückszeichen.

Elaine saß in einem alten gelben Schlafrock ihrer Mutter auf der Terrasse und wartete darauf, daß etwas geschah. Es war ein schwüler Morgen im Juli, und Schweißtropfen krochen ihr den Rücken herunter, einer nach dem anderen, wie langsame Insekten.

Ich lehnte mich zurück und las, was ich geschrieben hatte. Es schien lebendig genug, und ich war ziemlich stolz auf die Stelle mit den Tropfen wie Insekten, nur hatte ich das vage Gefühl, ich hätte das schon einmal vor langer Zeit woanders gelesen.

So saß ich eine Stunde lang da, versuchte mir auszudenken, was als nächstes käme, und in meinem Kopf saß die barfüßige Puppe in dem gelben Schlafrock ihrer Mutter auch da und starrte in die Luft.

»Aber liebes Kind, willst du dich nicht anziehen?«

Meine Mutter achtete darauf, mir nie zu sagen, ich solle etwas tun. Sie erörterte die Dinge nur sanft mit mir, wie eine intelligente, erwachsene Person mit einer anderen.

»Es ist fast drei Uhr nachmittag.«

»Ich schreibe einen Roman«, sagte ich, »ich habe keine Zeit, das hier auszuziehen und etwas anderes anzuziehen.«

Ich lag auf der Couch auf der Terrasse und schloß die Augen. Ich konnte hören, wie meine Mutter die Schreibmaschine und das Papier vom Spieltisch räumte und das Besteck für das Abendessen deckte, aber ich bewegte mich nicht.

Trägheit sickerte wie Sirup durch Elaines Glieder. So muß es sein, wenn man Malaria hat, dachte sie.

Ich konnte froh sein, wenn ich bei diesem Tempo eine Seite am Tag schrieb.

Dann wußte ich, woran es lag.

Ich brauchte Erfahrung.

Wie konnte ich über das Leben schreiben, wenn ich nie eine Liebesaffäre gehabt hatte oder ein Baby oder jemand sterben gesehen hatte? Ein Mädchen, das ich kannte, hatte gerade für eine Kurzgeschichte über ihre Abenteuer unter den Pygmäen in Afrika einen Preis bekommen. Wie konnte ich mit so etwas konkurrieren?

Am Ende des Abendessens hatte mich meine Mutter davon

überzeugt, daß ich abends Kurzschrift lernen sollte. Dann würde ich zwei Fliegen mit einer Klappe schlagen, einen Roman schreiben und gleichzeitig etwas Praktisches lernen. Außerdem würde ich eine Menge Geld sparen.

Noch am selben Abend grub meine Mutter eine alte Tafel im Keller aus und stellte sie auf der Terrasse auf. Dann stellte sie sich an die Tafel und kritzelte mit weißer Kreide kleine Kringel, während ich auf einem Stuhl saß und zusah.

Zuerst hatte ich Hoffnung.

Ich glaubte, ich würde in null komma nichts Kurzschrift lernen, und wenn mich dann die sommersprossige Dame im Stipendienbüro fragte, warum ich im Juli und August nicht gearbeitet hatte, um Geld zu verdienen, so wie man das als Stipendiatin zu tun hatte, konnte ich ihr sagen, ich hätte statt dessen umsonst Unterricht in Kurzschrift gehabt, damit ich mich nach Abschluß des College selbst erhalten konnte.

Nur versagte meine Fantasie, wenn ich mir mich in einer Stellung vorzustellen versuchte, wo ich munter eine Zeile nach der anderen in Kurzschrift aufnahm. Ich hatte zu keiner einzigen Stellung Lust, wo man Kurzschrift brauchte. Und während ich da saß und zusah, verschwammen die weißen Kreidekringel zu Sinnlosigkeiten.

Ich sagte meiner Mutter, ich hätte furchtbare Kopfschmerzen, und ging ins Bett.

Eine Stunde später ging vorsichtig die Tür auf und sie kroch ins Zimmer. Ich hörte das Knistern ihrer Kleider, als sie sich auszog. Sie stieg ins Bett, dann wurde ihr Atmen langsam und regelmäßig.

In dem schwachen Licht der Straßenlampen, das durch die heruntergezogenen Blenden sickerte, konnte ich die Lockenwickler wie eine Reihe kleiner Bajonette auf ihrem Kopf blitzen sehen. Ich beschloß, den Roman aufzuschieben, bis ich in Europa gewesen war und einen Liebhaber gehabt hatte, und nie auch nur ein einziges Wort Kurzschrift zu lernen. Wenn ich nie Kurzschrift lernte, müßte ich sie auch nie benutzen.

Ich überlegte, ich könnte den Sommer damit verbringen,

›Finnegan's Wake‹ zu lesen und meine Abschlußarbeit zu schreiben.
Wenn dann das College Ende September wieder anfing, hätte ich einen großen Vorsprung und könnte mein letztes Jahr genießen, statt ohne Make-up und mit strähnigem Haar loszubüffeln, statt mich von Kaffee und Aufputschmitteln zu ernähren, wie es die meisten Absolventen, die Honours-Grade anstrebten, machten, bis sie ihre Examensarbeit abgeschlossen hatten.
Dann dachte ich, ich könnte eigentlich für ein Jahr mit dem College aussetzen und als Lehrling zu einem Töpfer gehen.
Oder mich in Deutschland als Kellnerin durcharbeiten, bis ich zweisprachig war.
Dann sprang mir ein Plan nach dem anderen durch den Kopf, wie eine Familie verrückt gewordener Hasen.
Ich sah die Jahre meines Lebens eine Straße entlang aufgereiht wie durch Drähte zusammengebundene Telefonmaste. Ich zählte eins, zwei drei ... neunzehn Telefonstangen, und dann baumelten die Drähte im Leeren, und so sehr ich mich auch bemühte, ich konnte hinter dem neunzehnten Mast keinen mehr entdecken.
Das Zimmer wurde bläulich sichtbar, und ich wunderte mich, wo die Nacht hingekommen war. Aus einem nebligen Holzstück wurde meine Mutter zu einer schlummernden, mittelalterlichen Frau, ihr Mund stand offen und Schnarchen kam aus ihrem Hals. Das grunzende Geräusch irritierte mich, und einen Augenblick lang schien es mir nur ein Mittel zu geben, damit es aufhörte, den Stamm aus Haut und Sehnen, aus dem es kam, zu greifen und ihn zwischen den Händen zum Schweigen zu bringen.
Ich tat als ob ich schlief, bis meine Mutter zur Schule fuhr, aber sogar meine Augenlider schlossen das Licht nicht aus. Sie hängten den rohen, roten Vorhang ihrer kleinen Blutgefäße vor mich wie eine Wunde. Ich kroch zwischen die Matratze und das gepolsterte Bettgestell und ließ die Matratze wie einen Grabstein über mich fallen. Darunter fühlte es sich dunkel und sicher an, aber die Matratze war nicht schwer genug.

Es war noch eine Tonne mehr Gewicht nötig, damit ich schlafen konnte.
riverrun, past Eve and Adam's, from swerve of shore to bend of bay, brings us by a commodius vicus of recirculation back to Howth Castle and Environs ...
Das schwere Buch drückte mir eine unangenehme Delle in den Magen.
riverrun, past Eve and Adams's ...
Ich nahm an, der kleine Buchstabe am Anfang bedeutete, daß nichts wirklich ganz neu anfing, so wie mit einem großen Buchstaben, sondern es floß einfach weiter aus dem, was vorher kam. Eva und Adam waren natürlich Adam und Eva, aber es bedeutete wahrscheinlich außerdem noch etwas.
Vielleicht war es eine Kneipe in Dublin.
Meine Augen sanken durch eine Buchbstabensuppe zu dem langen Wort auf der Mitte der Seite herunter.
bababadalgharaghtakamminarronnkonnbronntonnerronnruonnthunntrovarrhounawnskawntoohoohoordenenthurnuk!
Ich zählte die Buchstaben. Es waren genau hundert. Ich dachte, das mußte wichtig sein.
Warum sollten da hundert Buchstaben stehen? Stockend versuchte ich, das Wort laut zu lesen.
Es klang wie ein schwerer hölzerner Gegenstand, der eine Treppe hinunterfällt, bumm bumm bumm, eine Stufe nach der anderen. Ich nahm die Seiten des Buches auf und ließ sie langsam an den Augen vorbeitreiben. Mir irgendwie bekannte Worte, aber ganz schief und verbogen wie Gesichter in einem Spiegel, flogen vorbei und hinterließen keinen Eindruck auf der glasigen Oberfläche meines Gehirns.
Ich schielte auf die Seite.
Aus den Buchstaben wuchsen Haken und Widderhörner. Ich beobachtete sie jeden einzeln, jeden für sich, und sie rückten auf verrückte Weise hoch und nieder. Dann fügten sie sich zu fantastischen, unübersetzbaren Formen, wie Arabisch oder Chinesisch, zusammen.
Ich beschloß, meine Abschlußarbeit sausen zu lassen.
Ich beschloß, das ganze Begabtenprogramm sausen zu

lassen und eine ganz normale Absolventin in Englisch zu werden. Ich sah nach, was an meinem College für einen einfachen Abschluß in Englisch nötig war.
Es gab eine Menge Bedingungen, und ich erfüllte nicht die Hälfte davon. Eine der Vorbedingungen war eine Vorlesung über das 18. Jahrhundert. Ich haßte schon die Vorstellung vom 18. Jahrhundert, mit diesen ganzen geschniegelten Männern, die bornierte kleine Couplets schrieben und es so furchtbar wichtig mit der Aufklärung hatten. Deshalb hatte ich die Vorlesung ausgelassen. Das ist möglich. Wenn man im Begabtenprogramm studiert, ist das möglich. Dadurch ist man viel freier. Ich war so frei gewesen, daß ich den größten Teil meiner Zeit mit den Gedichten von Dylan Thomas zubrachte.
Eine meiner Freundinnen, die auch im Begabtenprogramm studierte, hatte es fertiggebracht, kein einziges Wort von Shakespeare zu lesen, aber sie war eine wirkliche Kennerin der ›Four Quartets‹ von T. S. Eliot.
Ich merkte, es war unmöglich und peinlich für mich zu versuchen, aus dem freien Studienplan in den eingeschränkteren überzuwechseln. Deshalb sah ich nach, was die Voraussetzungen für Absolventen in Englisch an dem städtischen College waren, wo meine Mutter unterrichtete.
Sie waren sogar noch schwieriger.
Man mußte Altenglisch können und die Geschichte der englischen Sprache beherrschen und eine repräsentative Auswahl von allem kennen, was von Beowulf bis zum heutigen Tage geschrieben worden war.
Das überraschte mich. Ich hatte das College meiner Mutter immer verachtet, weil es für Jungen und Mädchen war und voll von Leuten, die keine Stipendien an einem der großen ostamerikanischen Colleges bekommen konnten.
Jetzt merkte ich, der dümmste Mensch am College meiner Mutter wußte mehr als ich. Ich begriff, daß man mich nicht einmal zur Tür hereinlassen würde, ganz zu schweigen von einem so großen Stipendium, wie ich es an meinem College bekam.
Ich überlegte mir, es wäre für mich besser, ein Jahr zu ar-

beiten und mir die Dinge zu überlegen. Vielleicht konnte ich mich heimlich mit dem 18. Jahrhundert beschäftigen. Aber ich konnte keine Kurzschrift, was konnte ich also tun?
Ich konnte Kellnerin oder Sekretärin werden.
Aber die Vorstellung, eins von beiden zu sein, war mir unerträglich.

»Du brauchst noch mehr Schlaftabletten, hast du gesagt?«
»Ja.«
»Aber die ich dir letzte Woche gegeben habe, sind sehr stark.«
»Sie wirken nicht mehr.«
Teresas große, schwarze Augen sahen mich nachdenklich an. Ich konnte die Stimmen ihrer drei Kinder unter dem Sprechzimmerfenster im Garten hören. Meine Tante Libby hatte einen Italiener geheiratet und Teresa war die Schwägerin meiner Tante und unser Hausarzt.
Ich mochte Teresa. Sie hatte etwas Mildes, Intuitives. Das mußte daher kommen, daß sie Italienerin war.
Es entstand eine kleine Pause.
»Da scheint doch etwas los zu sein?« sagte Teresa dann.
»Ich kann nicht schlafen. Ich kann nicht lesen.« Ich versuchte, kühl und ruhig zu sprechen, aber die Apathie stieg in meiner Kehle auf und erstickte mich. Ich drehte die Handflächen nach oben.
»Ich glaube«, Teresa riß einen Zettel von ihrem Rezeptblock und schrieb einen Namen und eine Adresse darauf, »es ist besser, du gehst zu einem anderen Arzt, den ich kenne. Er kann dir besser helfen als ich.«
Ich starrte auf die Schrift, aber ich konnte es nicht lesen.
»Dr. Gordon«, sagte Teresa. »Er ist Psychiater.«

Kapitel 11

Dr. Gordons Wartezimmer war still und beige.
Die Wände waren beige und die Teppiche waren beige und die Polsterstühle und Sofas waren beige. Es gab keine Spiegel oder Bilder, nur Urkunden verschiedener medizinischen Fakultäten mit Dr. Gordons Namen auf Lateinisch hingen an den Wänden. Blaßgrüne verdrehte Farne und gezackte Blätter in viel dunklerem Grün füllten die Keramiktöpfe auf dem hohen Tisch und dem Kaffeetisch und dem Zeitschriftentisch.
Zuerst wunderte ich mich, warum sich der Raum so sicher anfühlte. Dann merkte ich, es kam daher, weil keine Fenster da waren. Ich zitterte wegen der Klimaanlage.
Ich trug immer noch Betsys weiße Bluse und den Dirndlrock. Sie waren jetzt etwas lappig, da ich sie die drei Wochen zu Hause nicht gewaschen hatte. Die verschwitzte Baumwolle strömte einen sauren aber freundlichen Geruch aus.
Ich hatte mir auch das Haar drei Wochen lang nicht gewaschen.
Ich hatte sieben Nächte nicht geschlafen.
Meine Mutter sagte mir, ich müsse geschlafen haben, es sei unmöglich, so lange Zeit nicht zu schlafen, wenn ich aber geschlafen hatte, dann mit weit offenen Augen, denn ich war dem grünen, leuchtenden Kurs des Sekundenzeigers und des Minutenzeigers und des Stundenzeigers auf der Uhr am Bett durch die Kreise und Halbkreise gefolgt, jede Nacht, sieben Nächte lang, ohne eine Sekunde oder eine Minute oder eine Stunde auszulassen.
Ich hatte die Kleider oder das Haar nicht gewaschen, weil es so dumm schien.
Ich sah die Tage des Jahres sich wie eine Reihe heller weißer Schachteln hinziehen, und eine Schachtel war von der anderen durch Schlaf abgetrennt, wie ein schwarzer Schatten. Nur für mich war die lange, sich verjüngende Reihe von Schatten, die eine Schachtel von der nächsten trennte, plötzlich ausgeschaltet, und ich konnte einen Tag und den Tag danach und den Tag danach wie eine wei-

ße, breite, unendlich verlassene Straße vor mir leuchten sehen.
Es schien töricht, mich an einem Tag zu waschen, wenn ich mich am nächsten wieder waschen mußte.
Es machte mich schon müde, nur daran zu denken.
Ich wollte alles ein für allemal tun und damit fertig sein.

Doktor Gordon spielte mit einem silbernen Bleistift.
»Ihre Mutter hat mir erzählt, Sie seien durcheinander.«
Ich kauerte in dem tiefen Lederstuhl und sah Doktor Gordon über eine riesige, hochpolierte Tischfläche hinweg an.
Doktor Gordon wartete. Er tappte mit dem Bleistift – tapp, tapp, tapp – über das saubere grüne Feld der Löschunterlage.
Seine Wimpern waren so lang und dick, daß sie künstlich aussahen. Schwarze plastische Riedhalme, die zwei grüne Gletscherseen umsäumten.
Doktor Gordons Gesichtszüge waren so vollkommen, daß er fast schön war.
Ich haßte ihn von dem Augenblick an, als ich durch die Tür kam.
Ich hatte mir einen freundlichen, häßlichen, fantasievollen Mann vorgestellt, der aufsah und auf ermutigende Weise »Ah!« sagte, als könne er etwas sehen, was ich nicht sah, und dann würden mir Worte einfallen, mit denen ich ihm sagen konnte, wie große Angst ich hatte, so als ob ich immer weiter in einen schwarzen, luftlosen Sack ohne Ausweg hineingestopft würde. Dann würde er sich im Stuhl zurücklehnen und die Fingerspitzen zu einer kleinen Turmspitze zusammenlegen und mir sagen, warum ich nicht schlafen konnte, warum ich nicht lesen konnte und warum ich nicht essen konnte, und warum alles, was die Leute taten, so töricht schien, weil sie am Ende schließlich doch starben.
Und dann dachte ich, er würde mir Schritt für Schritt helfen, wieder ich selbst zu sein.
Aber Doktor Gordon war nichts dergleichen. Er war jung und sah gut aus, und ich sah sofort, daß er eingebildet war.
Doktor Gordon hatte eine Fotografie in silbernem Rah-

men auf dem Tisch, die halb ihm und halb meinem Lederstuhl zugewandt war. Es war ein Familienbild und zeigte eine schöne dunkelhaarige Frau, die Doktor Gordons Schwester hätte sein können, sie lächelte über den Köpfen von zwei blonden Kindern.
Ich glaube, eins war ein Junge und eins ein Mädchen, aber es kann sein, daß alle beide Jungen oder beide Mädchen waren, das läßt sich schwer sagen, wenn Kinder noch so klein sind. Ich glaube, unten auf dem Bild war auch noch ein Hund – eine Art Airedale oder Golden Retriever – aber es konnte auch nur das Muster vom Kleid der Frau sein.
Aus irgendeinem Grund machte mich die Fotografie wütend.
Ich sah nicht ein, warum sie halb mir zugewendet war, es sei denn, Doktor Gordon wollte mir dadurch sofort klar machen, daß er mit so einer strahlenden Frau verheiratet war und ich deshalb besser nicht auf verrückte Ideen käme.
Dann dachte ich, wie konnte mir dieser Doktor Gordon überhaupt helfen, wenn ihn eine schöne Frau und schöne Kinder und ein schöner Hund wie Engel auf einer Weihnachtskarte umschwebten?
»Also, jetzt versuchen Sie mir mal zu erzählen, was Ihrer Meinung nach nicht in Ordnung ist.«
Ich drehte die Worte argwöhnisch hin und her, wie runde, vom Meer polierte Kiesel, die plötzlich Krallen ausstreckten und sich in irgend etwas anderes verwandelten.
Was *meiner Meinung* nach nicht in Ordnung war? Das klang so als sei in Wirklichkeit gar nichts los, und ich *glaubte* nur, es wäre etwas nicht in Ordnung.
Mit dumpfer, flacher Stimme – um klar zu machen, daß ich weder durch sein gutes Aussehen noch von dem Familienfoto bestochen war – erzählte ich Doktor Gordon, daß ich nicht schlafen und nicht essen und nicht lesen könnte. Ich erzählte ihm nichts von der Handschrift, was mich am meisten beunruhigte.
An diesem Morgen hatte ich versucht, einen Brief nach West Virginia an Doreen zu schreiben, um sie zu fragen, ob ich nicht kommen und bei ihr wohnen und vielleicht eine An-

stellung als Kellnerin oder so auf ihrem College bekommen könnte. Aber als ich den Federhalter aufnahm, machte meine Hand große zerfahrene Buchstaben wie von einem Kind, und die Zeilen senkten sich von links nach rechts die Seite hinunter, fast diagonal, als wären sie Bindfadenkringel, die auf dem Papier lagen und jemand war gekommen und hatte sie schiefgepustet.

Ich wußte, so einen Brief konnte ich nicht abschicken, deshalb riß ich ihn in kleine Stücke und tat sie zu dem Make-up-Etui in die Handtasche, falls der Psychiater sie sehen wollte.

Aber Doktor Gordon wollte sie natürlich nicht sehen, da ich sie nicht erwähnt hatte, und ich fand mich sehr gescheit. Ich dachte, ich brauchte nur zu sagen, was ich ihm sagen wollte, und das Bild, das er von mir hatte, konnte ich beeinflussen, indem ich das eine verschwieg und etwas anderes offenbarte, während er sich die ganze Zeit für besonders gescheit hielt.

Während ich redete, hielt Doktor Gordon die ganze Zeit den Kopf gesenkt, als ob er betete, und außer der dummen, flachen Stimme war das einzige Geräusch dies Tapp, Tapp, Tapp von Doktor Gordons Bleistift auf der gleichen Stelle des grünen Löschpapiers, wie ein steckengebliebener Spazierstock.

Als ich fertig war, hob Doktor Gordon den Kopf.

»Auf welches College gingen Sie nochmal?«

Erstaunt sagte ich es ihm. Ich begriff nicht, was das College hier sollte.

»Ah ja!« Doktor Gordon lehnte sich im Stuhl zurück, starrte mit erinnerndem Lächeln über meine Schulter in die Luft.

Ich glaubte, er würde mir seine Diagnose sagen und ich hätte ihn vielleicht vorschnell und zu unfreundlich beurteilt. Aber er sagte nur: »Ich erinnere mich gut an Ihr College. Ich war während des Krieges einmal dort. Da gab es eine WAC (Women's Army Corps)-Stelle, nicht wahr? Oder war es WAVES (Women Accepted for Volunteer Emergency Service)?«

Ich sagte, ich wüßte es nicht.

»Ja, eine WAC-Stelle, jetzt fällt es mir wieder ein. Ich war

Arzt für die ganze Gesellschaft, bevor ich nach Übersee ging. Mein Gott, war das eine Versammlung hübscher Mädchen.«
Doktor Gordon lachte.
Dann stand er in einer weichen Bewegung auf und schlenderte um die Ecke des Tisches herum auf mich zu. Ich wußte nicht genau, was er tun würde, deshalb stand ich auch auf.
Doktor Gordon griff nach der Hand, die an meiner rechten Seite herunterhing und schüttelte sie.
»Also dann bis nächste Woche.«
Die vollbusigen Ulmen bildeten einen Schattentunnel über den gelben und roten Backsteinfassaden an der Commonwealth Avenue, und eine Straßenbahn fädelte sich nach Osten die dünnen, silbrigen Schienen entlang. Ich wartete bis die Straßenbahn vorbei war, dann ging ich zu dem grauen Chevrolet auf der anderen Straßenseite hinüber.
Ich sah das Gesicht meiner Mutter, erwartungsvoll und gelblich wie eine Zitronenscheibe, es blickte durch die Windschutzscheibe zu mir auf.
»Nun, was hat er gesagt?«
Ich zog die Wagentür zu. Sie schnappte nicht ein. Ich stieß sie hinaus und zog sie wieder mit einem dumpfen Schlag heran. »Er hat gesagt, bis nächste Woche.«
Meine Mutter seufzte.
Doktor Gordon kostete fünfundzwanzig Dollar pro Stunde.

»Hallo da, wie heißen Sie?«
»Elly Higginbottom.«
Der Matrose begann im Gleichschritt neben mir herzugehen, und ich lächelte.
Es schien, daß es auf dem Common so viele Matrosen gab wie Tauben. Sie kamen anscheinend auf der anderen Seite aus einem graubraunen Rekrutierungsbüro, mit blauweißen »Komm zur Marine« – Plakaten, die auf den Plakatwänden darum herum und überall innen an den Wänden klebten.
»Woher sind Sie, Elly?«
»Chicago.«
Ich war nie in Chicago gewesen, aber ich kannte ein oder zwei Jungen, die auf die Universität von Chicago gingen,

und es schien mir der passende Ort zu sein, woher unkonventionelle, wirre Leute herkamen.
»Da sind Sie ja weiß Gott weit von zu Hause weg.«
Der Matrose legte mir den Arm um die Hüfte, und lange Zeit gingen wir einfach so um den Common herum, der Matrose streichelte mir durch den grünen Dirndlrock hindurch die Hüfte, und ich lächelte geheimnisvoll und versuchte, nichts zu sagen, was gezeigt hätte, daß ich aus Boston war und jeden Augenblick Mrs. Willard treffen konnte oder eine der anderen Freundinnen meiner Mutter, die nach dem Tee auf Beacon Hill oder nach dem Einkauf im Kaufhaus Filene über den Platz kommen konnten.
Ich dachte, wenn ich jemals nach Chicago kam, würde ich meinen Namen endgültig in Elly Higginbottom ändern. Dann würde niemand erfahren, daß ich ein Stipendium an einem großen ostamerikanischen Frauencollege versaut und einen Monat in New York verpfuscht und mich geweigert hatte, einen absolut soliden Medizinstudenten zum Mann zu nehmen, der eines Tages Mitglied der amerikanischen Ärztevereinigung sein und haufenweise Geld verdienen würde. In Chicago würden mich die Leute für das nehmen, was ich war.
Ich wäre einfach Elly Higginbottom, die Waise. Die Leute hätten mich wegen meiner reizenden ruhigen Art gerne. Sie würden mich nicht bedrängen, Bücher zu lesen und lange Arbeiten über die Zwillingssymbolik bei James Joyce zu verfassen. Und eines Tages würde ich dann einen männlichen, aber sanften Automechaniker heiraten und eine große kuhartige Familie haben, wie Dodo Conway.
Falls ich dazu Lust hatte.
»Was werden Sie tun, wenn Sie aus der Marine entlassen werden?« fragte ich plötzlich den Matrosen.
Es war der längste Satz, den ich gesagt hatte, und er schien verblüfft zu sein. Er schob die weiße springformartige Mütze auf eine Seite und kratzte sich am Kopf.
»Ach, ich weiß nicht, Elly«, sagte er. »Vielleicht gehe ich einfach mit dem Armeestipendium aufs College.«
Ich machte eine Pause. Dann sagte ich beschwörend: »Haben

Sie schon einmal daran gedacht, eine Tankstelle aufzumachen?«
»Nee«, sagte der Soldat, »habe ich nie.«
Ich sah ihn aus den Augenwinkeln an. Er wirkte keinen Tag älter als sechzehn Jahre.
»Wissen Sie, wie alt ich bin?« sagte ich vorwurfsvoll.
Der Matrose grinste mich an. »Nee, und es ist mir auch egal.«
Mir fiel auf, dieser Matrose war wirklich bemerkenswert hübsch. Er sah nordisch und jungfräulich aus. Mit meiner jetzigen Einfältigkeit schien ich saubere, hübsche Leute anzuziehen.
»Also, ich bin dreißig«, sagte ich und wartete.
»Mensch, Elly, so siehst du aber nicht aus.« Der Matrose drückte meine Hüfte.
Dann sah er schnell von links nach rechts. »Hör zu, Elly, wenn wir da zu den Stufen gehen, unter dem Denkmal, kann ich dich küssen.«
In diesem Augenblick bemerkte ich eine braune Gestalt in vernünftig flachen, braunen Schuhen über den Common auf mich zukommen. Aus der Entfernung konnte ich die Gesichtszüge des münzengroßen Gesichts nicht erkennen, aber ich wußte, es war Mrs. Willard.
»Können Sie mir bitte sagen, wie ich zur Untergrundbahn komme?« sagte ich mit lauter Stimme zu dem Matrosen.
»Was?«
»Die Untergrundbahn, die zum Gefängnis auf der Wild-Insel fährt?«
Wenn Mrs. Willard näher kam, brauchte ich nur so zu tun, als ob ich den Matrosen nach dem Weg fragte und ihn eigentlich gar nicht kannte.
»Nimm die Hände weg«, sagte ich zwischen den Zähnen.
»Sag mal, Elly, was ist los?«
Die Frau kam heran und ging vorbei, ohne herzusehen oder zu nicken, und es war natürlich nicht Mrs. Willard. Mrs. Willard war auf ihrem Haus in den Adirondacks.
Ich fixierte den sich entfernenden Rücken der Frau mit rachsüchtigem Blick.

»Sag mal, Elly ...«
»Ich dachte, es wäre jemand, den ich kenne«, sagte ich. »Eine von den verdammten Frauen aus dem Waisenhaus in Chicago.«
Der Matrose legte wieder den Arm um mich.
»Heißt das, du hast keine Mutti und keinen Vati mehr, Elly?«
»Nein.« Ich ließ eine Träne heraus, die schon bereit war. Sie nahm ihren kleinen heißen Weg meine Wange herunter.
»Aber Elly, wein doch nicht. Diese Dame da, war sie häßlich zu dir?«
»Sie war ... sie war *furcht*bar!«
Dann kamen die Tränen in Strömen, und während der Matrose mich hielt und sie im Schutz einer amerikanischen Ulme mit einem großen, sauberen, weißen Leinentaschentuch trocken tupfte, dachte ich, was für eine schreckliche Frau diese Dame in dem braunen Kostüm gewesen war und wie sie, wissentlich oder nicht, daran schuld war, daß ich da die falsche Richtung und dort den falschen Weg eingeschlagen hatte, und an allem Schlechten, was danach kam.

»Nun, Esther, wie geht es Ihnen diese Woche?«
Doktor Gordon wog den Bleistift in der Hand, wie ein dünnes silbernes Geschoß.
»Genauso.«
»Genauso?« Er zog eine Augenbraue hoch, als ob er das nicht glaubte.
Also erzählte ich es ihm noch einmal mit der gleichen dumpfen, flachen Stimme, nur war es diesmal ärgerlicher, weil er anscheinend so lange brauchte zu begreifen, daß ich vierzehn Nächte nicht geschlafen hatte und daß ich weder lesen noch schreiben noch besonders gut schlucken konnte.
Doktor Gordon schien unbeeindruckt.
Ich wühlte in meiner Handtasche und fand die Fetzen des Briefes an Doreen. Ich nahm sie heraus und ließ sie auf Doktor Gordons unbeflecktes, grünes Löschblatt fallen. Da lagen sie, stumm wie Gänseblumenblätter auf einer Sommerwiese.
»Wie finden Sie das?« sagte ich.

Ich glaubte, Doktor Gordon müsse sofort sehen, wie schlimm die Handschrift war, aber er sagte nur: »Ich möchte gern einmal Ihre Mutter sprechen. Haben Sie etwas dagegen?«
»Nein.« Aber die Vorstellung, Doktor Gordon würde mit meiner Mutter reden, gefiel mir ganz und gar nicht. Er konnte ihr sagen, ich müßte eingesperrt werden. Ich hob jeden Fetzen des Briefes an Doreen auf, damit Doktor Gordon sie nicht zusammensetzte und sah, daß ich vorhatte wegzulaufen, und ging, ohne noch ein Wort zu sagen, aus dem Sprechzimmer.

Ich sah, wie meine Mutter immer kleiner wurde, bis sie in der Tür von Doktor Gordons Praxis verschwand. Dann sah ich, wie sie immer größer wurde, als sie zum Auto zurückkam.
»Na?« Ich konnte sehen, daß sie geweint hatte.
Meine Mutter blickte mich nicht an. Sie ließ das Auto an. Dann sagte sie, während wir unter den kühlen Tiefseeschatten der Ulmen dahinglitten: »Doktor Gordon meint, es sei mit dir überhaupt nicht besser geworden. Er will dich in seinem privaten Krankenhaus in Walton mit Elektroschock behandeln.«
Ich fühlte einen scharfen Stich von Neugier, als ob ich gerade eine grausige Schlagzeile über jemand Fremden in der Zeitung gelesen hätte.
»Meint er damit, dort *bleiben*?«
»Nein«, sagte meine Mutter, und ihr Kinn bebte.
Ich war sicher, sie log.
»Entweder du sagst mir die Wahrheit«, sagte ich, »oder ich rede nie mehr mit dir.«
»Sage ich dir nicht immer die Wahrheit?« sagte meine Mutter und brach in Tränen aus.

SELBSTMÖRDER
VOM MAUERVORSPRUNG IM SIEBTEN STOCKWERK GERETTET!

Nach zwei Stunden auf einem schmalen Sims sieben Stockwerke hoch über einem Parkplatz aus Beton und einer Menge Zuschauer, ließ sich Mr. George Pollucci durch ein

nahe gelegenes Fenster von Sergant Will Kilmartin von der Polizeiwache in der Charles Street in Sicherheit bringen.
Ich knackte eine Erdnuß aus der Tüte für zehn Cents, die ich gekauft hatte, um die Tauben zu füttern, und aß sie. Sie schmeckte tot, wie ein Stückchen alte Baumrinde.
Ich hielt die Zeitung dicht an die Augen, um das Gesicht von George Pollucci besser zu sehen, es war hell beleuchtet wie ein Dreiviertelmond vor einem undeutlichen Hintergrund von Backstein und schwarzem Himmel. Ich hatte das Gefühl, daß er mir etwas Wichtiges zu sagen hatte, und was immer das war, es konnte sehr gut in seinem Gesicht stehen.
Aber die verschmierten Unebenheiten auf George Polluccis Zügen schmolzen weg, während ich sie anstarrte, und lösten sich in ein regelmäßiges Muster dunkelgrauer und hellgrauer und halbgrauer Flecken auf.
Der tintig schwarze Zeitungsabschnitt sagte nichts darüber, warum Mr. Pollucci auf dem Mauervorsprung war, oder was Sergant Kilmartin mit ihm machte, als er ihn schließlich durch das Fenster hereingebracht hatte.
Mit dem Springen war es schwierig, weil man noch lebendig sein konnte, wenn man auf dem Boden aufschlug, falls man nicht die richtige Zahl Stockwerke wählte. Ich fand, sieben Stockwerke waren sicher hoch genug.
Ich faltete die Zeitung zusammen und stopfte sie zwischen die Ritzen der Parkbank. Meine Mutter nannte so etwas ein Revolverblatt, voll von den lokalen Mordfällen und Selbstmorden und Prügeleien und Raubüberfällen, und fast auf jeder Seite eine halbnackte Frau mit Brüsten, die über den Rand des Kleides schwappten, und mit so gestellten Beinen, daß die Strumpfenden zu sehen waren.
Ich wußte nicht, warum ich solche Zeitungen nie gekauft hatte. Sie waren das einzige, was ich lesen konnte. Die kleinen Abschnitte zwischen den Bildern waren zu Ende, bevor die Buchstaben frech wurden und herumwackelten. Zu Hause sah ich nur den ›Christian Science Monitor‹, der jeden Tag außer sonntags um fünf Uhr auf der Türschwelle erschien und Selbstmorde und Sexualverbrechen und Flugzeugunglücke so behandelte, als ob sie nicht stattgefunden hätten.

Ein großer weißer Schwan voll mit kleinen Kindern näherte sich meiner Bank, bog dann um ein buschiges Inselchen voll von Enten und paddelte unter den dunklen Bogen der Brücke zurück. Alles, was ich ansah, schien hell und sehr klein.
Wie durch das Schlüsselloch einer Tür, die ich nicht aufmachen konnte, sah ich mich und meinen jüngeren Bruder, kniehoch und einen Luftballon mit Hasenohren in der Hand, auf ein Schwanenboot klettern und uns um einen Platz am äußeren Rand über dem mit Erdnußschalen bedeckten Wasser streiten. Mein Mund schmeckte sauber und nach Pfefferminz. Wenn wir beim Zahnarzt tapfer gewesen waren, ließ uns unsere Mutter eine Fahrt im Schwanenboot machen.
Ich ging im Park herum – über die Brücke und unter den blaugrünen Denkmälern hindurch, an dem Blumenbeet in den Farben der amerikanischen Flagge und an dem Eingang einer orange-weiß gestreiften Segeltuchkabine vorbei, wo man sich für fünfundzwanzig Cents fotografieren lassen konnte – und las die Schilder mit den Namen der Bäume.
Mein liebster Baum war die Trauerweide. Sie mußte aus Japan kommen. In Japan verstand man sich auf geistige Dinge.
Wenn irgend etwas schief ging, entleibten sie sich.
Ich versuchte, mir vorzustellen, wie sie das machten. Sie hatten sicher ein besonders scharfes Messer. Nein, wahrscheinlich zwei besonders scharfe Messer. Dann setzten sie sich mit gekreuzten Beinen, in jeder Hand ein Messer. Dann legten sie die Hände über Kreuz und richteten ein Messer auf jede Seite des Magens. Sie mußten dazu nackt sein, sonst blieb das Messer in den Kleidern stecken.
Dann stießen sie, bevor sie Zeit hatten nachzudenken, mit einer blitzschnellen Bewegung die Messer hinein und zogen sie herum, das eine um den oberen Rippenbogen und das andere um den unteren Bogen, in einem vollen Kreis. Dann löste sich die Magenhaut wie ein Teller, und die Gedärme fielen heraus und sie starben.
Eine Menge Mut mußte man haben, so zu sterben.

Bei mir bestand die Schwierigkeit, daß ich den Anblick von Blut haßte.
Ich wollte die ganze Nacht im Park bleiben.
Am nächsten Morgen sollte Dodo Conway meine Mutter und mich nach Walton fahren, und wenn ich weglaufen wollte, bevor es zu spät war, dann war jetzt der Zeitpunkt dafür. Ich sah in die Handtasche und fand eine Dollarnote und neunundsiebzig Cents in Zehn-Cents- und Fünf-Cents- und Ein-Cent-Stücken. Ich hatte keine Ahnung, was es kostete, nach Chicago zu fahren, aber ich traute mich nicht zur Bank zu gehen und mein Geld abzuheben, ich dachte mir, Doktor Gordon konnte ja den Bankbeamten gewarnt haben, mich anzuhalten, wenn ich etwas Auffälliges tat.
Autostop fiel mir ein, aber ich hatte keine Ahnung von den Straßen nach Chicago aus Boston heraus. Es ist ganz leicht, die Richtungen auf der Karte zu finden, aber ich hatte kaum eine Ahnung von Himmelsrichtungen, wenn ich mich irgendwo mitten darin befand. Jedesmal, wenn ich herausfinden wollte, wo Osten und wo Westen war, schien es Mittag zu sein oder bewölkt, was gar nichts half, oder Nacht, und außer Großer Wagen und Kassiopeia war es bei mir mit den Sternen hoffnungslos, worüber Buddy Willard immer verzweifelte.
Ich beschloß, zum Autobahnhof zu gehen und mich nach den Fahrpreisen nach Chicago zu erkundigen. Dann konnte ich zur Bank gehen und genau den nötigen Betrag abheben, was sicher nicht so viel Verdacht erregte.
Ich war gerade durch die Glastüren des Autobusbahnhofes geschlendert und ging zu dem Gestell mit farbigen Ausflugsprospekten und Fahrplänen hinüber, als mir einfiel, daß die Bank zu Hause geschlossen wäre, da es schon Nachmittag war und ich also erst am nächsten Tag wieder Geld abheben konnte.
Mein Termin in Walton war um zehn Uhr.
In diesem Augenblick knackte der Lautsprecher und begann, die Haltestellen eines Buses aufzuzählen, der gleich draußen auf dem Parkplatz abfuhr. Die Stimme im Lautsprecher machte knack, knack, knack, so daß man wie immer kein Wort

verstand, und dann hörte ich mitten zwischen den elektrischen Geräuschen einen bekannten Namen, deutlich wie das A auf dem Klavier, wenn alle Instrumente eines Orchesters stimmen.
Es war eine Haltestelle, zwei Ecken von zu Hause weg.
Ich lief in den heißen, staubigen Julinachmittag hinaus, ich schwitzte, und mein Mund war sandig, als käme ich zu einer schwierigen Unterredung zu spät, und bestieg den roten Autobus, dessen Motor schon lief.
Ich gab dem Fahrer das Fahrgeld, und leise schlossen sich auf gepolsterten Scharnieren die Türen hinter mir.

Kapitel 12

Doktor Gordons Privatkrankenhaus krönte einen grasigen Hügel am Ende einer langen, abgeschlossenen Auffahrt, die mit Muschelkalk weiß gefärbt war. Die gelbe Bretterverkleidung des großen Hauses mit der umlaufenden Veranda glänzte in der Sonne, aber kein Mensch ging über die grüne Wölbung des Rasens.
Als meine Mutter und ich näher kamen, drückte die Sommerhitze auf uns herab, und in einer Blutbuche im Hintergrund begann eine Zikade, wie ein wesenloser Rasenmäher. Das Geräusch der Zikade unterstrich nur noch die riesige Stille.
Eine Krankenschwester machte uns die Türe auf.
»Würden Sie bitte im Wohnzimmer warten. Doktor Gordon wird gleich zu Ihnen kommen.«
Was mich störte war, daß alles an dem Haus normal schien, obwohl ich wußte, es mußte bis oben voll mit verrückten Leuten sein.
So weit ich sah, gab es weder Gitter an den Fenstern noch wüste oder beunruhigende Geräusche. Sonnenlicht lag in regelmäßigen Rechtecken auf den abgenutzten, aber weichen roten Teppichen, und ein Hauch von frisch geschnittenem Gras süßte die Luft.
Ich blieb im Eingang zum Wohnzimmer stehen.

Für einen Augenblick dachte ich, es wäre die Kopie der Halle in einem Gasthaus, in dem ich einmal auf einer Insel vor der Küste von Maine gewesen war. Durch französische Türen fiel blendend weißes Licht, ein Flügel füllte die entfernte Ecke des Raumes, und Leute in Sommerkleidung saßen an Kartentischen und in den schiefen Rohrsesseln, die man so oft in heruntergekommenen Seebädern findet.
Dann merkte ich, daß sich niemand von den Menschen bewegte. Ich sah genauer hin und versuchte etwas in ihren starren Haltungen zu entdecken. Ich erkannte ältere Männer und Frauen und solche, die so jung sein mußten wie ich, aber eine Gleichförmigkeit lag in den Gesichtern, als ob sie lange Zeit in einem Regal gelegen hätten, außerhalb der Sonne, unter Schichten von bleichem feinen Staub. Dann sah ich, einige von ihnen bewegten sich tatsächlich, aber mit solchen kleinen, vogelartigen Gesten, daß sie mir zuerst nicht aufgefallen waren.
Ein Mann mit einem grauen Gesicht zählte ein Kartenspiel, eins, zwei, drei, vier . . . ich dachte, er mußte gesehen haben, ob das Spiel vollständig war, aber als er mit dem Zählen fertig war, fing er wieder an. Neben ihm spielte eine fette Dame mit einer Schnur von hölzernen Perlen. Sie zog alle Perlen an einem Ende des Fadens hinauf und ließ sie dann klick, klick, klick wieder aufeinanderfallen.
Am Flügel blätterte ein junges Mädchen in ein paar Notenblättern, aber als sie sah, daß ich sie ansah, drehte sie den Kopf angewidert zur Seite und zerriß die Notenblätter.
Meine Mutter berührte meinen Arm, und ich folgte ihr in den Raum.
Wir saßen ohne zu sprechen auf einem klumpigen Sofa, das jedesmal knarrte, wenn man sich bewegte.
Dann glitt mein Blick über die Leute zu dem hell leuchtenden Grün hinter den durchscheinenden Vorhängen, und ich hatte das Gefühl, ich säße im Schaufenster eines großen Warenhauses. Die Figuren um mich herum waren keine Menschen, sondern Kleiderpuppen, bemalt, um Menschen ähnlich zu sein, und in Stellungen gebracht, die Leben vortäuschten.

Ich stieg hinter Doktor Gordons dunkel bejacktem Rücken her. Unten in der Halle hatte ich versucht ihn zu fragen, wie die Elektroschockbehandlung wäre, aber als ich den Mund öffnete, kam kein Wort heraus, meine Augen wurden nur größer und starrten auf das lächelnde bekannte Gesicht, das vor mir her schwebte wie ein Teller voll Beteuerungen.
Oben auf der Treppe hörte der granatfarbene Teppich auf. Statt dessen war ein häßliches braunes Linoleum auf den Boden genagelt, und es zog sich einen Korridor entlang, der von geschlossenen weißen Türen gesäumt war. Während ich Doktor Gordon folgte, öffnete sich irgendwo weit weg eine Tür, und ich hörte eine Frau schreien.
Auf einmal kam eine Schwester um die Ecke des Ganges vor uns, die eine Frau mit zottigem, hüftlangen Haar in einem blauen Bademantel führte. Doktor Gordon trat zur Seite, und ich drückte mich gegen die Wand.
Während die Frau vorbeigezerrt wurde, sie fuchtelte mit den Armen und wehrte sich gegen den Griff der Schwester, sagte sie: »Ich springe aus dem Fenster, ich springe aus dem Fenster, ich springe aus dem Fenster.«
Die Schwester war untersetzt und muskulös, und ihre Uniform war vorne verschmiert. Sie hatte ein Glasauge und trug eine so dicke Brille, daß mich hinter den runden, doppelten Scheiben aus Glas vier Augen anstarrten. Ich versuchte zu erkennen, welches die wirklichen Augen und welches die falschen Augen waren, und welches der wirklichen Augen das Glasauge und welches das natürliche Auge war, als sie mir ihr Gesicht mit breitem verschwörerischen Grinsen zuwandte, und als wollte sie mich beruhigen zischte sie: »Sie glaubt, sie kann aus dem Fenster springen, aber sie kann nicht aus dem Fenster springen, weil alle verriegelt sind!«
Und als Doktor Gordon mich in einen leeren Raum hinten im Haus führte, sah ich, daß die Fenster in diesem Teil des Hauses tatsächlich vergittert waren und daß die Zimmertür und die Schranktür und die Schubladen der Kommode und alles, was auf- und zugemacht werden konnte, ein Schlüsselloch hatte, um es abschließen zu können.
Ich legte mich auf das Bett.

Die Schwester mit dem Glasauge kam zurück. Sie machte mir die Armbanduhr ab und steckte sie in die Tasche. Dann begann sie, mir die Haarnadeln aus dem Haar zu zupfen.
Doktor Gordon schloß den Schrank auf. Er zog einen Tisch auf Rädern heraus mit einer Maschine darauf und rollte sie hinter das Kopfende des Bettes. Die Schwester begann, mir die Schläfen mit einem stinkenden Fett einzureiben.
Als sie sich über mich lehnte, um die Seite meines Kopfes zur Wand hin zu erreichen, umhüllte ihre dicke Brust mein Gesicht wie eine Wolke oder ein Kissen. Ihr Fleisch dünstete einen unbestimmten medizinischen Geruch aus.
»Nur die Ruhe«, grinste die Schwester auf mich herunter, »das erste Mal haben alle furchtbare Angst.«
Ich versuchte zu lächeln, aber meine Haut war steif wie Pergament geworden.
Doktor Gordon legte zwei Metallplatten auf die Seiten meines Kopfes. Er schnallte sie mit einer Binde fest, die sich mir in die Stirn eingrub, und gab mir einen Draht, auf den ich beißen sollte.
Ich schloß die Augen.
Es gab eine kurze Stille, wie einmal Atemholen.
Dann bog sich etwas herunter und griff mich und schüttelte mich, wie das Ende der Welt. Wiiiiiii schrillte es durch berstende Luft in blauem Licht, und mit jedem Blitz fuhr ein riesiger Schlag auf mich nieder, daß ich glaubte, meine Knochen würden brechen und der Saft würde aus mir herausjagen wie aus einer aufgeschlitzten Pflanze.
Was hatte ich denn nur Furchtbares getan.

Ich saß in einem Rohrstuhl, hielt ein kleines Glas Tomatensaft in der Hand. Die Uhr war mir wieder an das Handgelenk gebunden worden, aber sie sah komisch aus. Dann merkte ich, daß sie verkehrt herum festgemacht worden war. Im Haar spürte ich die Haarnadeln an ungewohnten Stellen.
»Wie fühlen Sie sich?«
Eine alte metallene Stehlampe tauchte in meinem Bewußtsein auf. Eine von den wenigen Resten aus dem Arbeitszim-

mer meines Vaters, gekrönt von einer kupfernen Glocke, in der sich die elektrische Birne befand und von der ein durchgescheuerter, tigerfarbener Draht den Metallständer entlang zu einer Steckdose in der Wand führte.
Eines Tages beschloß ich, diese Lampe von ihrem Platz neben dem Bett meiner Mutter weg an meinen Tisch am anderen Ende des Zimmers zu stellen. Die elektrische Schnur war lang genug, deshalb zog ich sie nicht heraus. Ich legte beide Hände um die Lampe und die faserige Schnur und griff fest zu.
Da sprang etwas mit einem blauen Blitz aus der Lampe und schüttelte mich bis meine Zähne klapperten, und ich versuchte, die Hände wegzuziehen, aber sie klebten fest, und ich schrie, oder ein Schrei wurde mir aus dem Hals gerissen, denn ich erkannte ihn nicht, sondern hörte ihn in der Luft schweben und zittern wie ein gewaltsam entkörperter Geist.
Dann rissen sich die Hände frei, und ich fiel auf das Bett meiner Mutter zurück. Ein kleines Loch, wie mit Blei geschwärzt, zeichnete die Mitte der rechten Handfläche.
»Wie fühlen Sie sich?«
»Ganz gut.«
Das stimmte nicht. Ich fühlte mich schrecklich.
»Was war nochmal Ihr College?«
Ich sagte, welches College es war.
»Ah ja!« Doktor Gordons Gesicht leuchtete langsam auf mit einem fast tropischen Lächeln. »Da gab es eine WAC-Stelle während des Krieges, nicht wahr?«

Die Handknöchel meiner Mutter waren knochenweiß, als wäre die Haut während des einstündigen Wartens abgegangen. Sie sah an mir vorbei Doktor Gordon an, und er mußte genickt oder gelächelt haben, denn ihr Gesicht entspannte sich.
»Noch ein paar Elektroschockbehandlungen, Mrs. Greenwood«, hörte ich Doktor Gordon sagen, »dann werden Sie, glaube ich, eine wundervolle Besserung bemerken.«
Das Mädchen saß immer noch auf dem Klavierstuhl, das zerrissene Notenblatt war zu ihren Füßen ausgebreitet wie

ein toter Vogel. Sie starrte mich an, und ich starrte zurück. Ihre Augen wurden schmal. Sie streckte die Zunge heraus.
Meine Mutter folgte Doktor Gordon zur Tür. Ich blieb zurück, und als sie mir den Rücken zuwendeten, drehte ich mich zu dem Mädchen um und drückte meine Ohren mit den Daumen nach vorne. Sie zog die Zunge ein und ihr Gesicht versteinerte.
Ich ging in die Sonne hinaus.
Im gefleckten Schatten der Bäume wartete Dodo Conways schwarzer Caravan lauernd wie ein Panther.
Der Caravan war ursprünglich von einer reichen Dame der Gesellschaft bestellt worden, schwarz, ohne jedes Chrom und mit schwarzer Lederpolsterung, aber als er kam, deprimierte er sie. Es war der Abklatsch eines Totenautos, sagte sie, und alle waren der gleichen Meinung, und niemand wollte ihn kaufen, deshalb fuhren ihn die Conways zu stark herabgesetztem Preis nach Hause und sparten ein paar hundert Dollars.
Ich saß auf dem Vordersitz zwischen Dodo und meiner Mutter und fühlte mich dumpf und niedergeschlagen. Jedesmal, wenn ich mich zu konzentrieren versuchte, glitt mein Bewußtsein fort wie ein Eisläufer in einen großen leeren Raum und drehte sich dort abwesend.
»Mit diesem Doktor Gordon bin ich fertig«, sagte ich, nachdem wir uns hinter den Fichten von Dodo und ihrem schwarzen Auto getrennt hatten. »Du kannst ihn anrufen und ihm sagen, ich käme nächste Woche nicht.«
Meine Mutter lächelte: »Ich habe gewußt, mein Kleines ist nicht so.«
Ich sah sie an. »Wie?«
»Wie diese schrecklichen Leute. Diese schrecklich toten Leute da im Krankenhaus.« Sie machte eine Pause. »Ich habe gewußt, du wirst dich entscheiden, wieder in Ordnung zu kommen.«
FILMSTERNCHEN GIBT AUF NACH ACHTUNDSECHZIGSTÜNDIGEM TODESKAMPF.
Ich suchte in meiner Handtasche zwischen den Papierfetzen und dem Make-up-Etui und den Erdnußschalen und den

Zehn-Cents- und Fünf-Cents-Stücken und dem blauen Behälter mit neunzehn Gilette Rasierklingen, bis ich die Fotografie fand, die ich an dem Nachmittag in der orange und weiß gestreiften Kabine gemacht hatte.
Ich legte sie neben das schmierige Bild des toten Mädchens. Es paßte, Mund und Mund, Nase und Nase. Der einzige Unterschied waren die Augen. Die Augen auf dem Foto waren offen und die auf dem Bild der Zeitung waren geschlossen. Aber ich wußte, wenn man die Augen des toten Mädchens mit dem Daumen aufspreizte, dann würden sie mich mit dem gleichen toten, schwarzen leeren Ausdruck ansehen wie die Augen auf dem Foto.
Ich stopfte das Bild wieder in die Tasche.
»Ich werde hier auf der Parkbank in der Sonne einfach noch fünf Minuten sitzenbleiben, nach der Uhr auf dem Gebäude da drüben«, sagte ich mir, »und dann gehe ich irgendwohin und tue es.«
Ich rief meinen kleinen Chor von Stimmen auf.
Interessiert Sie Ihre Arbeit eigentlich nicht, Esther?
Weißt du, Esther, du hast die perfekte Veranlagung eines echten Neurotikers.
So werden Sie nicht weiterkommen, so werden Sie nicht weiterkommen, so werden Sie nicht weiterkommen.
In einer heißen Sommernacht hatte ich einmal eine Stunde lang einen haarigen, wie ein Affe aussehenden Jurastudenten von Yale geküßt, weil er mir leid tat, so häßlich war er. Als ich fertig war, sagte er: »Ich hab dich erwischt, Baby. Mit Vierzig bist du prüde.«
»Artifiziell!« hatte der Professor für Dichtung am College auf eine Geschichte von mir, »Das große Wochenende«, gekritzelt. Ich hatte nicht gewußt, was artifiziell heißt, deshalb sah ich es im Wörterbuch nach.
Artifiziell ist gleich künstlich, äußerlich.
So werden Sie nicht weiterkommen.
Ich hatte einundzwanzig Nächte nicht geschlafen.
Ich dachte, die schönste Sache in der Welt müßte Schatten sein, die Millionen sich bewegenden Formen und die Sackgassen des Schattens. In Kommodenschubladen und Schränken

und Koffern gab es Schatten, und Schatten unter Häusern und Bäumen und Steinen, und Schatten im Augeninneren der Menschen und in ihrem Lächeln, und Kilometer und Kilometer und Kilometer von Schatten auf der Nachtseite der Erde.
Ich sah auf die beiden fleischfarbenen Klebestreifen herunter, die auf der Wade meines rechten Beines ein Kreuz bildeten.
Diesen Morgen hatte ich einen Anfang gemacht.
Ich hatte mich im Badezimmer eingeschlossen und die Wanne mit warmem Wasser vollaufen lassen und eine Rasierklinge herausgenommen.
Als irgendein alter römischer Philosoph oder so gefragt wurde, wie er sterben wollte, hatte er gesagt, er wolle sich in einem warmen Bad die Adern öffnen. Ich stellte mir das leicht vor, in der Wanne liegen und sehen, wie das Rote von den Handgelenken aus durch das klare Wasser blühte, Wallung nach Wallung, bis ich unter einer Oberfläche grell wie Mohn einschlief.
Aber als es dann so weit war, sah die Haut meines Handgelenks so weiß und hilflos aus, daß ich es nicht tun konnte. Es war, als ob das, was ich töten wollte, nicht in dieser Haut steckte oder in der dünnen blauen Ader, die unter dem Daumen klopfte, sondern irgendwo anders, tiefer, versteckter und sehr viel schwieriger zu greifen.
Zwei Bewegungen waren nötig. Erst ein Handgelenk, dann das andere. Drei Bewegungen, wenn man den Wechsel der Rasierklinge von einer Hand in die andere mitzählte. Dann wollte ich in die Wanne steigen und mich hinlegen.
Ich ging vor den Apothekenschrank. Wenn ich in den Spiegel sah, während ich es tat, war es, als ob ich jemand anderem zusah, in einem Buch oder einem Theaterstück.
Aber die Person im Spiegel war gelähmt und zu dumm, etwas zu tun.
Dann überlegte ich mir, vielleicht sollte ich zur Übung etwas Blut vergießen, deshalb setzte ich mich auf den Rand der Wanne und legte den rechten Fuß über das linke Knie. Dann hob ich die rechte Hand mit der Rasierklinge hoch und ließ sie mit ihrem eigenen Gewicht wie eine Guillotine auf meine Wade herunterfallen.

Ich spürte nichts. Dann fühlte ich einen kleinen tiefen Schauer und ein leuchtender Saum von Rot quoll aus der Lippe des Schnitts. Das Blut sammelte sich dunkel wie eine Frucht, und rollte am Knöchel hinunter in das Gefäß meines schwarzen Lacklederschuhs. Ich dachte daran, in die Badewanne zu steigen, aber dann fiel mir ein, daß ich schon den größten Teil des Vormittags vertrödelt hatte und meine Mutter wahrscheinlich nach Hause kommen und mich finden würde, bevor ich durch war.
Deshalb verband ich den Schnitt, packte die Rasierklingen ein und nahm den Elf-Uhr-dreißig-Bus nach Boston.

»Es tut mir leid, Kindchen, aber es gibt keine Untergrundbahn zum Gefängnis auf der Wild-Insel, denn das liegt eben auf einer Insel.«
»Nein, es liegt nicht auf einer Insel, es lag auf einer Insel, aber man hat das Wasser dazwischen mit Erde aufgefüllt und jetzt gehört es zum Festland.«
»Es gibt keine Untergrundbahn dahin.«
»Ich muß hin.«
»He«, der dicke Mann am Schalter starrte mich durch das Gitter an, »heul nicht. Wer von dir sitzt denn da, Kleines, ein Verwandter?«
Die Leute stießen und rempelten in dem künstlich beleuchteten Dunkel an mir vorbei und liefen zu den Zügen, die unter dem Scollay Square in die Eingeweide der Tunnel und aus ihnen heraus polterten. Ich spürte die Tränen aus meinen verdrehten Augenöffnungen stürzen.
»Mein Vater.«
Der dicke Mann suchte auf einem Plan an der Wand seines Schalterraumes. »Du machst es folgendermaßen«, sagte er, »du nimmst einen Zug von dem Bahnsteig da drüben und steigst in Orient Heights aus, dort steigst du in einen Bus, auf dem ›Zum Point‹ steht.« Er strahlte mich an. »Und der bringt dich direkt ans Gefängnistor.«

»He Sie!« Ein junger Kerl in einer blauen Uniform winkte von der Hütte her.

Ich winkte zurück und ging weiter.
»He Sie!«
Ich blieb stehen und ging langsam zur Hütte hinüber, die wie ein rundes Wohnzimmer hoch auf der Sandfläche stand.
»He, Sie können nicht weitergehen. Gehört zum Gefängnis, unbefugtes Betreten verboten.«
»Ich dachte, man könnte entlang der Küste überall hin«, sagte ich. »Solange man innerhalb der Flutlinie bleibt.«
Der junge Mann dachte einen Augenblick nach.
Dann sagte er: »Nicht an dieser Küste.«
Er hatte ein angenehmes frisches Gesicht.
»Sie haben ein hübsches Plätzchen hier«, sagte ich. »Wie ein kleines Haus.«
Er sah in den Raum hinein mit dem gewebten Teppich und den Chintzvorhängen. Er lächelte.
»Wir haben sogar eine Kaffeekanne.«
»Ich habe früher hier in der Nähe gewohnt.«
»Ja, wirklich? Ich bin hier in der Stadt geboren und aufgewachsen.«
Ich sah hinter der Sandfläche den Parkplatz und das vergitterte Tor und hinter dem Tor die enge, an beiden Seiten vom Ozean bespülte Straße, die zu der früheren Insel hinausführte.
Die roten Backsteingebäude des Gefängnisses sahen freundlich aus, wie College-Gebäude am Meer. Auf einem grünen Rasenhügel zur Linken konnte ich kleine sich bewegende weiße und etwas größere rosa Punkte sehen. Ich fragte den Wachtposten, was das sei, und er sagte: »Das sind Schweine und Hühner.«
Wenn ich so klug gewesen wäre, weiter in dieser alten Stadt zu leben, hätte ich sicher gerade diesen Gefängniswärter in der Schule kennengelernt und ihn geheiratet und hätte inzwischen einen Haufen Kinder. Es wäre hübsch, mit einem Haufen kleiner Kinder und mit Schweinen und Hühnern am Meer zu leben, Waschkleider, wie meine Großmutter sagte, zu tragen und fettarmig in einer Küche mit glänzendem Linoleum herumzusitzen und Kannen voll Kaffee zu trinken.

»Wie kommt man in das Gefängnis?«
»Mit einem Passierschein.«
»Nein, wie wird man da eingesperrt?«
»Ach so«, lachte der Wächter, »man stiehlt ein Auto, man raubt einen Laden aus.«
»Habt ihr auch Mörder da drinnen?«
»Nein. Mörder kommen ins große staatliche Gefängnis.«
»Wer ist noch da drinnen?«
»Naja, am ersten Wintertag kriegen wir die alten Landstreicher aus Boston. Sie schmeißen mit einem Stein ein Fenster ein, und dann werden sie festgenommen und müssen den Winter über nicht in der Kälte sein, können fernsehen und bekommen genug zu essen und können an den Wochenenden Basketball spielen.«
»Das ist schön.«
»Schön, wenn man es mag«, sagte der Wächter.
Ich sagte auf Wiedersehen und ging fort und blickte nur noch einmal über die Schulter zurück. Der Wächter stand noch im Eingang der Wachhütte, und als ich mich umdrehte, hob er grüßend den Arm.

Der Stamm, auf dem ich saß, war bleischwer und roch nach Teer. Unter dem dicken grauen Zylinder des Wasserturms auf beherrschender Höhe kurvte die Sandbank hinaus in die See. Bei Flut versank die Bank völlig.
Ich erinnerte mich gut an diese Sandbank. Auf der Innenseite ihrer Krümmung siedelte eine besondere Muschel, die sonst nirgends an der Küste gefunden wurde. Die Muschel war dick, weich, groß wie ein Daumenglied und normalerweise weiß, manchmal auch rosa- oder pfirsichfarben. Sie ähnelte einer Art flacher Halbkuppel.
»Mama, das Mädchen sitzt immer noch da.«
Ich blickte träge auf und sah ein kleines sandiges Kind, das von einer mageren, vogeläugigen Frau, die rote Hosen und ein rot und weiß gepunktetes Oberteil trug, vom Rand des Wassers weggezogen wurde.
Ich hatte nicht damit gerechnet, daß die Küste mit Sommerbesuchern voll sein würde. In den zehn Jahren, die ich nicht

dagewesen war, waren auf dem flachen Sand des Point schicke blaue und rosa und blaßgrüne Holzhütten entstanden wie eine Ernte fadschmeckender Pilze, und die silbernen Flugzeuge und zigarrenförmigen Luftschiffe waren von den Düsenflugzeugen abgelöst worden, die mit lautem Startgeräusch von dem Flugplatz auf der anderen Seite der Bucht her über die Dächer jagten.
Ich war das einzige Mädchen am Strand mit Rock und hohen Absätzen und ich begriff jetzt, daß ich auffiel. Nach einer Weile hatte ich die Lacklederschuhe ausgezogen, denn man sank mit ihnen schlimm im Sand ein. Es machte mir Spaß, mir vorzustellen, wie sie da auf dem silbernen Baumstamm standen und wie eine Art Seelenkompaß auf die See hinaus zeigten, nachdem ich tot war.
Ich spielte mit der Schachtel Rasierklingen in meiner Tasche herum.
Dann fiel mir ein, wie dumm ich war. Ich hatte zwar die Rasierklingen, aber kein warmes Bad.
Ich erwog, ein Zimmer zu mieten. Zwischen allen diesen Sommerhäusern mußte es eine Pension geben. Aber ich hatte kein Gepäck. Das würde Verdacht erregen. Außerdem wollen in einer Pension immer andere Leute das Badezimmer benutzen. Kaum hätte ich es getan und wäre in die Wanne gestiegen, würde schon jemand anders an die Tür klopfen.
Am Ende der Sandbank miauten die Möwen auf ihren hölzernen Stelzen wie Katzen. Dann klatschte eine nach der anderen hoch und sie umkreisten in ihren aschfarbenen Jakken meinen Kopf und schrien.

»Sie, Frau, es ist besser, wenn Sie nicht da sitzenbleiben, die Flut kommt.«
Der kleine Junge stand ein paar Meter entfernt. Er hob einen runden rötlichen Stein auf und warf ihn in hohem Bogen ins Wasser. Das Wasser verschluckte ihn mit einem schallenden Plumps. Dann suchte er herum, und ich hörte die trockenen Steine wie Geld aneinanderschlagen.
Er ließ einen flachen Stein über die dunkelgrüne Oberfläche

springen, und er sprang siebenmal, bevor er aus dem Blick glitt.
»Warum gehst du nicht nach Hause?« sagte ich.
Der Junge ließ einen anderen schweren Stein springen. Er sank nach dem zweiten Sprung.
»Hab keine Lust.«
»Deine Mutter sucht dich.«
»Das tut sie nicht.« Es klang beunruhigt.
»Wenn du nach Hause gehst, gebe ich dir einen Bonbon.«
Der Junge rückte näher. »Was für eins?«
Aber ich wußte, auch ohne in meine Tasche zu sehen, daß ich nur Erdnußschalen hatte.
»Ich geb dir Geld, um Bonbons zu kaufen.«
»Arthur!«
Wirklich kam eine Frau auf die Sandbank hinaus, rutschte aus und schimpfte bestimmt vor sich hin, denn ihre Lippen gingen auf und zu zwischen dem energischen Rufen.
»Arthur!«
Sie hielt eine Hand über die Augen, als ob ihr das half, uns durch den dichter werdenden Seedunst zu erkennen.
Ich spürte, wie das Interesse des Jungen nachließ und die Anziehung seiner Mutter zunahm. Er begann so zu tun, als ob er mich nicht kannte. Er stieß nach ein paar Steinen, als ob er etwas suchte, und machte sich davon.
Ich fröstelte.
Die Steine lagen mir klumpig und kalt unter den nackten Füßen. Ich dachte sehnlich an die schwarzen Schuhe an der Küste. Eine Welle zog sich wie eine Hand zurück, kam dann wieder vor und berührte meinen Fuß.
Der Guß schien vom Meeresboden selbst zu kommen, wo blinde weiße Fische sich mit eigenem Licht durch die große polare Kälte lotsten. Ich sah dort unten Haizähne und Walrippen, wie Grabsteine verstreut.
Ich wartete, als ob mir das Meer die Entscheidung abnehmen könnte.
Eine zweite Welle, mit weißem Schaum umrandet, fiel über meinen Füßen zusammen, und die Kälte umklammerte meine Knöchel mit tödlichem Schmerz.

Mein Fleisch zuckte zurück aus Feigheit vor einem solchen Tod. Ich nahm die Handtasche auf und ging über die kalten Steine zurück zu meinen Schuhen, die im violetten Licht Nachtwache hielten.

Kapitel 13

»Natürlich hat seine Mutter ihn umgebracht.«
Ich sah auf den Mund des Jungen, mit dem Jody mich hatte zusammenbringen wollen. Seine Lippen waren dick und rosa und ein Kindergesicht nistete unter der Seide des weißblonden Haars. Er hieß Cal, ich fand, das müßte eine Abkürzung von etwas sein, aber mir fiel nichts ein, für was das eine Abkürzung sein konnte, außer es war Californien.
»Woher wissen Sie so genau, daß sie ihn getötet hat?«
Cal sollte sehr intelligent sein, und Jody hatte am Telefon gesagt, er sei hübsch, und ich würde ihn mögen. Ich fragte mich, ob ich ihn gemocht hätte, wäre ich mein altes Selbst gewesen.
Es war unmöglich, das zu sagen.
»Naja, zuerst sagte sie Nein, nein nein, und dann sagte sie Ja.«
»Aber dann sagt sie wieder Nein, nein, nein.«
Cal und ich lagen nebeneinander auf einem orange und grün gestreiften Handtuch auf dem schmutzigen Strand gegenüber den Sümpfen von Lynn. Jody und Mark, der Junge, mit dem sie ging, waren schwimmen. Cal hatte nicht schwimmen, sondern reden wollen, und wir stritten uns über das Theaterstück, in dem ein junger Mann entdeckt, daß er eine Gehirnkrankheit hat, weil sein Vater mit kranken Frauen herumgemacht hat, und am Schluß bricht sein Gehirn, das die ganze Zeit immer weicher geworden ist, völlig zusammen, und seine Mutter überlegt, ob sie ihn töten soll oder nicht.
Ich hatte den Verdacht, meine Mutter hatte Jody angerufen und sie gebeten, mich einzuladen, damit ich nicht den ganzen Tag mit heruntergezogenen Rollos im Zimmer herumsaß. Zuerst wollte ich nicht, weil ich dachte, Jody würde die Verän-

derung in mir merken, und sogar ein Einäugiger konnte sehen, daß ich kein Gehirn im Kopf hatte.
Aber während der ganzen Fahrt erst nach Norden, dann nach Osten, hatte Jody Späße gemacht und gelacht und geredet, und es schien ihr nichts auszumachen, daß ich nur »Ach« oder »Wirklich« oder »Meinst du« sagte.
Am Strand brieten wir Würstchen auf dem öffentlichen Grill, und indem ich Jody und Mark und Cal sehr sorgfältig beobachtete, gelang es mir, die Wurst genau richtig lang zu braten und sie nicht, wie ich befürchtete, zu verbrennen oder ins Feuer fallenzulassen. Dann, als niemand hersah, vergrub ich sie im Sand.
Nachdem wir gegessen hatten, liefen Jody und Mark Hand in Hand zum Wasser hinunter, und ich legte mich zurück, starrte in den Himmel, während Cal immer weiter von dem Stück redete.
Ich erinnerte mich nur deshalb an dieses Theaterstück, weil ein Verrückter darin vorkam, und alles, was ich über verrückte Leute gelesen hatte, behielt ich im Kopf, während alles andere hinausflog.
»Aber dieses Ja ist doch, was zählt«, sagte Cal. »Auf dieses Ja kommt sie am Ende zurück.«
Ich hob den Kopf und schielte auf den strahlend blauen Teller des Meeres hinaus – ein strahlend blauer Teller mit schmutzigem Rand. Ein großer, runder grauer Felsen, wie die obere Hälfte von einem Ei, stieß ungefähr anderthalb Kilometer vor dem steinigen Festland aus dem Wasser.
»Mit was tötet sie ihn? Ich weiß es nicht mehr.«
Ich hatte es nicht vergessen. Ich erinnerte mich genau daran, aber ich wollte hören, was Cal sagte.
»Mit Morphiumpulver.«
»Glauben Sie, daß es in Amerika Morphiumpulver gibt?«
Cal überlegte einen Augenblick. Dann sagte er: »Wohl nicht. Es klingt so schrecklich altmodisch.«
Ich drehte mich auf den Bauch und schielte in die andere Richtung, nach Lynn zu. Ein gläserner Dunst stieg flimmernd von den Feuern in den Grills und der Hitze der Straße auf, und durch den Dunst, wie durch einen Schleier klaren Was-

sers, konnte ich die schmierige Silhouette von Gaskesseln und Fabrikschornsteinen und Ladebäumen und Brücken erkennen.
Es sah verdammt unordentlich aus.
Ich drehte mich wieder auf den Rücken und sagte in beiläufigem Ton: »Wenn Sie sich umbringen wollen, wie würden Sie das machen?«
Cal schien das zu gefallen. »Ich habe oft daran gedacht. Ich würde mir mit einem Gewehr das Lebenslicht ausblasen.«
Ich war enttäuscht. Typisch Mann, es mit einem Gewehr zu machen. Was hatte ich schon für Gelegenheit, ein Gewehr in die Hand zu bekommen. Und selbst wenn, hatte ich keine Ahnung, auf welchen Körperteil ich schießen mußte.
In der Zeitung hatte ich schon von Leuten gelesen, die versucht hatten, sich zu erschießen, nur hatten sie dann einen wichtigen Nerv getroffen und waren gelähmt, oder hatten sich das Gesicht weggeschossen, waren dann aber vor dem sofortigen Tod durch Chirurgen und durch irgendein Wunder gerettet worden. Mit dem Gewehr schien das Risiko zu groß.
»Was für ein Gewehr?«
»Das Gewehr von meinem Vater. Er hat es geladen. Ich brauche bloß eines Tages in sein Zimmer zu gehen und«, Cal hielt einen Finger an die Schläfe und schnitt eine komische Grimasse, »klick!« Er machte die blassen grauen Augen weit auf und sah mich an.
»Lebt Ihr Vater in der Nähe von Boston?« fragte ich träge.
»Nee. In Clacton-on-Sea. Er ist Engländer.«
Jody und Mark kamen angelaufen, sie tropften und schüttelten wie zwei verliebte junge Hunde die Wassertropfen ab. Es waren mir zuviel Menschen, deshalb stand ich auf und tat so, als ob ich gähnte.
»Ich glaube, ich gehe schwimmen.«
Das Zusammensein mit Jody und Mark und Cal lag mir auf den Nerven, wie ein stumpfer Holzklotz auf den Saiten eines Klaviers. Ich hatte Angst, meine Selbstkontrolle könnte jeden Moment in Stücke gehen, und ich würde zu schwatzen anfangen, ich könne nicht lesen und nicht schreiben und sei so

ungefähr die einzige Person, die einen ganzen Monat lang wach gewesen wäre, ohne vor Erschöpfung tot zusammenzubrechen.
Qualm schien von meinen Nerven aufzusteigen wie der Qualm von den Grills und der sonnengesättigten Straße. Die ganze Landschaft – Strand und Festland und Meer und Felsen – vibrierte mir vor den Augen wie eine Theaterkulisse aus Stoff.
Ich überlegte mir, an welchem Punkt im Raum das dumme gefälschte Blau des Himmels zu Schwarz würde.
»Geh doch auch schwimmen, Cal.«
Jody gab Cal einen spielerischen kleinen Puff.
»Nnein«, Cal vergrub das Gesicht im Handtuch. »Es ist zu kalt.«
Ich ging zum Wasser.
In dem weißen, schattenlosen Licht des Mittags sah das Wasser irgendwie freundlich und einladend aus.
Ertrinken mußte die schönste Art zu sterben sein und Verbrennen die schlimmste. Ein paar von den Babys in den Glasbehältern, die Buddy Willard mir gezeigt hatte, hatten Kiemen, sagte er. Sie gingen durch einen Zustand hindurch, in dem sie wie Fische waren.
Eine kleine armselige Welle, voll Schokoladenpapier und Orangenschalen und Tang zerfiel über meinem Fuß.
Hinter mir im Sand war ein dumpfes Geräusch zu hören, und Cal kam mir nach.
»Wir wollen da zu dem Felsen schwimmen.« Ich zeigte hinüber.
»Sind Sie verrückt? Das ist mehr als ein Kilometer.«
»Was haben Sie denn?« sagte ich. »Angst?«
Cal nahm mich am Ellenbogen und stieß mich ins Wasser. Als es uns bis zur Hüfte ging, drückte er mich hinunter. Ich kam spritzend wieder hoch, die Augen brannten mir vom Salz. Unten war das Wasser grün und halb durchsichtig wie ein Klumpen Quarz.
Ich begann zu schwimmen, eine Art Hundegepaddel, mit dem Gesicht in Richtung des Felsens. Cal kraulte langsam. Nach einer Weile nahm er den Kopf hoch und trat Wasser.

»Ich schaffe es nicht.« Er schnaufte schwer.
»Dann schwimmen Sie doch zurück.«
Ich wollte so weit hinaus schwimmen, bis ich zu müde war, um zurückzuschwimmen. Während ich weiter paddelte, dröhnte mein Herzschlag wie ein dumpfer Motor in den Ohren. Ich bin, ich bin, ich bin.

An dem Morgen hatte ich versucht, mich zu erhängen.
Sobald sie zur Arbeit gefahren war, hatte ich die Seidenschnur vom gelben Schlafrock meiner Mutter genommen, hatte in dem gelben Dunkel des Schlafzimmers einen Knoten gemacht, der von selbst auf- und abrutschte. Ich brauchte lange, weil ich mit Knoten schlecht war und keine Ahnung hatte, wie man richtige Knoten macht. Dann suchte ich nach einer Stelle, wo ich die Schnur befestigen konnte.
Die Schwierigkeit bestand darin, daß unser Haus die falschen Decken hatte. Die Decken waren niedrig, weiß und glatt verputzt, ohne daß ein Lampenhaken oder ein hölzerner Balken zu sehen war. Ich dachte sehnsüchtig an das Haus, das meiner Großmutter gehört hatte, bevor sie es verkaufte und bei uns und dann bei meiner Tante Libby wohnte.
Das Haus meiner Großmutter war in dem schönen Stil des 19. Jahrhunderts gebaut, mit großen Zimmern und festen Haken für Kronleuchter und hohen Schränken mit massiven Kleiderstangen, und einem Speicher, wo nie jemand hinkam, mit Koffern und Papageienkäfigen und Schneiderpuppen, und mit Balken darüber, die so dick waren wie die eines Schiffes.
Aber es war ein altes Haus und sie verkaufte es, und ich kannte sonst niemanden mit so einem Haus.
Nachdem ich entmutigend lange herumgelaufen war, die Seidenschnur hing mir wie der Schwanz einer gelben Katze vom Hals, und ich fand keinen Platz, wo ich sie festmachen konnte, setzte ich mich auf die Kante vom Bett meiner Mutter und versuchte, die Schnur festzuziehen.
Aber jedesmal, wenn ich die Schnur so fest zugezogen hatte, daß es mir in den Ohren rauschte und mir das Blut ins Ge-

sicht stieg, wurden mir die Hände schwach und ließen los, und alles war wieder in Ordnung.
Da begriff ich, daß mein Körper alle möglichen kleinen Tricks hatte, zum Beispiel meine Hände im entscheidenden Moment lahm werden zu lassen, und das rettete meinen Körper immer wieder, während ich schon tot wäre, wenn ich es ganz zu bestimmen hätte. Ich mußte einfach den Körper mit dem Rest meines Verstandes hintergehen, sonst würde er mich fünfzig Jahre lang sinnlos in seinem dummen Käfig gefangen halten. Und wenn man erst herausfand, daß ich von Sinnen war, und obwohl meine Mutter sich vorsah, mußte das früher oder später der Fall sein, würde man sie überreden, mich in eine Anstalt zu tun, um mich zu heilen. Nur war mein Fall nicht zu heilen.
Ich hatte mir im Kaufhaus ein paar Taschenbücher über abnorme Psychologie gekauft und meine Symptome mit den Symptomen in den Büchern verglichen und natürlich stimmten meine Symptome mit den meisten hoffnungslosen Fällen überein.
Das einzige, was ich außer den Klatschanzeigen lesen konnte, waren diese Bücher über Psychopathologie. Es war, als ob eine schmale Öffnung übriggelassen war, damit ich alles erfuhr, was ich über meinen Fall zu lernen hatte, um ihn auch richtig zu Ende zu bringen.
Ich überlegte, ob ich es nach dem Fiasko mit dem Aufhängen nicht einfach aufgeben und mich den Ärzten ausliefern sollte, aber dann fiel mir Doktor Gordon und seine private Schockmaschine ein. Wenn ich erst mal eingesperrt war, dann konnte man sie die ganze Zeit an mir anwenden. Und meine Mutter und mein Bruder und meine Freunde würden mich Tag für Tag besuchen mit der Hoffnung, es würde besser werden. Dann würden die Besuche seltener werden und man würde die Hoffnung aufgeben. Sie alle würden alt werden und mich vergessen.
Sie würden auch arm werden.
Zuerst wollte man für mich noch die beste Pflege, deshalb steckte man alles Geld in ein privates Krankenhaus wie das von Doktor Gordon. Wenn das Geld schließlich verbraucht

war, ließ man mich mit Hunderten von Leuten wie ich in ein staatliches Krankenhaus und einen großen Käfig im Keller bringen.
Je hilfloser man war, desto weiter weg wurde man gesteckt.

Cal hatte sich umgedreht und schwamm zur Küste.
Ich beobachtete ihn, wie er sich langsam aus dem halstiefen Wasser schleppte. Gegen den braunen Sand und die grünen, kleinen Wellen am Ufer war sein Körper einen Augenblick lang wie ein weißer Wurm halbiert. Dann kroch er ganz aus dem Grünen und auf das Braune und verlor sich zwischen Hunderten von anderen Würmern, die sich zwischen Meer und Himmel wanden oder nur herumlagen.
Ich paddelte mit den Händen im Wasser und trat mit den Füßen. Der eiförmige Felsen schien um nichts näher zu sein, als Cal und ich ihn vom Strand aus gesehen hatten.
Dann begriff ich, es war sinnlos, so weit wie der Felsen zu schwimmen, denn mein Körper würde das nur als Entschuldigung nehmen, um herauszuklettern und sich in die Sonne zu legen und für den Rückweg Kraft zu sammeln.
Ich konnte mich nur hier und jetzt ertränken.
Deshalb hörte ich auf.
Ich legte die Hände auf die Brust, bog den Kopf hinunter und tauchte und benutzte die Hände, um das Wasser zur Seite zu stoßen. Das Wasser preßte auf die Trommelfelle und auf mein Herz. Ich fächelte mich hinunter, aber bevor ich wußte, wo ich war, hatte mich das Wasser in die Sonne gespuckt, und die Welt glitzerte wie blaue und grüne und gelbe Halbedelsteine um mich herum.
Ich wischte mir das Wasser aus den Augen.
Ich keuchte, wie nach einer großen Anstrengung, aber trieb auf dem Wasser, ohne etwas zu tun.
Ich tauchte und tauchte wieder, und jedesmal sprang ich wie ein Korken hoch.
Der graue Felsen verhöhnte mich, er hüpfte so leicht auf dem Wasser wie eine Rettungsboje.
Ich wußte genau, wann ich verloren hatte.
Ich schwamm zurück.

Die Blumen nickten wie kluge wissende Kinder, als ich sie den Flur entlang rollte.
Ich kam mir in der salbeigrünen Freiwilligen-Uniform dumm und überflüssig vor, anders als die weiß uniformierten Ärzte und Schwestern, oder sogar die Putzfrauen in den braunen Uniformen mit Schrubbern und Eimern voll mit schmierigem Wasser, die alle wortlos an mir vorbeigingen.
Hätte man mir etwas bezahlt, ganz gleich wie wenig, dann wäre das wenigstens eine richtige Stellung gewesen, aber für einen Vormittag, an dem ich Zeitschriften und Süßigkeiten und Blumen herumkarrte, bekam ich nichts außer ein freies Mittagessen.
Meine Mutter sagte, wenn man zu sehr über sich selbst nachdachte, dann gäbe es nur ein Mittel, nämlich jemandem zu helfen, dem es schlechter ging als einem selbst, deshalb hatte es Teresa arrangiert, daß ich mich als freiwillige Helferin in unserem Gemeindekrankenhaus einschreiben konnte. Es war nicht leicht, an diesem Krankenhaus als Freiwillige angenommen zu werden, denn die ganzen Frauen der Junior League wollten das auch, aber glücklicherweise waren viele von ihnen in den Ferien. Ich hatte gehofft, man würde mich auf eine Station tun mit wirklich grausamen Fällen, die es mir durch mein starres, dumpfes Gesicht hindurch ansahen, wie gut ich es meinte, und dankbar waren. Aber die Leiterin der freiwilligen Helfer, eine Dame der Gesellschaft aus unserer Kirchengemeinde, sah mich nur an und sagte: »Sie kommen auf die Entbindungsstation.«
Ich fuhr also mit dem Fahrstuhl drei Stockwerke zur Entbindungsabteilung hinauf und meldete mich bei der Oberschwester. Sie gab mir den Blumenwagen. Ich sollte die richtigen Vasen zu den richtigen Betten in den richtigen Zimmern bringen. Aber bevor ich an die Tür des ersten Zimmers kam, sah ich, daß viele der Blumen welk waren und braun an den Rändern. Ich dachte, es war sicher deprimierend für eine Frau, die gerade ein Kind bekommen hatte, wenn jemand einen großen Strauß verwelkter Blumen vor sie hinpflanzte, deshalb steuerte ich den Wagen zum Waschbecken in einer Nische auf dem Flur und begann, alle verwelkten Blumen auszusortieren.

Dann suchte ich alle heraus, die anfingen zu welken.
Es war kein Abfalleimer da, deshalb knüllte ich die Blumen zusammen und warf sie in das tiefe Wasserbecken. Das Bekken fühlte sich kalt an wie ein Grab. Ich lächelte. So mußte es sein, wenn die Körper in die Leichenhalle des Hospitals gelegt wurden. Im kleinen war meine Geste so wie die größere Geste der Ärzte und Schwestern.
Ich stieß die Tür des ersten Zimmers auf und ging, den Servierwagen hinter mir herziehend, hinein. Ein paar Krankenschwestern sprangen auf, und ich war von Fächern und Medizinschränken verwirrt.
»Was wollen Sie?« fragte eine der Schwestern streng. Ich konnte sie nicht voneinander unterscheiden, sie sahen alle gleich aus.
»Ich gebe die Blumen ab.«
Die Schwester, die gesprochen hatte, legte mir eine Hand auf die Schulter und führte mich aus dem Raum und manövirerte den Servierwagen mit der anderen, freien erfahrenen Hand. Sie stieß die Schwingtüren des nächsten Raumes auf und wies mich sich verbeugend hinein. Dann verschwand sie.
In der Ferne hörte ich Kichern, bis eine Tür zuging und es abschnitt.
Sechs Betten waren in dem Raum und in jedem Bett lag eine Frau. Die Frauen saßen alle auf und strickten oder blätterten in Zeitschriften oder drehten sich das Haar in Haarwickler und schwatzten wie Papageien in einem Papageienkäfig.
Ich hatte gedacht, sie würden schlafen oder ruhig und bleich daliegen, dann hätte ich ohne Schwierigkeit auf Zehenspitzen herumgehen und die Nummern der Betten mit den Nummern vergleichen können, die auf den Klebestreifen der Blumenvasen standen, aber bevor ich mich zurechtfinden konnte, winkte mich eine strahlend aufgemachte Blondine mit scharfem dreieckigen Gesicht heran.
Ich ließ den Servierwagen in der Mitte des Zimmers stehen und ging zu ihr hin, aber dann machte sie eine ungeduldige Bewegung, und ich begriff, ich sollte den Servierwagen mitbringen.
Hilfreich lächelnd schob ich den Wagen an ihr Bett. »He, wo

ist mein Rittersporn?« Eine große schlaffe Dame auf der anderen Seite des Zimmers durchbohrte mich mit Adleraugen.
Die Blondine mit dem scharfen Gesicht beugte sich über den Wagen. »Das sind meine gelben Rosen«, sagte sie, »aber sie sind mit irgendwelchen blöden Iris durcheinandergemischt.«
Zu den Stimmen der ersten beiden Frauen kamen andere Stimmen. Sie klangen böse und laut und beschwerten sich.
Ich wollte den Mund aufmachen und erklären, ich hätte einen Strauß verwelkter Rittersporn in den Ausguß geworfen, und ein paar von den Vasen, die ich aussortiert hatte, hätten so dürftig ausgesehen, weil nur noch so wenig Blumen darin waren, und deshalb hätte ich ein paar von den Sträußen zusammengesteckt, um sie aufzufüllen, da öffneten sich die Schwingtüren und eine Krankenschwester kam hereinmarschiert, um zu sehen, was für ein Lärm das war.
»Hören Sie, Schwester, ich hatte einen großen Bund Rittersporn, den Larry gestern abend mitgebracht hat.«
»Sie hat mir meine gelben Rosen ruiniert.«
Im Laufen knöpfte ich den grünen Kittel auf und stopfte ihn in das Waschbecken mit dem Abfall von den verwelkten Blumen. Auf der Seitentreppe zur Straße hinunter nahm ich zwei Stufen auf einmal, ohne einer Menschenseele zu begegnen.

»Wo ist der Friedhof?«
Der Italiener in der schwarzen Lederjacke blieb stehen und zeigte eine Allee hinter der weißen Methodistenkirche hinunter. Ich erinnerte mich an die Methodistenkirche. Die ersten neun Jahre meines Lebens war ich Methodistin gewesen, bis mein Vater starb, und wir umzogen und Unitarier wurden.
Meine Mutter war katholisch gewesen, bevor sie Methodistin wurde. Meine Großmutter und mein Großvater und meine Tante Libby waren immer noch katholisch. Meine Tante Libby war zur gleichen Zeit wie meine Mutter aus der katholischen Kirche ausgetreten, aber dann hatte sie sich in einen katholischen Italiener verliebt, deshalb war sie wieder eingetreten.

In letzter Zeit hatte ich selbst erwogen, in die katholische Kirche einzutreten. Ich wußte, daß Katholiken den Selbstmord für eine schreckliche Sünde hielten. Aber wenn das so war, dann hatten sie vielleicht ein wirksames Mittel, mich davon abzubringen.
Natürlich glaubte ich nicht an das Leben nach dem Tod oder die jungfräuliche Geburt oder die Inquisition oder die Unfehlbarkeit dieses kleinen affengesichtigen Papstes, oder so etwas, aber ich brauchte den Priester das ja nicht merken zu lassen, sondern konnte mich einfach auf meine Sünde konzentrieren, und dann half er mir, sie zu bereuen.
Die einzige Schwierigkeit war, keine Kirche, nicht einmal die katholische Kirche füllte das ganze Leben aus. Ganz gleich wie oft man kniete und betete, man mußte trotzdem am Tag drei Mahlzeiten essen und eine Anstellung haben und in der Welt leben. Ich konnte ja mal sehen, wie lang man katholisch sein mußte, um Nonne zu werden, deshalb fragte ich meine Mutter, weil ich dachte, sie wüßte am besten, wie man das macht.
Meine Mutter lachte mich aus. »Glaubst du, so jemand wie du wird so einfach aufgenommen? Da mußt du den ganzen Katechismus und die Glaubensbekenntnisse kennen und auch daran glauben, mit allem drum und dran. Ein vernünftiges Mädchen wie du!«
Trotzdem stellte ich mir vor, wie ich zu einem Bostoner Priester ging – es mußte Boston sein, denn ich wollte nicht, daß ein Priester in unserer Stadt erfuhr, daß ich plante, mich umzubringen. Priester waren furchtbare Schwätzer. Ich würde schwarz tragen mit totenblassem Gesicht, und ich würde mich dem Priester zu Füßen werfen und sagen: »Oh, Vater, helfen Sie mir.«
Aber das war noch, bevor die Leute anfingen mich so komisch anzusehen, wie diese Schwestern im Krankenhaus.
Ich war ziemlich sicher, die Katholiken nahmen keine verrückten Nonnen auf. Der Mann meiner Tante Libby hatte früher mal seine Witze gemacht über eine Nonne, die von ihrem Kloster zur Untersuchung nach Teresa geschickt worden war. Diese Nonne hörte dauernd Harfenmusik und eine

Stimme, die immer wieder »Halleluja!« sagte. Als man sie genau befragte, war sie aber nicht mehr sicher, ob die Stimme Halleluja oder Arizona sagte. Die Nonne war in Arizona geboren. Ich glaube, sie landete dann in irgendeinem Irrenhaus.

Ich zog den schwarzen Schleier unter dem Kinn zusammen und ging durch die schmiedeeisernen Tore. Ich fand es eigenartig, daß keiner von uns meinen Vater je besucht hatte, während der ganzen Zeit, die er schon auf diesem Friedhof begraben war.

Meine Mutter hatte uns nicht zu seinem Begräbnis mitkommen lassen, weil wir damals noch Kinder waren, und er war im Krankenhaus gestorben, so daß der Friedhof und sogar sein Tod mir immer unwirklich erschienen waren.

Ich hatte neuerdings das große Bedürfnis, meinem Vater gegenüber die ganze Schuld für alle Jahre der Vernachlässigung abzutragen, und ich wollte anfangen, sein Grab zu pflegen. Ich war immer das Lieblingskind meines Vaters gewesen, und es schien nur billig, daß ich eine Trauer übernahm, mit der sich meine Mutter nie belastet hatte.

Ich überlegte mir, wie mein Vater, wäre er nicht gestorben, mir alles über Insekten, sein Spezialfach an der Universität, beigebracht hätte. Auch Deutsch und Griechisch und Latein, was er alles konnte, hätte er mir beigebracht und vielleicht wäre ich evangelisch. In Wisconsin war mein Vater Lutheraner gewesen, aber in New England war das nicht Mode, deshalb war er zu einem abgefallenen Lutheraner geworden und dann zu einem heftigen Atheisten, wie meine Mutter sagte.

Der Friedhof enttäuschte mich. Er lag am Rand der Stadt, auf tiefgelegenem Grund, wie ein Müllplatz, und als ich die Kieswege auf und ab ging, konnte ich die abgestandenen Salzsümpfe in der Ferne riechen.

Der ältere Teil des Friedhofs mit den abgenutzten flachen Steinen und den von Flechten zerfressenen Denkmälern war in Ordnung, aber bald begriff ich, daß mein Vater in dem neuen Teil mit den Daten der vierziger Jahre begraben sein mußte.

In dem neuen Teil waren die Steine roh und billig, und da

und dort war ein Grab mit Marmor eingefaßt, wie eine längliche mit Dreck gefüllte Badewanne, und ungefähr da wo der Nabel der Person sein mußte, waren rostige Metallgefäße mit Plastikblumen eingesteckt.
Vom grauen Himmel begann nieselnder Regen herabzutreiben, und ich wurde sehr deprimiert.
Ich konnte meinen Vater nirgends finden.
Niedrige, zottige Wolken jagten über den Teil des Horizonts, wo hinter den Sümpfen und den barackenartigen Häusern an der Küste das Meer lag, und Regentropfen färbten den schwarzen Regenmantel dunkel, den ich an diesem Morgen gekauft hatte. Kühle Feuchtigkeit drang mir bis auf die Haut.
Ich hatte die Verkäuferin gefragt: »Stößt er das Wasser ab?« Und sie hatte gesagt: »Kein Regenmantel stößt das Wasser ab. Er ist wasserdicht.«
Und als ich sie fragte, was wasserdicht hieß, sagte sie, ich solle lieber einen Schirm kaufen.
Aber ich hatte nicht genug Geld für einen Schirm. Mit den Busfahrten nach Boston und zurück und Erdnüssen und Zeitungen, und Büchern über Psychopathologie und mit den Fahrten in meine alte Heimatstadt am Meer waren die New Yorker Ersparnisse fast aufgebraucht.
Ich hatte beschlossen, wenn kein Geld mehr auf dem Bankkonto war, würde ich es tun, und an diesem Morgen hatte ich den letzten Rest für den schwarzen Regenmantel ausgegeben.
Da sah ich den Grabstein meines Vaters.
Er stand ganz dicht bei einem anderen Grabstein, Kopf an Kopf, so wie Leute bei der Fürsorge zusammengedrängt werden, wenn nicht genügend Platz ist. Der Stein war aus gesprenkeltem rosa Marmor, wie Büchsenlachs, nur der Name meines Vaters stand darauf und darunter zwei durch einen kleinen Strich getrennte Jahreszahlen. Ich legte den Armvoll verregneter Azaleen, den ich von einem Busch am Eingang des Friedhofs gepflückt hatte, an den Fuß des Steins. Dann gaben meine Beine nach, und ich setzte mich in das durchnäßte Gras. Ich verstand nicht, warum ich so sehr weinte.

Dann fiel mir ein, daß ich nie über den Tod meines Vaters geweint hatte.
Meine Mutter hatte auch nicht geweint. Sie hatte lächelnd gesagt, wie gnädig dieser Tod für ihn sei, denn wenn er weitergelebt hätte, wäre er fürs ganze Leben ein verkrüppelter Invalide gewesen, und das hätte er nicht ertragen, er wäre lieber gestorben, als das erleben zu müssen.
Ich legte das Gesicht auf die glatte Oberfläche des Marmors und heulte meinen Verlust in den kalten salzigen Regen.

Ich wußte genau, wie es zu machen war.
In dem Augenblick, als die Autoreifen auf dem Kies der Ausfahrt wegspritzten und das Geräusch des Motors verklungen war, sprang ich aus dem Bett und zog mir schnell die weiße Bluse und den grüngemusterten Rock und meinen schwarzen Regenmantel an. Der Regenmantel fühlte sich noch immer feucht an vom Tag vorher, aber das würde bald nichts mehr machen.
Ich ging hinunter und nahm ein blaßblaues Kuvert vom Eßtisch und kritzelte in großen Buchstaben sorgfältig auf die Rückseite:
»Ich mache einen langen Spaziergang.«
Ich stellte die Nachricht so auf, daß meine Mutter sie sofort sah, wenn sie hereinkam.
Dann lachte ich.
Das Wichtigste hatte ich vergessen.
Ich rannte hinauf und zog einen Stuhl an den Schrank meiner Mutter. Dann kletterte ich hinauf und griff nach der kleinen grünen Kassette im obersten Fach. Das Schloß war so schwach, daß ich den Metalldeckel mit bloßen Händen hätte abreißen können, aber ich wollte die Sache ruhig und ordentlich machen.
Ich zog die obere rechte Schublade der Kommode meiner Mutter auf und holte den blauen Schmuckkasten aus seinem Versteck unter den duftenden Taschentüchern aus irischem Leinen. Ich nahm den kleinen Schlüssel von dem schwarzen Samt. Dann schloß ich die Kassette auf und nahm die neue Flasche mit den Pillen heraus.

Es waren mehr, als ich gehofft hatte.
Es waren mindestens fünfzig.
Wenn ich gewartet hätte, daß meine Mutter sie mir jede Nacht gab, hätte es fünfzig Nächte gedauert, um genug zusammen zu haben. Und in fünfzig Nächten wäre das College wieder losgegangen und mein Bruder wäre aus Deutschland zurück gewesen und es wäre zu spät gewesen. Ich legte den Schlüssel wieder in den Schmuckkasten in das Durcheinander von billigen Ketten und Ringen, stellte den Schmuckkasten wieder in die Schublade unter die Taschentücher, tat die Kassette zurück oben in das Fach und stellte den Stuhl auf den gleichen Platz des Teppichs, von wo ich ihn weggezogen hatte.
Dann ging ich in die Küche hinunter. Ich drehte den Hahn auf und füllte mir ein großes Glas Wasser ein. Dann nahm ich das Glas Wasser und die Flasche mit Pillen und ging in den Keller hinunter.
Bleiches Unterwasserlicht sickerte durch die Schlitze der Kellerfenster. Hinter der Ölheizung war etwa in Schulterhöhe eine dunkle Öffnung in der Wand, die unter die Terrasse führte. Nachdem der Keller schon ausgehoben war, hatte man später die Terrasse am Haus angebaut über dieser geheimen Höhlung mit bloßem Erdboden.
Ein paar alte verfaulte Holzstücke für den Kamin verschlossen die ganze Öffnung. Ich schob sie etwas zurück. Dann stellte ich das Glas Wasser und die Pillenflasche nebeneinander auf die flache Oberfläche eines der Hölzer und zog mich selbst hinauf.
Ich brauchte eine ganze Weile, mich mit dem Körper in die Öffnung zu heben, aber nach vielen Versuchen gelang es mir endlich, und ich kauerte wie ein Kobold im Maul der Dunkelheit.
Die Erde unter meinen bloßen Füßen schien freundlich aber kalt. Ich überlegte mir, wie lange es gewesen war, seit dieses Stück Erde die Sonne gesehen hatte.
Dann schob ich die schweren, staubbedeckten Holzstücke eins nach dem anderen vor die versteckte Öffnung. Die Dunkelheit fühlte sich dick an wie Samt. Ich griff nach dem Glas

und der Flasche und kroch vorsichtig auf den Knien mit gesenktem Kopf zu der hintersten Wand.
Spinnweben berührten mein Gesicht, weich wie Motten. Nachdem ich den schwarzen Mantel wie meinen eigenen süßen Schatten um mich geschlungen hatte, schraubte ich die Flasche auf und nahm eine Pille nach der anderen mit Schlucken von Wasser dazwischen.
Zuerst geschah nichts, aber als ich langsam zum Boden der Flasche kam, begannen mir rote und blaue Lichter vor den Augen aufzublitzen. Die Flasche glitt mir aus den Fingern, und ich legte mich hin.
Die Stille zog fort und deckte die Kiesel und Muscheln und alle die billigen Trümmer meines Lebens auf. Dann sammelte sie sich am Rande der Vision und in einer heranstürzenden Welle trieb sie mich in Schlaf.

Kapitel 14

Es war völlig dunkel.
Ich spürte die Dunkelheit, aber sonst nichts, und mein Kopf hob sich spürend, wie der Kopf eines Wurms. Jemand wimmerte. Dann prallte ein großes, hartes Gewicht gegen meine Wange wie eine Steinwand und das Wimmern hörte auf.
Die Stille brandete zurück, glättete sich wie schwarzes Wasser wieder zur alten ruhigen Oberfläche über einem hineingefallenen Stein.
Ein kühler Wind wehte vorbei. Ich wurde mit riesiger Geschwindigkeit durch einen Tunnel in die Erde hineingetrieben. Dann hörte der Wind auf. Es schepperte wie viele in der Ferne protestierende und streitende Stimmen. Dann hörten die Stimmen auf.
Ein Meißel brach auf mein Auge hinunter, und ein Schlitz Licht öffnete sich wie ein Mund oder eine Wunde, bis die Dunkelheit ihn wieder klammernd verschloß. Ich versuchte, mich von der Richtung des Lichtes wegzurollen, aber Hände wanden sich mir wie Mumienbinden um die Glieder, und ich konnte mich nicht bewegen.

Ich glaubte schon, ich sei in einer unterirdischen, von blendenden Lichtern erleuchteten Kammer und die Kammer sei voll von Menschen, die mich aus irgendeinem Grunde herunterdrückten.

Dann traf der Meißel wieder, und das Licht sprang mir in den Kopf, und durch die dicke, warme, pelzige Dunkelheit schrie eine Stimme: »Mutter!«

Luft wehte und spielte auf meinem Gesicht.

Ich spürte den Raum eines Zimmers um mich herum, eines großen Zimmers mit offenen Fenstern. Ein Kissen bildete sich unter meinem Kopf, und mein Körper trieb ohne Druck zwischen dünnen Laken.

Dann fühlte ich Wärme, wie eine Hand auf dem Gesicht. Ich mußte in der Sonne liegen. Wenn ich die Augen öffnete, würde ich Farben und Formen sehen, die sich über mich beugten wie Krankenschwestern.

Ich öffnete die Augen.

Es war vollständig dunkel.

Jemand atmete neben mir.

»Ich kann nicht sehen«, sagte ich.

Eine fröhliche Stimme redete aus der Dunkelheit. »Es gibt eine Menge blinder Leute auf der Welt. Eines Tages werden Sie einen netten blinden Mann heiraten.«

Der Mann mit dem Meißel war wieder da.

»Wozu machen Sie sich die Mühe?« sagte ich. »Es hat keinen Zweck.«

»Das dürfen Sie nicht sagen.« Seine Finger betasteten die große schmerzende Beule über meinem linken Auge. Dann löste er etwas ab, und eine zerfranste Lichtöffnung entstand wie das Loch in einer Wand. Der Kopf eines Mannes sah um den Rand herum.

»Können Sie mich sehen?«

»Ja.«

»Können Sie sonst noch etwas sehen?«

Dann erinnerte ich mich. »Ich kann nichts sehen.« Die Öffnung wurde kleiner und dunkel. »Ich bin blind.«

»Unsinn! Wer hat Ihnen das gesagt?«
»Die Schwester.«
Der Mann schnaufte. Er befestigte den Verband wieder über meinem Auge. »Sie haben großes Glück gehabt. Ihre Augen sind völlig in Ordnung.«

»Sie haben Besuch.«
Die Schwester strahlte und verschwand.
Meine Mutter kam lächelnd um das Fußende des Bettes herum. Sie trug ein Kleid mit violetten Wagenrädern darauf und sie sah entsetzlich aus.
Ein großer, breiter Junge folgte ihr. Zuerst konnte ich nicht erkennen, wer es war, weil ich mein Auge nur etwas aufmachte, aber dann sah ich, es war mein Bruder.
»Sie haben mir gesagt, du wolltest mich sehen.«
Meine Mutter setzte sich auf den Rand des Bettes und legte mir eine Hand aufs Bein. Sie sah liebend und vorwurfsvoll aus, und ich wollte sie weg haben.
»Ich glaube nicht, daß ich etwas gesagt habe.«
»Sie haben gesagt, du hättest nach mir gerufen.« Sie schien gleich zu weinen. Ihr Gesicht zog sich zusammen und zitterte wie bleiches Gelee.
»Wie geht es dir?« sagte meine Mutter.
Ich sah meiner Mutter in die Augen.
»Genauso«, sagte ich.

»Sie haben Besuch.«
»Ich will keinen Besuch.«
Die Krankenschwester eilte hinaus und flüsterte mit jemandem im Flur. Dann kam sie zurück. »Er möchte Sie sehr gerne sehen.«
Ich sah auf die gelben Beine hinunter, sie ragten aus den ungewohnten weißen Seidenpyjamas heraus, die man mir angezogen hatte. Die Haut zitterte schlaff, wenn ich mich bewegte, als ob kein einziger Muskel darin war, und sie war mit kurzen dicken Stoppeln von schwarzem Haar bedeckt.
»Wer ist es?«

»Jemand, den Sie kennen.«
»Wie heißt er?«
»George Bakewell.«
»Ich kenne keinen George Bakewell.«
»Er sagt, er kennt Sie.«
Dann ging die Schwester hinaus und ein Junge, den ich gut kennen mußte, kam herein und sagte: »Macht es Ihnen etwas aus, wenn ich mich auf den Bettrand setze?«
Er hatte einen weißen Mantel an, und ich konnte ein Stethoskop aus seiner Tasche herausragen sehen. Ich dachte, es mußte ein Bekannter sein, als Arzt verkleidet.
Ich hatte die Beine zudecken wollen, wenn jemand hereinkam, aber jetzt war es zu spät, deshalb ließ ich sie hinausragen, so wie sie waren, widerlich und häßlich.
»Das bin ich«, dachte ich. »Das genau bin ich.«
»Sie erinnern sich doch an mich, Esther?«
Ich schielte durch die Öffnung des gesunden Auges auf das Gesicht des Jungen. Das andere Auge war noch nicht aufgegangen, aber der Augenarzt sagte, in ein paar Tagen würde es in Ordnung sein.
Der Junge staunte mich an, als wäre ich ein aufregendes neues Tier im Zoo und er fange gleich zu lachen an.
»Sie erinnern sich doch an mich, oder, Esther?« Er redete langsam, wie man mit einem zurückgebliebenen Kind spricht. »Ich bin George Bakewell. Wir gehen in die gleiche Kirche. Sie sind einmal mit meinem Zimmernachbarn in Amherst ausgegangen.«
Dann glaubte ich, das Gesicht des Jungen einordnen zu können. Es schwebte undeutlich am Rande der Erinnerung – so ein Gesicht, bei dem es mir zu mühsam war, damit einen Namen zu verbinden.
»Was tun Sie hier?«
»Ich bin Assistenzarzt hier am Krankenhaus.«
Wie konnte dieser George Bakewell so plötzlich Arzt geworden sein, fragte ich mich. Er kannte mich auch nicht wirklich. Er wollte nur wissen, wie ein Mädchen aussah, das verrückt genug war, um sich umzubringen.
Ich drehte das Gesicht zur Wand.

»Gehen Sie«, sagte ich. »Scheren Sie sich zum Teufel und kommen Sie ja nicht wieder.«

»Ich möchte einen Spiegel haben.«
Die Krankenschwester summte geschäftig, während sie eine Schublade nach der anderen öffnete und die neue Unterwäsche und die Blusen und Röcke und Pyjamas, die mir meine Mutter gekauft hatte, in den schwarzen Lacklederkoffer stopfte.
»Warum kann ich keinen Spiegel haben?«
Man hatte mir ein Hängekleid angezogen, grau und weiß gestreift wie ein Matratzenbezug, mit einem glänzenden roten Gürtel, und mich in einem Sessel verstaut.
»Warum nicht?«
»Besser nicht.« Die Schwester drückte den Verschluß des Koffers mit einem kleinen Schnappen zu.
»Warum?«
»Weil Sie nicht besonders hübsch aussehen.«
»Ach, lassen Sie mich doch sehen.«
Die Schwester seufzte und zog die oberste Kommodenschublade auf. Sie nahm einen großen Spiegel in einem Holzrahmen heraus, der mit dem Holz der Kommode übereinstimmte, und gab ihn mir. Zuerst sah ich gar nicht, was los war. Es war gar kein Spiegel, sondern ein Bild.
Man konnte nicht erkennen, ob die Person auf dem Bild ein Mann oder eine Frau war, denn das Haar war abrasiert und sprießte in sich sträubenden Büscheln von Hühnerfedern über den ganzen Kopf. Die eine Seite des Gesichtes dieser Person war violett und unförmig aufgeschwollen und ging an den Rändern in Grün und dann in ein blasses Gelb über. Der Mund der Person war blaßbraun und hatte eine rosafarbene Wunde an jedem Mundwinkel.
Das erstaunlichste an dem Gesicht war die übernatürliche Mischung strahlender Farben.
Ich lächelte.
Der Mund im Spiegel zerbrach in ein Grinsen.
Einen Augenblick nach dem Schlag rannte eine andere Schwester herein. Sie sah auf den zerbrochenen Spiegel und

auf mich, ich stand über den blinden weißen Stücken und drängte die junge Krankenschwester aus dem Zimmer.
»Ich habe es Ihnen doch gesagt«, hörte ich sie sagen.
»Aber ich habe doch nur ...«
»Ich habe es Ihnen doch gesagt!«
Ich hörte nur halb zu. Jedem konnte es mal passieren, einen Spiegel fallen zu lassen. Ich begriff nicht, warum sie sich darüber so aufregte.
Die andere, ältere Krankenschwester kam wieder ins Zimmer. Sie stand mit gefalteten Armen da und sah mich streng an.
»Sieben Jahre Pech.«
»Was?«
»Ich sagte«, die Schwester hob die Stimme, als ob sie eine Schwerhörige ansprach, *»sieben Jahre Pech.«*
Die junge Schwester kam mit einem Kehrblech und einem Handfeger zurück und fegte die glitzernden Splitter zusammen.
»Das ist nur Aberglaube.«
»Na ja!« Die zweite Schwester wandte sich, als ob ich gar nicht da wäre, an die Krankenschwester, die auf Händen und Füßen am Boden war. »Um die wird man sich, und Sie wissen wo, schon kümmern!«

Aus dem Rückfenster des Krankenwagens konnte ich sehen, wie sich eine bekannte Straße nach der anderen wie in einem Trichter in sommerlich grüne Ferne verlor. Meine Mutter saß auf meiner einen Seite, mein Bruder auf der anderen.
Ich hatte so getan, als wüßte ich nicht, warum man mich von dem Krankenhaus in meinem Heimatort in ein städtisches Krankenhaus brachte, um zu sehen, was sie darüber sagten.
»Du kommst in eine Spezialabteilung«, sagte meine Mutter.
»In unserem Krankenhaus gibt es so eine Abteilung nicht.«
»Ich fand es da ganz nett.«
Der Mund meiner Mutter zog sich zusammen. »Dann hättest du dich besser benehmen sollen.«
»Was?«

»Wenn du den Spiegel nicht zerbrochen hättest, dann hätte man dich vielleicht dabehalten.«
Aber ich wußte natürlich, daß der Spiegel nichts damit zu tun hatte.

Ich saß mit der Decke bis zum Hals im Bett.
»Warum kann ich nicht aufstehen? Ich bin doch nicht krank.«
»Visite«, sagte die Krankenschwester. »Sie können nach der Visite aufstehen.« Sie zog die Bettvorhänge zurück und im nächsten Bett kam eine fette italienische Frau zum Vorschein.
Die Italienerin hatte eine Menge kleiner schwarzer Locken, die an der Stirn anfingen, zu einer gebirgigen Frisur aufstiegen und ihr auf den Rücken fielen. Immer wenn sie sich bewegte, bewegte sich auch das riesige Haararrangement, als ob es aus steifem, schwarzen Papier gemacht sei.
Die Frau sah mich an und kicherte. »Warum sind Sie hier?« Sie wartete nicht auf die Antwort. »Ich bin hier wegen meiner französisch-kanadischen Schwiegermutter.« Sie kicherte wieder. »Mein Mann weiß, daß ich sie nicht vertrage, trotzdem hat er gesagt, sie soll uns besuchen kommen, und als sie dann kam, stand mir die Zunge aus dem Kopf, ich konnte nichts machen. Sie haben mich zur Nothilfe gebracht und dann hier herauf«, sie senkte die Stimme, »zu den Verrückten.« Dann sagte sie: »Was ist mit Ihnen los?«
Ich wandte ihr mein Gesicht mit den geschwollenen, violetten Augen ganz zu. »Ich habe versucht, mich umzubringen.«
Die Frau starrte mich an. Dann griff sie sich hastig eine Filmzeitschrift vom Nachttisch und tat so, als ob sie las.
Die Schwingtür gegenüber meinem Bett schlug auf und ein ganzer Haufen junger Männer und Frauen in weißen Mänteln kam mit einem älteren, grauhaarigen Mann herein. Sie lächelten alle ein strahlendes, künstliches Lächeln. Sie versammelten sich am Fuße meines Bettes.
»Und wie geht es Ihnen heute morgen, Miss Greenwood?«
Ich versuchte festzustellen, wer von ihnen gesprochen hatte. Ich hasse es, einer Gruppe von Leuten etwas zu sagen. Wenn

ich mit einer Gruppe von Leuten rede, muß ich mir immer einen aussuchen und ihn ansprechen, und während ich rede, habe ich das Gefühl, alle anderen starren mich an und sind dadurch unfair im Vorteil. Außerdem hasse ich Leute, die fröhlich fragen, wie es einem geht, während sie genau wissen, daß man sich beschissen fühlt, und dann erwarten sie auch noch, daß man ›danke gut‹ sagt. »Ich fühle mich miserabel.«
»Miserabel. Hmm«, sagte jemand und ein Junge senkte mit einem kleinen Lächeln den Kopf. Ein anderer kritzelte etwas auf eine Schreibunterlage. Dann machte jemand ein normales, ernstes Gesicht und sagte: »Warum fühlen Sie sich miserabel?«
Ich überlegte mir, daß ein paar von den Jungen und Mädchen dieser strahlenden Gruppe sehr gut Freunde von Buddy Willard sein konnten. Sie wußten bestimmt, daß ich ihn kannte, und sie waren sicher auf mich neugierig, und später schwatzten sie dann über mich. Ich wollte irgendwo sein, wo kein Bekannter je hinkam. »Ich kann nicht schlafen ...«
Sie unterbrachen mich. »Aber die Krankenschwester hat gesagt, Sie hätten letzte Nacht geschlafen.« Ich sah an dem Halbmond aus frischen, fremden Gesichtern entlang.
»Ich kann nicht lesen.« Ich hob die Stimme. »Ich kann nicht essen.« Mir fiel ein, daß ich gierig gegessen hatte, seit ich wieder bei Bewußtsein war.
Die Leute in der Gruppe hatten sich von mir abgewandt und murmelten mit gesenkten Stimmen. Schließlich trat der grauhaarige Mann vor.
»Danke, Miss Greenwood. Einer der Assistenzärzte wird gleich zu Ihnen kommen.«
Dann bewegte sich die Gruppe weiter zum Bett der Italienerin.
»Und wie geht es Ihnen heute, Mrs. ...«, sagte jemand und der Name klang lang und voll mit Ls, wie Mrs. Tomolillo.
Mrs. Tomolillo kicherte. »Oh, mir geht es gut, Doktor. Mir geht es sehr gut.« Dann senkte sie die Stimme und flüsterte etwas, das ich nicht verstehen konnte. Ein oder zwei Leute

der Gruppe sahen zu mir herüber. Dann sagte jemand: »In Ordnung, Mrs. Tomolillo.« Jemand trat vor und zog den Bettvorhang zu wie eine weiße Wand.

Ich saß an einem Ende einer hölzernen Bank auf dem grasigen Platz zwischen den vier Backsteinwänden des Krankenhauses. Meine Mutter saß in dem violetten Wagenrad-Kleid am anderen Ende. Sie stützte den Kopf in die Hand, mit dem Zeigefinger auf der Wange und dem Daumen unter dem Kinn.
Mrs. Tomolillo saß mit ein paar dunkelhaarigen, lachenden Italienern auf der nächsten Bank. Jedesmal wenn meine Mutter sich bewegte, machte Mrs. Tomolillo sie nach. Jetzt saß Mrs. Tomolillo mit dem Zeigefinger auf der Wange und dem Daumen unter dem Kinn, und ihr Kopf war nachdenklich zur Seite geneigt.
»Beweg dich nicht«, sagte ich mit gesenkter Stimme zu meiner Mutter. »Die Frau da macht dich nach.«
Meine Mutter drehte sich um und sah hinüber, aber Mrs. Tomolillo hatte blitzschnell die fetten weißen Hände in den Schoß fallen lassen und redete eifrig mit ihren Freunden.
»Aber nein, das tut sie doch gar nicht«, sagte meine Mutter. »Sie beachtet uns überhaupt nicht.«
Aber als sich meine Mutter wieder mir zuwandte, legte Mrs. Tomolillo die Fingerspitzen zusammen, so wie es meine Mutter gerade getan hatte, und warf mir einen schwarzen spöttischen Blick zu.
Der Rasen war weiß von Ärzten.
Die ganze Zeit, während meine Mutter und ich in dem engen Sonnenkegel saßen, der zwischen den hohen Backsteinwänden einfiel, waren Ärzte zu mir gekommen und hatten sich vorgestellt. »Ich bin Doktor Soundso, ich bin Doktor Soundso.«
Ein paar von ihnen sahen so jung aus, daß sie unmöglich richtige Ärzte sein konnten, und einer davon hatte einen verrückten Namen, der genau wie Doktor Syphilis klang, deshalb begann ich auf verdächtige falsche Namen zu achten, und tatsächlich kam ein dunkelhaariger Kerl, der sehr

nach Doktor Gordon aussah, außer daß er schwarze Haut hatte, während Doktor Gordons Haut weiß war, und sagte: »Ich bin Doktor Pankreas«, und schüttelte mir die Hand.
Nachdem sie sich vorgestellt hatten, blieben die Ärzte alle in Hörweite stehen, nur konnte ich, ohne daß sie es hörten, meiner Mutter nicht sagen, daß sie jedes Wort festhielten, das wir sagten, deshalb lehnte ich mich hinüber und flüsterte ihr ins Ohr.
Meine Mutter wich heftig zurück.
»Ach Esther, wenn du doch mithelfen würdest. Sie sagen, daß du nicht mithilfst. Sie sagen, du sprichst mit keinem der Ärzte und bei der Beschäftigungstherapie tust du nichts ...«
»Ich muß hier heraus«, sagte ich zu ihr nachdrücklich. »Dann bin ich wieder ganz in Ordnung. Du hast mich hier hereingebracht«, sagte ich. »Jetzt bring mich auch wieder heraus.«
Ich dachte, wenn ich nur meine Mutter überreden konnte, mich aus dem Krankenhaus herauszubekommen, dann könnte ich mit ihrem Mitleid arbeiten wie der Junge mit der Gehirnkrankheit in dem Stück und sie davon überzeugen, was am besten zu tun war.
Zu meiner Überraschung sagte meine Mutter: »Also gut, ich werde versuchen, dich wieder herauszubekommen – und wenn auch nur an einen besseren Ort. Wenn ich versuche, dich hier herauszubekommen«, sie legte mir eine Hand aufs Knie, »versprichst du mir dann, dich zu benehmen?«
Ich fuhr herum und starrte Doktor Syphilis direkt ins Gesicht, der hinter mir stand und auf einem winzigen, kaum sichtbaren Block Notizen machte. »Ich verspreche es«, sagte ich mit lauter, deutlicher Stimme.

Der Neger schob den Wagen mit dem Essen in das Eßzimmer der Patienten. Die psychiatrische Abteilung dieses Krankenhauses war sehr klein – nur zwei Gänge in Form eines L, daran die Zimmer und eine Nische mit Betten hinter dem Raum für Beschäftigungstherapie, wo ich war, und ein kleiner Platz mit Tisch und Stühlen an einem Fenster in der Ecke des L, als unser Aufenthaltsraum und Eßzimmer.

Sonst war es ein verschrumpelter alter Weißer, der uns das Essen brachte, aber heute war es ein Neger. Der Neger kam zusammen mit einer Frau, die blaue Schuhe mit Pfennigabsätzen trug, und sie sagte ihm, was er tun sollte. Der Neger grinste die ganze Zeit und kicherte dumm.
Dann trug er ein Tablett mit drei Metallterrinen und Dekkeln darauf zu unserem Tisch hinüber und knallte die Terrinen hin. Die Frau verließ den Raum und schloß die Türe hinter sich ab. Während der Neger die Terrinen auf den Tisch knallte und dann das verbeulte Besteck und die dicken weißen Porzellanteller, glotzte er uns die ganze Zeit mit großen, rollenden Augen an.
Ich konnte sehen, wir waren seine ersten Verrückten.
Niemand am Tisch machte Anstalten, die Deckel von den Blechterrinen zu nehmen, und die Schwester hielt sich zurück und wartete, ob irgend jemand von uns die Deckel abnahm, bevor sie es tat. Gewöhnlich hatte Mrs. Tomolillo die Dekkel abgenommen und wie eine kleine Mutter jedem das Essen ausgegeben, aber dann war sie nach Hause geschickt worden und niemand schien ihre Rolle übernehmen zu wollen. Ich war hungrig, deshalb hob ich den Deckel von der ersten Schüssel.
»Das ist sehr nett von Ihnen, Esther«, sagte die Schwester freundlich. »Würden Sie sich ein paar Bohnen nehmen und sie dann den anderen weitergeben?«
Ich tat mir eine Portion grüner Bohnen auf den Teller und drehte mich um, um der riesigen, rothaarigen Frau rechts von mir die Terrine weiterzugeben. Es war das erstemal, daß die rothaarige Frau mit am Tisch sein durfte. Ich hatte sie einmal am hintersten Ende des L-förmigen Ganges gesehen, sie stand vor einer offenen Tür mit Stäben an dem eckigen, eingesetzten Fenster. Sie hatte den vorbeigehenden Ärzten ordinäre Sachen zugeschrien und gelacht und sich auf die Hüften geschlagen, und der Pfleger in der weißen Jacke, der sich in diesem Teil der Station um die Leute kümmerte, hatte an der Heizung im Flur gelehnt und sich krank gelacht.
Die rothaarige Frau griff sich die Terrine und leerte sie auf ihrem Teller aus. Die Bohnen häuften sich vor ihr und flos-

sen über und ihr auf den Schoß und auf den Boden wie steife grüne Strohhalme.

»Aber, Mrs. Mole!« sagte die Krankenschwester mit trauriger Stimme. »Ich glaube, es ist besser, Sie essen heute in Ihrem Zimmer.«

Und sie tat fast alle Bohnen wieder in die Terrine zurück und gab sie der Person neben Mrs. Mole und führte Mrs. Mole fort. Den ganzen Weg den Flur entlang zu ihrem Zimmer drehte sich Mrs. Mole immer wieder um und schnitt boshafte Gesichter und gab häßliche grunzende Geräusche von sich.

Der Neger war zurückgekommen und begann, die leeren Teller der Leute zusammenzustellen, die sich bis jetzt noch keine Bohnen genommen hatten.

»Wir sind noch nicht fertig«, sagte ich zu ihm. »Sie werden warten können.«

»So, so!« Der Neger riß künstlich erstaunt die Augen auf. Er sah sich um. Die Schwester, die Mrs. Mole einschloß, war noch nicht wieder zurück. Der Neger verbeugte sich frech vor mir.

»Fräulein Plemm Plemm«, sagte er halblaut.

Ich hob den Deckel von der zweiten Terrine und deckte einen Klumpen Makkaroni auf, eiskalt und zu einer zähen Masse zusammengeklebt. Die dritte und letzte Terrine war bis zum Rand voll gebackener Bohnen.

Natürlich wußte ich genau, daß man bei einer Mahlzeit nicht zwei Arten Bohnen zusammen serviert. Vielleicht Bohnen und Karotten, oder Bohnen und Erbsen, aber niemals Bohnen und Bohnen. Der Neger wollte eben nur ausprobieren, wieviel wir uns gefallen ließen.

Die Schwester kam zurück, und der Neger zog sich in einige Entfernung zurück. Ich aß von den gebackenen Bohnen soviel ich konnte. Dann stand ich vom Tisch auf, ging auf die andere Seite, wo die Schwester mich unterhalb der Hüften nicht sehen konnte, und stellte mich hinter den Neger, der die schmutzigen Teller ableerte. Ich holte mit dem Fuß aus und gab ihm einen scharfen Tritt auf die Wade.

Der Neger sprang heulend weg und rollte die Augen.

»O Miss, o Miss«, stöhnte er und rieb sich das Bein. »Das hätten Sie nicht tun sollen, hätten Sie nicht, hätten Sie wirklich nicht.«
»Da haben Sie, was Sie verdienen«, sagte ich und starrte ihm in die Augen.

»Wollen Sie denn heute nicht aufstehen?«
»Nein.« Ich kroch noch tiefer ins Bett und zog mir die Bettdecke über den Kopf. Dann hob ich eine Ecke der Decke und schielte hinaus. Die Schwester schlug das Thermometer herunter, das sie mir gerade aus dem Mund genommen hatte.
»Sie sehen doch, normale Temperatur.« Ich hatte mir das Thermometer angesehen, bevor sie es einsammelte, so wie ich das immer tat. »Sie sehen doch, es ist normal, wozu messen Sie mich dann immer noch?«
Ich wollte ihr sagen, wenn nur mit meinem Körper etwas nicht stimme, sei das gut, es sei mir viel lieber, wenn etwas mit meinem Körper nicht in Ordnung sei, als mit meinem Kopf, aber der Gedanke schien so verwickelt und ermüdend, daß ich nichts sagte. Ich verkroch mich nur weiter ins Bett hinein.
Dann fühlte ich durch die Bettdecke hindurch einen leichten störenden Druck auf den Beinen. Ich schielte hinaus. Die Schwester hatte das Tablett mit den Thermometern auf mein Bett gestellt, während sie mir den Rücken zuwandte und der Person den Puls fühlte, die neben mir an Mrs. Tomolillos Stelle lag.
Eine schwere Aufsässigkeit pochte mir störend und angenehm in den Adern, wie der Schmerz eines lockeren Zahns. Ich gähnte und tat so, als würde ich mich umdrehen und schob den Fuß unter den Behälter.
»Oh!« Der Schrei der Schwester klang wie ein Hilfeschrei, und eine andere Schwester kam hereingerannt. »Sehen Sie doch, was Sie gemacht haben!«
Ich steckte den Kopf aus der Bettdecke und starrte über den Rand des Bettes. Rund um den umgefallenen Emaillebehälter glitzerte ein Stern von Thermometerscherben, und Quecksilberkugeln zitterten wie himmlischer Tau.

»Das tut mir leid«, sagte ich. »Es war aus Versehen.«
Die zweite Schwester fixierte mich böse.
»Sie haben es absichtlich getan. Ich habe es gesehen.«
Dann eilte sie fort, und fast gleich darauf kamen zwei Pfleger und schoben mich hinaus, Bett und alles, in Mrs. Moles altes Zimmer hinüber, aber vorher hatte ich noch eine Quecksilberkugel aufsammeln können.
Sobald die Tür verschlossen worden war, konnte ich das Gesicht des Negers sehen, ein sirupfarbener Mond, der am Fenstergitter aufgegangen war, aber ich tat so, als ob ich es nicht bemerkte. Ich öffnete die Hand einen kleinen Spalt, wie ein Kind mit einem Geheimnis, und lächelte über die Silberkugel in der Wölbung der Handfläche. Wenn ich sie fallenließ, würde sie in eine Million kleiner Abbilder ihrer selbst zerbrechen, und wenn ich diese zueinander stieß, würden sie sich rißlos wieder zu einem Ganzen verbinden.
Ich lächelte und lächelte über die kleine silberne Kugel.
Ich konnte mir nicht ausdenken, was mit Mrs. Mole geschehen war.

Kapitel 15

Philomena Guinea's schwarzer Cadillac schob sich feierlich durch den dichten Fünf-Uhr-Verkehr. Bald würde er über eine der kurzen Brücken über den Charles Fluß fahren, und ich würde ohne nachzudenken die Türe öffnen und mich durch den Verkehrsstrom zum Geländer der Brücke werfen. Ein Sprung, und das Wasser schlug mir über dem Kopf zusammen.
Untätig drehte ich ein Papiertaschentuch zwischen den Fingern zu einem pillenförmigen Kügelchen und wartete auf meine Chance. Ich saß in der Mitte vom Rücksitz des Cadillacs, meine Mutter auf der einen Seite und mein Bruder auf der anderen, beide lehnten sich etwas vor wie diagonale Verschlußstangen, eine vor jeder Wagentür.
Vor mir sah ich den schinkenfarbigen Hals des Chauffeurs zwischen einer blauen Mütze und den Schultern einer blauen

Jacke eingequetscht, und neben ihm, wie ein zarter exotischer Vogel, das silberne Haar und den mit Smaragdfedern geschmückten Hut von Philomena Guinea, der berühmten Schriftstellerin.
Ich war nicht ganz sicher, warum Mrs. Guinea aufgetaucht war. Ich wußte nur, daß sie sich für meinen Fall interessiert hatte, und daß sie auf der Höhe ihrer Laufbahn auch einmal in einem Irrenhaus gewesen war.
Meine Mutter sagte, Mrs. Guinea habe ihr ein Telegramm von den Bahamas geschickt, wo sie in einer Bostoner Zeitung von mir gelesen hatte. Mrs. Guinea hatte telegraphiert: »Ist ein Mann im Spiel?«
Wenn ein Mann im Spiel war, konnte sich Mrs. Guinea natürlich keinesfalls damit beschäftigen.
Aber meine Mutter hatte zurücktelegraphiert: »Nein, es geht um Esthers Schriftstellerei. Sie meint, daß sie nie wieder etwas schreiben wird.«
Mrs. Guinea war also zurück nach Boston geflogen und hatte mich aus der überfüllten Station des städtischen Krankenhauses herausgenommen und jetzt fuhr sie mich zu einem Privatkrankenhaus, das wie ein Country Club viel Grund und Boden mit Golfplätzen und Gärten besaß, wo sie für mich bezahlen wollte, als hätte ich ein Stipendium, bis die Ärzte dort, die sie kannte, mich geheilt hatten.
Meine Mutter sagte zu mir, ich sollte dankbar sein. Sie sagte, ich hätte fast ihr ganzes Geld aufgebraucht, und sie wüßte nicht, wo ich stecken würde, wenn Mrs. Guinea nicht gewesen wäre. Aber ich wußte genau, wo ich stecken würde. In dem großen Staatskrankenhaus auf dem Lande nämlich, direkt neben diesem privaten Unternehmen.
Ich wußte, ich hätte Mrs. Guinea dankbar sein müssen, nur empfand ich nicht das mindeste. Wenn Mrs. Guinea mir eine Fahrkarte nach Europa geschenkt hätte oder eine Reise um die Welt, es hätte für mich nicht den geringsten Unterschied gemacht, denn wo immer ich auch saß – auf dem Deck eines Schiffes oder in einem Straßencafé in Paris oder Bangkok – immer saß ich unter der gleichen Glasglocke und schmorte in meiner eigenen sauren Luft.

Ein blauer Himmel öffnete über dem Fluß seine Kuppel, und der Fluß war mit Segeln gesprenkelt. Ich machte mich bereit, aber sofort legten meine Mutter und mein Bruder die Hand auf den Türgriff. Die Reifen summten kurz über den Gitterrost der Brücke. Wasser, Segel, blauer Himmel und schwebende Möwen leuchteten auf wie eine unwirkliche Postkarte, und wir waren hinüber.
Ich sank in den grauen Plüschsitz zurück und schloß die Augen. Die Luft der Glasglocke preßte sich um mich, und ich konnte mich nicht rühren.

Ich hatte wieder ein eigenes Zimmer. Es erinnerte mich an das Zimmer in Doktor Gordons Krankenhaus – ein Bett, eine Kommode, ein Schrank, ein Tisch und Stuhl. Ein Fenster mit Fliegengitter, aber ohne Stäbe. Mein Zimmer lag im ersten Stock, und das Fenster, nur wenig über dem von Kiefernnadeln gepolsterten Boden, übersah einen baumbewachsenen, von einer roten Backsteinmauer umgebenen Hof. Wenn ich sprang, würde ich mir nicht einmal die Knie aufschlagen. Die Oberfläche der großen Mauer schien glatt wie Glas.
Die Fahrt über die Brücke hatte mich entnervt.
Ich hatte eine wirklich gute Chance verpaßt. Das Flußwasser war wie ein unberührtes Getränk an mir vorbeigegangen. Ich vermutete, sogar wenn meine Mutter und mein Bruder nicht da gewesen wären, hätte ich mich nicht gerührt, um zu springen.
Als ich im Hauptgebäude des Krankenhauses eingeschrieben wurde, war eine schlanke junge Frau gekommen und hatte sich vorgestellt. »Ich heiße Doktor Nolan. Ich bin Esthers Ärztin.«
Ich war überrascht, eine Frau zu haben. Ich hatte nicht geglaubt, daß es weibliche Psychiater gab. Diese Frau war eine Kreuzung zwischen Myrna Loy und meiner Mutter. Sie trug eine weiße Bluse und einen weiten Rock, der an der Taille mit einem breiten Ledergürtel zusammengehalten wurde, und eine modische, sichelförmige Brille.
Aber nachdem mich eine Schwester über den Rasen zu dem düsteren Backsteingebäude, das Caplan hieß, gebracht hatte,

wo ich wohnen sollte, kam nicht Doktor Nolan mich besuchen, sondern eine Menge fremder Männer.
Ich lag auf dem Bett unter der dicken, weißen Decke, und einer nach dem anderen kam in mein Zimmer und stellte sich vor. Ich verstand nicht, warum es so viele waren oder warum sie sich vorstellten, und ich hatte den Eindruck, sie testeten mich, ob ich merkte, daß es zu viele waren, und ich wurde vorsichtig.
Schließlich kam ein gutaussehender, weißhaariger Arzt herein und sagte, er sei der Direktor des Krankenhauses. Dann fing er an, von den Pilgervätern und Indianern zu reden, und wem das Land nach ihnen gehört hatte und welche Flüsse in der Nähe flossen, und wer das erste Krankenhaus gebaut hatte, und wie es niedergebrannt war, und wer das nächste Krankenhaus gebaut hatte, bis ich glaubte, er wartete nur darauf, daß ich ihn unterbrach und sagte, ich wüßte, alles das mit den Flüssen und Pilgervätern sei Unsinn.
Aber dann dachte ich, manches davon könnte wahr sein, deshalb versuchte ich zu sortieren, was wahr sein konnte und was nicht, nur bevor ich damit anfangen konnte, hatte er sich verabschiedet.
Ich wartete bis ich die Stimmen der vielen Ärzte nicht mehr hörte. Dann warf ich die weiße Decke zurück und zog mir die Schuhe an und ging auf den Flur hinaus. Niemand hielt mich auf, deshalb ging ich um die nächste Ecke und einen anderen, längeren Flur hinunter an einem offenen Eßzimmer vorbei.
Ein grün angezogenes Mädchen deckte den Tisch für das Abendessen. Ich registrierte die Tatsache, daß es da wirkliche Gläser gab, im hintersten Bewußtsein, wie ein Eichhörnchen eine Nuß versteckt. Im städtischen Krankenhaus hatten wir aus Papiertassen getrunken und hatten keine Messer gehabt, um das Fleisch zu schneiden. Das Fleisch war immer so lange gekocht worden, daß wir es mit der Gabel zerteilen konnten.
Schließlich kam ich zu einem großen Aufenthaltsraum mit schäbigem Mobiliar und einem abgetretenen Teppich. Ein Mädchen mit rundem teigigen Gesicht und kurzen, schwarzen Haaren saß in einem Lehnstuhl und las eine Zeitschrift. Sie

erinnerte mich an eine Pfadfinderführerin, die ich einmal gehabt hatte. Ich sah ihr auf die Füße und sie trug tatsächlich solche flachen, braunen Lederschuhe mit gefransten, vorne herunterhängenden Laschen, die angeblich so sportlich sein sollen, die Schnürsenkel endeten in kleinen imitierten Eicheln.

Das Mädchen hob die Augen und lächelte. »Ich bin Valerie. Wer sind Sie?«

Ich tat so, als hätte ich nichts gehört, und ging aus dem Aufenthaltsraum hinaus und zum Ende des nächsten Flügels. Auf dem Weg kam ich an einer halbhohen Tür vorbei, hinter der ich ein paar Krankenschwestern sah.

»Wo sind die anderen?«

»Draußen.« Die Schwester schrieb immer wieder das gleiche auf kleine Stücke Klebeband. Ich lehnte mich über die Tür, um zu sehen, was sie schrieb, und es war E. Greenwood, E. Greenwood, E. Greenwood, E. Greenwood.

»Wo draußen?«

»Ach so, Beschäftigungstherapie, auf dem Golfplatz, beim Federballspielen.«

Auf einem Stuhl neben der Schwester bemerkte ich einen Haufen Kleider. Es waren die gleichen Kleider, die von der Schwester im ersten Krankenhaus in den Lacklederkoffer gepackt worden waren, als ich den Spiegel zerbrochen hatte. Die Schwester begann, die Schildchen auf die Kleider zu kleben.

Ich ging zum Aufenthaltsraum zurück. Ich verstand nicht, wie diese Leute Federball und Golf spielen konnten. Wenn sie das taten, konnten sie nicht wirklich krank sein. Ich setzte mich in Valeries Nähe und beobachtete sie genau. Ja, dachte ich, sie konnte genauso gut in einem Pfadfinderlager sein. Sie las mit großem Interesse in dem lappigen Vogue Heft.

»Was zum Teufel macht sie hier nur«, fragte ich mich. »Ihr fehlt doch gar nichts.«

»Stört es Sie, wenn ich rauche?« Doktor Nolan lehnte sich in dem Sessel neben dem Bett zurück. Ich sagte nein, ich röche den Rauch gern. Ich dachte, wenn Doktor Nolan rauchte, blieb sie länger. Sie war zum erstenmal gekommen, um mit

mir zu sprechen. Wenn sie ging, fiel ich einfach wieder in die alte Leere zurück.
»Erzählen Sie mir von Doktor Gordon«, sagte Doktor Nolan plötzlich. »Mochten Sie ihn?«
Ich sah Doktor Nolan vorsichtig an. Ich dachte, die Ärzte steckten sicher alle unter einer Decke, und irgendwo war in diesem Krankenhaus in einer Ecke genauso eine Maschine wie die von Doktor Gordon versteckt, um mich aus meiner Haut zu stoßen.
»Nein«, sagte ich. »Ich mochte ihn überhaupt nicht.«
»Interessant. Warum?«
»Was er mit mir gemacht hat, mochte ich nicht.«
»Mit Ihnen gemacht hat?«
Ich erzählte Doktor Nolan von der Maschine und den blauen Blitzen und den Schlägen und dem Lärm. Während ich erzählte, war sie ganz still.
»Das war ein Fehler«, sagte sie dann. »So sollte es nicht sein.«
Ich starrte sie an.
»Wenn es richtig gemacht wird«, sagte Doktor Nolan, »ist es so wie wenn man einschläft.«
»Wenn man das wieder mit mir macht, bringe ich mich um.«
Doktor Nolan sagte entschieden: »Sie werden hier keine Schockbehandlungen bekommen, oder wenn«, fügte sie hinzu, »werde ich es Ihnen vorher sagen, und ich verspreche Ihnen, es wird völlig anders sein, als was früher mit Ihnen gemacht worden ist.« Sie schloß: »Ein paar Leute haben es sogar gern.«
Als Doktor Nolan gegangen war, fand ich auf dem Fensterbrett eine Schachtel Streichhölzer. Es war keine normale große Schachtel, sondern eine besonders kleine Schachtel. Ich machte sie auf und eine Reihe von kleinen weißen Stäbchen mit rosa Spitzen kam zum Vorschein. Ich versuchte, eins anzuzünden, und es zerbrach mir in der Hand.
Ich verstand nicht, warum Doktor Nolan mir so etwas Dummes dagelassen hatte. Vielleicht wollte sie sehen, ob ich es zurückgab. Sorgfältig versteckte ich die Spielzeugstreichhölzer

im Saum meines neuen wollenen Bademantels. Wenn Doktor Nolan mich nach den Streichhölzern fragte, wollte ich sagen, ich hätte gedacht, sie seien aus Zucker, und sie gegessen.

In das Zimmer neben mir war eine Neue gezogen.
Ich überlegte, sie mußte der einzige Mensch im Haus sein, der noch neuer war als ich, deshalb konnte sie nicht wie die anderen wissen, daß es mir wirklich schlecht ging. Ich dachte, ich könnte hinübergehen und mich mit ihr anfreunden.
Die Frau lag auf dem Bett in einem pupurfarbenen Kleid, das am Hals von einer Brosche mit einem Stein zusammengefaßt war und bis halb zwischen Knie und Schuhe reichte. Sie hatte rostfarbenes Haar, das zu einem Lehrerinnenknoten zusammengedreht war, und eine dünne Brille mit Silberrand war mit einem schwarzen Gummiband an ihrer Brusttasche befestigt.
»Hallo«, sagte ich im Gesprächston und setzte mich auf den Bettrand. »Ich heiße Esther, wie heißen Sie?«
Die Frau rührte sich nicht, sie starrte nur an die Decke. Ich war verletzt. Vielleicht hatte Valerie oder sonst jemand ihr erzählt, als sie hier hereinkam, wie dumm ich war, dachte ich.
Eine Schwester steckte den Kopf zur Tür hinein.
»Ah, da sind Sie ja«, sagte sie zu mir. »Sie besuchen Miss Norris. Wie nett!« Und sie verschwand wieder.
Ich weiß nicht, wie lange ich dort saß und die Frau in Purpur beobachtete und mich fragte, ob sich ihre aufgeworfenen rosa Lippen öffnen würden, und wenn sie sich öffneten, was sie dann sagen würden.
Schließlich schwang Miss Norris die Füße in den hohen, geknöpften schwarzen Stiefeln über die andere Seite des Bettes und ging aus dem Zimmer, ohne mit mir zu sprechen oder mich anzusehen. Sie wollte vielleicht versuchen, mich so auf feine Weise loszuwerden. Ich folgte ihr in einiger Entfernung leise den Gang entlang.
Miss Norris kam zur Tür des Eßraumes und blieb stehen. Den ganzen Weg zum Eßraum hatte sie die Füße genau in den Mittelpunkt der kohlkopfartigen Rosen gesetzt, die sich

durch das Muster des Teppichs wanden. Sie wartete einen Moment, dann hob sie einen Fuß nach dem anderen über die Schwelle und in den Eßraum, als steige sie über einen unsichtbaren schienbeinhohen Zauntritt. Sie setzte sich an einen der runden leinenbedeckten Tische und faltete eine Serviette auf und legte sie sich in den Schoß.
»Abendessen gibt es erst in einer Stunde«, rief die Köchin aus der Küche.
Aber Miss Norris antwortete nicht. Sie starrte nur höflich vor sich hin.
Ich zog mir ihr gegenüber einen Stuhl an den Tisch und faltete eine Serviette auf. Wir redeten nicht, sondern saßen in enger schwesterlicher Stille da, bis der Gong zum Abendessen durch den Flur scholl.

»Legen Sie sich hin«, sagte die Schwester. »Sie bekommen wieder eine Spritze.«
Ich rollte mich auf den Bauch und zog den Rock hoch. Dann zog ich meine seidenen Schlafanzughosen herunter.
»Du liebe Zeit, was haben Sie da alles drunter?«
»Schlafanzüge. Damit ich nicht immer soviel Mühe habe, sie an- und auszuziehen.«
Die Schwester machte ein glucksendes Geräusch. Dann sagte sie: »Welche Seite?« Es war unser übliches Spielchen.
Ich hob den Kopf und sah nach rückwärts auf mein nacktes Hinterteil. Es hatte purpurrote und grüne und blaue Flecken von den früheren Spritzen. Die linke Seite sah dunkler aus als die rechte.
»Rechts.«
»Bitte sehr.« Die Schwester stieß die Nadel hinein und ich zuckte zusammen und kostete den kleinen Schmerz aus. Dreimal täglich gab mir die Schwester Spritzen und ungefähr eine Stunde nach jeder Spritze bekam ich eine Tasse gesüßten Fruchtsaft, und man sah mir zu, wie ich trank.
»Du Glückliche«, sagte Valerie. »Du bekommst Insulin.«
»Es passiert nichts.«
»Oh, das kommt schon noch. Ich hab das auch bekommen. Sag mir, wenn du eine Reaktion hast.«

Aber ich schien nie eine Reaktion zu haben. Ich wurde nur immer dicker. Ich füllte schon die zu großen neuen Kleider aus, die mir meine Mutter gekauft hatte, und wenn ich auf meinen dicken Bauch und die breiten Hüften hinuntersah, dachte ich, wie gut, daß mich Mrs. Guinea so nicht sah, denn ich sah aus, als bekäme ich ein Kind.

»Hast du meine Narben schon gesehen?«
Valerie schob die schwarze Ponyfrisur zur Seite und zeigte auf zwei bleiche Narben, auf beiden Seiten der Stirn, als wären ihr einmal Hörner gewachsen, aber sie hätte sie abgeschnitten. Wir gingen zu zweit in dem Park des Heims mit der Sporttherapeutin spazieren. Ich bekam jetzt immer häufiger die Erlaubnis spazierenzugehen. Miss Norris durfte nie hinaus.
Valerie sagte, eigentlich dürfte Miss Norris nicht in Caplan sein, sondern in Wymark, dem Haus für kränkere Leute.
»Weißt du, was das für Narben sind?« beharrte Valerie.
»Nein. Was denn?«
»Ich habe eine Leukotomie.«
Voll Schrecken sah ich Valerie an. Zum erstenmal bemerkte ich ihre dauernde, marmorartige Ruhe. »Wie fühlst du dich?«
»Gut. Ich bin nicht mehr wütend. Früher war ich immer wütend. Früher war ich in Wymark und jetzt bin ich in Caplan. Ich kann jetzt in die Stadt oder einkaufen gehen oder mit einer Schwester ins Kino.«
»Was tust du, wenn du herauskommst?«
»Oh, ich gehe nicht fort«, lachte Valerie, »ich mag es hier.«

»Heute wird umgezogen!«
»Warum muß ich umziehen?«
Die Schwester machte weiter fröhlich die Schubladen auf und zu, leerte den Schrank aus und legte meine Sachen zusammengefaltet in den kleinen schwarzen Koffer.
Ich dachte, ich käme jetzt schließlich doch nach Wymark.
»Oh, Sie ziehen nur auf die Vorderseite vom Haus«, sagte die Krankenschwester fröhlich. »Es wird Ihnen gefallen. Da ist viel mehr Sonne.«

Als wir auf den Flur kamen, sah ich, daß auch Miss Norris umzog. Eine Krankenschwester, jung und fröhlich wie die von mir, stand in Miss Norris' Zimmertür und half Miss Norris in einen purpurfarbenen Mantel mit einem kümmerlichen Kragen aus Eichhörnchenfell.
Stundenlang hatte ich an Miss Norris' Bett gewacht, hatte es abgelehnt, bei der einen ablenkenden Beschäftigungstherapie mitzumachen, auf Spaziergänge und Federballspielen verzichtet und sogar auf das wöchentliche Kino, das mir Spaß machte, wo Miss Norris nie hinging, und hatte nur über dem bleichen, sprachlosen Ring ihrer Lippen gebrütet.
Wie aufregend wäre es, dachte ich, wenn sie den Mund aufmachen und reden würde, dann würde ich auf den Flur hinausrennen und den Schwestern das verkünden. Sie lobten mich dann dafür, weil ich Miss Norris zugeredet hatte, und wahrscheinlich würde mir dann erlaubt, einkaufen zu gehen und in die Stadt ins Kino, und meine Flucht wäre gesichert.
Aber während der ganzen Stunden meiner Wache hatte Miss Norris kein Wort gesagt.
»Wo ziehen Sie hin?« fragte ich sie jetzt.
Die Krankenschwester berührte Miss Norris' Ellenbogen, und Miss Norris setzte sich wie eine Puppe auf Rädern in Bewegung.
»Sie kommt nach Wymark«, sagte mir meine Schwester mit halblauter Stimme. »Ich fürchte, Miss Norris zieht nicht hinauf wie Sie.«
Ich beobachtete, wie Miss Norris zuerst den einen, dann den anderen Fuß über den unsichtbaren Zauntritt hob, der die Türschwelle versperrte.
»Ich habe eine Überraschung für Sie«, sagte die Krankenschwester, als sie mich in einem sonnigen Zimmer im vorderen Flügel unterbrachte, der über die grünen Golfplätze sah. »Heute ist jemand gekommen, den Sie kennen.«
»Jemand, den ich kenne?«
Die Krankenschwester lachte. »Sehen Sie mich nicht so an. Es ist schon kein Polizist.« Weil ich nichts sagte, fügte sie hinzu: »Sie behauptet, sie sei eine alte Freundin von Ihnen. Sie wohnt nebenan. Warum besuchen Sie sie nicht?«

Die Schwester machte bestimmt nur einen Witz, und wenn ich an der Tür nebenan klopfte, bekam ich keine Antwort, sondern ging hinein und fand Miss Norris vor, in den purpurfarbenen Mantel mit dem Kragen aus Eichhörnchenfell eingeknöpft auf dem Bett liegen, und ihr Mund blühte aus der stillen Vase ihres Körpers heraus wie eine Rosenknospe. Trotzdem ging ich hinaus und klopfte an die Nachbartür.
»Herein!« rief eine fröhliche Stimme.
Ich machte die Tür einen Spalt weit auf und sah ins Zimmer. Das große, pferdige Mädchen in Reithosen, das am Fenster saß, sah mit breitem Lächeln auf.
»Esther!« Sie klang atemlos, als sei sie eine lange, lange Strecke gelaufen und gerade erst stehengeblieben. »Wie schön, dich zu sehen. Man hat mir erzählt, daß du hier bist.«
»Joan?« sagte ich versuchsweise, dann »Joan!«, verwirrt und ungläubig.
Joan strahlte und zeigte dabei ihre großen, glänzenden, unverkennbaren Zähne.
»Ich bin es wirklich. Ich habe mir gedacht, daß du überrascht wärst.«

Kapitel 16

Joans Zimmer mit dem Schrank und der Kommode und dem Tisch und dem Stuhl und der weißen Decke mit dem großen blauen C darauf war ein Spiegelbild meines eigenen. Mir fiel ein, vielleicht hatte Joan sich absichtlich ein Zimmer im Heim genommen, nachdem sie gehört hatte, wo ich war, nur so zum Spaß. Deshalb hatte sie sicher auch der Schwester gesagt, ich sei ihre Freundin. Ich hatte Joan nur sehr entfernt gekannt.
»Wie bist du hierher gekommen?« Ich rollte mich auf Joans Bett zusammen.
»Ich habe von dir gelesen«, sagte Joan.
»Was?«
»Ich habe von dir gelesen und bin weggelaufen.«
»Wie meinst du das?« sagte ich gleichmütig.
»Also«, Joan lehnte sich in dem mit geblümten Chintz bezo-

genen Lehnstuhl zurück, »ich hatte einen Sommerjob bei so einer Bruderschaft wie die Freimaurer, weißt du, aber nicht die Freimaurer, und es ging mir schrecklich. Ich hatte solche Hühneraugen, daß ich kaum gehen konnte – in den letzten Tagen mußte ich Gummistiefel zur Arbeit tragen statt Schuhe, und du kannst dir vorstellen, wie das mein Befinden verbesserte ...«

Entweder war Joan verrückt, dachte ich – weil sie Gummistiefel zur Arbeit trug – oder sie versuchte herauszubekommen, wie verrückt ich war, wenn ich das alles glaubte. Außerdem bekamen überhaupt nur alte Leute Hühneraugen. Ich beschloß, so zu tun, als ob ich sie für verrückt hielt und sie aufmunterte weiterzumachen.

»Ohne Schuhe fühle ich mich immer mies«, sagte ich mit einem zweideutigen Lächeln. »Haben dir die Füße sehr weh getan?«

»Furchtbar. Und mein Boss – er hatte sich gerade von seiner Frau getrennt, er konnte nicht so ohne weiteres eine Scheidung bekommen, weil das in dieser Bruderschaft nicht so einfach war – mein Boss klingelte alle zwei Minuten nach mir, und jedesmal, wenn ich hineinging, taten mir die Füße teuflisch weh, aber sobald ich mich wieder an meinen Tisch setzte, summte der Summer wieder, und er wollte sich wieder etwas anderes von der Seele reden ...«

»Warum hast du nicht aufgehört?«

»Ach, mehr oder weniger habe ich schon aufgehört. Ich blieb auf Krankenurlaub von der Arbeit weg. Ich ging nicht aus. Ich habe niemand besucht. Ich steckte das Telefon in eine Schublade und ging nie daran ... Dann schickte mich mein Arzt zu einem Psychiater in so ein großes Krankenhaus. Ich hatte einen Termin für zwölf Uhr, und ich war in einem schrecklichen Zustand. Um halb eins kam schließlich die Dame vom Empfang und sagte, der Doktor sei zum Essen gegangen. Sie fragte mich, ob ich warten wollte, und ich sagte ja.«

»Kam er dann zurück?« Die Geschichte klang etwas zu verwickelt, als daß Joan sie aus dem Nichts hatte erfinden können, aber ich ermunterte sie, um zu sehen, was noch daraus wurde.

»O ja. Ich wollte mich umbringen, nur daß du es weißt. Ich sagte: ›Wenn dieser Doktor es nicht schafft, dann ist es aus.‹ Also, die Dame vom Empfang führte mich einen langen Flur entlang und gerade, als wir zur Tür kamen, drehte sie sich um und sagte: ›Es macht Ihnen doch nichts aus, wenn außer dem Doktor noch ein paar Studenten da sind?‹ Was konnte ich schon sagen? ›Aber nein‹, sagte ich. Ich ging hinein und fand neun Paar Augen auf mich gerichtet. Nein! Achtzehn verschiedene Augen. Also, wenn die Dame vom Empfang mir gesagt hätte, daß neun Personen da in dem Zimmer waren, ich wäre auf der Stelle hinausmarschiert. Aber da war ich nun, und es war zu spät, etwas dagegen zu machen. An diesem Tag hatte ich gerade einen Pelzmantel an ...«

»Im August?«

»Ach, es war einer von diesen kalten, nassen Tagen, und ich dachte, mein erster Psychiater – du weißt schon. Jedenfalls sah der Psychiater die ganze Zeit auf den Pelzmantel, während ich mit ihm redete, und ich konnte genau sehen, was er sich dachte, als ich ihn fragte, ob ich nicht die reduzierte Behandlungsgebühr für Studenten zahlen könnte, statt das volle Honorar. Ich konnte die Dollarzeichen in seinen Augen sehen. Ich erzählte ihm, ich weiß nicht was alles – von den Hühneraugen und von dem Telefon in der Schublade und daß ich mich umbringen wollte, und dann bat er mich, draußen zu warten, während er meinen Fall mit den anderen besprach, und als er mich wieder hereinrief, weißt du, was er da gesagt hat?«

»Was?«

»Er faltete die Hände und sah mich an und sagte: ›Miss Gilling, wir haben beschlossen, daß Gruppentherapie für Sie das richtige ist.‹«

»Gruppentherapie?« Das klang so falsch wie ein schalloser Raum, fand ich, aber Joan achtete nicht darauf.

»Genau das hat er gesagt. Stell dir das vor, ich will mich umbringen, und es kommt so weit, daß ich mit einem Haufen von wildfremden Leuten darüber quatsche, und die meisten davon sind noch nicht mal besser daran als ich ...«

»Das ist verrückt!« Es packte mich, obwohl ich es gar nicht wollte. »Das ist ja unmenschlich.«

»Genau das habe ich auch gesagt. Ich ging direkt nach Hause und schrieb diesem Arzt einen Brief. Ich schrieb ihm einen wunderbaren Brief, so ein Mann hätte nicht das Recht, sich aufzuspielen, als wolle er kranken Leuten helfen ...«
»Hast du darauf eine Antwort bekommen?«
»Ich weiß es nicht. Das war an dem Tag, als ich von dir las.«
»Was heißt das?«
»Ach«, sagte Joan, »wie die Polizei dich für tot hielt und das alles. Irgendwo habe ich einen ganzen Haufen Zeitungsausschnitte.« Sie stemmte sich hoch und ein strenger Pferdegeruch stieg mir in die Nase. Auf dem jährlichen Sportfest im College war Joan Sieger im Pferdespringen gewesen, und ich fragte mich, ob sie in einem Stall geschlafen hatte.
Joan suchte in ihrem offenen Koffer herum und brachte eine Handvoll Zeitungsausschnitte zum Vorschein.
»Hier, schau dir's an.«
Auf dem ersten Ausschnitt war das riesig vergrößerte Bild eines Mädchens zu sehen mit tiefumränderten Augen und schwarzen, grinsend auseinandergezogenen Lippen. Ich konnte mir nicht vorstellen, wo so ein nuttiges Bild aufgenommen sein konnte, bis ich die Ohrringe und das Halsband von Bloomingdale mit hellen, weißen Glanzlichtern aus dem Bild herausglitzern sah, wie künstliche Sterne.

STIPENDIATIN VERMISST. MUTTER BEUNRUHIGT.

Der Text unter dem Bild berichtete, das Mädchen sei am siebzehnten August aus ihrem Haus verschwunden, sie trug einen grünen Rock und eine weiße Bluse und hatte eine Nachricht hinterlassen, sie ginge auf einen langen Spaziergang. *Als Miss Greenwood um Mitternacht noch nicht zurück war,* hieß es da, *benachrichtigte ihre Mutter die Polizei.*
Auf dem nächsten Ausschnitt war ein Bild von meiner Mutter und meinem Bruder und mir, lächelnd in unserem Garten. Wieder verstand ich nicht, wer dieses Bild aufgenommen hatte, bis ich sah, daß ich Drillichhosen und weiße Tennisschuhe anhatte und mir einfiel, daß ich das in dem Sommer getragen hatte, als ich beim Spinatpflücken war, und Dodo Conway war vorbeigekommen, und an einem heißen Nach-

mittag hatte sie ein paar Familienfotos von uns dreien gemacht. *Mrs. Greenwood bittet, dieses Bild zu veröffentlichen. Sie hofft, ihre Tochter wird dadurch veranlaßt, nach Hause zurückzukommen.*
VERMISSTES MÄDCHEN HAT WAHRSCHEINLICH SCHLAFMITTEL MITGENOMMEN. Ein dunkles, mitternächtliches Bild von etwa einem Dutzend mondbeschienener Leute im Wald. Die Leute am Ende der Reihe sahen verrückt aus und ungewöhnlich klein, fand ich, bis ich begriff, das waren keine Leute, sondern Hunde. *Spürhunde auf der Suche nach dem vermißten Mädchen eingesetzt. Polizeiwachtmeister Bill Hindly sagt: Es sieht nicht gut aus.*
MÄDCHEN LEBEND GEFUNDEN!
Auf dem letzten Bild hoben Polizisten eine lange, schlaffe Deckenrolle mit einem gesichtslosen Kohlkopf in einen Rettungswagen. Dann wurde mitgeteilt, wie meine Mutter wegen der wöchentlichen Wäsche im Keller gewesen war, und wie sie aus einem unbenutzten Loch schwaches Stöhnen gehört hatte ... Ich legte die Zeitungsausschnitte auf den weißen Bettbezug. »Behalt' sie nur«, sagte Joan. »Du mußt sie dir in ein Album kleben.«
Ich faltete die Ausschnitte zusammen und steckte sie in die Tasche.
»Ich habe von dir gelesen«, fuhr Joan fort. »Nicht wie man dich gefunden hat, sondern alles bis dahin, und dann habe ich mein ganzes Geld zusammengekratzt und das nächste Flugzeug nach New York genommen.«
»Warum nach New York?«
»Ach, ich dachte, es würde leichter sein, mich in New York umzubringen.«
»Was hast du gemacht?«
Joan grinste verlegen und streckte ihre Hände vor mit den Handflächen nach oben. Wie ein winziger Bergzug wölbten sich große rötliche Striemen über die weiße Haut der Handgelenke.
»Wie hast du das gemacht?« Zum erstenmal kam es mir, daß Joan und ich etwas gemeinsam hatten.
»Ich habe bei meiner Freundin die Fäuste durch das Fenster gestoßen.«

»Welche Freundin?«
»Mit der ich im College zusammengewohnt habe. Sie arbeitete in New York, und mir fiel nichts anderes ein, wo ich bleiben konnte, und außerdem hatte ich kaum noch Geld, deshalb ging ich zu ihr. Meine Eltern fanden mich dort – sie hatte ihnen geschrieben, ich benähme mich komisch – und mein Vater kam sofort angeflogen und brachte mich zurück.«
»Aber jetzt bist du in Ordnung«, stellte ich fest.
Joan sah mich mit ihren glänzenden, kieselgrauen Augen nachdenklich an. »Ich glaube schon«, sagte sie. »Du doch auch?«

Ich war nach dem Abendessen eingeschlafen.
Ich wachte von einer lauten Stimme auf. *Mrs. Bannister, Mrs. Bannister, Mrs. Bannister, Mrs. Bannister.* Als ich aus dem Schlaf herauskam, entdeckte ich, daß ich mit den Händen an die Bettpfosten trommelte und schrie. Der scharfe, krumme Umriß von Mrs. Bannister, der Nachtschwester, kam in Sicht.
»Kommen Sie, wir wollen doch nicht, daß Sie das zerbrechen.«
Sie machte das Band meiner Uhr auf.
»Was ist los? Was ist passiert?«
Mrs. Bannisters Gesicht verzog sich zu einem schnellen Lächeln.
»Sie haben eine Reaktion gehabt.«
»Eine Reaktion?«
»Ja, wie fühlen Sie sich?«
»Komisch. Irgendwie leicht und luftig.«
Mrs. Bannister half mir, mich hinzusetzen.
»Es wird Ihnen jetzt besser gehen. Es wird Ihnen in ganz kurzer Zeit besser gehen. Hätten Sie gerne etwas heiße Milch?«
»Ja.«
Und als mir Mrs. Bannister die Tasse an die Lippen hielt, fächerte ich die heiße Milch auf der Zunge aus, als sie herunterfloß, und sie schmeckte mir lustvoll, wie ein Baby seine Mutter schmeckt.

»Mrs. Bannister hat mir gesagt, Sie hätten eine Reaktion gehabt.« Doktor Nolan setzte sich in den Sessel am Fenster und nahm eine kleine Schachtel Streichhölzer heraus. Die Schachtel sah genau aus wie die, die ich im Saum meines Bademantels versteckt hatte, und für einen Augenblick fragte ich mich, ob eine Schwester sie dort entdeckt und heimlich Doktor Nolan zurückgegeben hatte.

Doktor Nolan rieb ein Streichholz an der Seite der Schachtel an. Eine heiße, gelbe Flamme sprang hervor, und ich beobachtete, wie sie sie in die Zigarette sog.

»Mrs. B. sagt, Sie fühlen sich besser.«

»Ja, eine Zeitlang war das so. Jetzt geht es mir wieder wie früher.«

»Ich habe eine Neuigkeit für Sie.«

Ich wartete. Ich wußte nicht mehr wie viele Tage schon hatte ich die Vormittage und Nachmittage und Abende in die weiße Decke gewickelt auf dem Liegestuhl in der Nische zugebracht und so getan, als ob ich las. Ich hatte das undeutliche Gefühl, Doktor Nolan würde mir noch eine bestimmte Anzahl von Tagen einräumen und dann genau das sagen, was Doktor Gordon gesagt hatte: »Es tut mir leid, es ist anscheinend nicht besser geworden, ich glaube, Sie müssen ein paar Schockbehandlungen bekommen ...«

»Nun, wollen Sie nicht wissen, was es ist?«

»Was denn?« sagte ich stumpf und wappnete mich.

»Eine Zeitlang werden Sie keinen Besuch mehr bekommen.«

Ich starrte Doktor Nolan überrascht an. »Aber das ist ja herrlich.«

»Ich dachte mir schon, daß Sie sich darüber freuen.« Sie lächelte.

Dann sah ich, und auch Doktor Nolan sah auf den Papierkorb neben der Kommode. Aus dem Papierkorb ragten die blutroten Knospen von einem Dutzend langstieliger Rosen.

Am Nachmittag war meine Mutter zu Besuch gekommen. Meine Mutter war nur ein Besuch aus einer langen Reihe – mein früherer Arbeitgeber, die Frau von ›Christian Science‹, die mit mir auf dem Rasen auf und ab ging und von dem Nebel redete, der sich in der Bibel von der Erde hebt, und der Nebel, das sei der Irrtum, und mein Problem sei nur, daß ich an den Dunst glaubte, und er würde in dem Augenblick verschwinden, wenn ich aufhören würde, daran zu glauben, dann würde ich sehen, daß ich immer gesund gewesen sei, und der Englischlehrer kam, den ich auf der Oberschule gehabt hatte, und versuchte, mir Scrabble beizubringen, weil er glaubte, mein altes Interesse an Worten würde dadurch wieder lebendig, und Philomena Guinea selbst, die ganz und gar nicht damit zufrieden war, was die Ärzte taten, und ihnen das auch sagte.

Ich haßte diese Besuche.

Ich saß da in der Nische oder in meinem Zimmer und eine lächelnde Schwester platzte herein und kündigte wieder einen Besucher an. Einmal hatten sie sogar den Pfarrer der unitarischen Kirche angeschleppt, den ich nie wirklich gemocht hatte. Er war die ganze Zeit furchtbar nervös, und ich sah, daß er mich für völlig verrückt hielt, weil ich ihm sagte, ich glaubte an die Hölle und manche Leute wie ich müßten vor dem Sterben in der Hölle leben, zum Ausgleich dafür, daß es für sie nach dem Tod ausfiel, weil sie nicht an das Leben nach dem Tod glaubten, und alles, was man glaube, geschähe einem auch, wenn man stürbe.

Ich haßte diese Besuche, weil ich immer merkte, wie die Besucher mein fettes und strähniges Haar mit dem verglichen, was ich gewesen war, oder mit ihrer Vorstellung von dem, was ich sein sollte, und ich wußte, sie gingen völlig bestürzt wieder weg.

Wenn man mich in Ruhe ließ, dachte ich, würde ich etwas Frieden haben.

Meine Mutter war am schlimmsten. Sie schalt mich nie, aber mit bekümmertem Gesicht bat sie mich immer wieder, ihr zu sagen, was sie falsch gemacht hätte. Sie sagte, die Ärzte glaubten bestimmt, sie hätte etwas falsch gemacht, denn sie hätten eine Menge Fragen gestellt, ab wann ich als Kind sauber gewesen sei, und ich sei doch schon sehr früh völlig sauber gewesen und hätte überhaupt keine Schwierigkeiten gemacht.

Am Nachmittag hatte meine Mutter mir die Rosen mitgebracht.

»Heb sie für mein Begräbnis auf«, hatte ich gesagt.
Das Gesicht meiner Mutter zog sich zusammen und sie sah aus, als würde sie gleich anfangen zu weinen.
»Aber Esther, weißt du denn nicht, was für ein Tag heute ist?«
»Nein.«
Ich dachte, es wäre Valentinstag.
»Es ist dein Geburtstag.«
Und dann warf ich die Rosen in den Papierkorb.
»Das war dumm von ihr«, sagte ich zu Doktor Nolan.
Doktor Nolan nickte. Sie schien zu verstehen, was ich meinte.
»Ich hasse sie«, sagte ich und wartete auf den Schlag.
Aber Doktor Nolan lächelte mich nur an, als hätte ihr etwas besonders gut gefallen, und sagte: »Ja, das tun Sie wohl.«

Kapitel 17

»Sie sind ein Glückskind.«
Die junge Krankenschwester nahm mir das Frühstückstablett weg und ich lag da, in die weiße Decke gewickelt wie ein Passagier, der auf Deck eines Schiffes die Seeluft genießt.
»Warum habe ich Glück?«
»Also, ich weiß nicht, ob Sie es schon erfahren sollen, aber Sie ziehen heute nach Belsize um.« Die Schwester sah mich erwartungsvoll an.
»Belsize«, sagte ich, »da kann ich nicht hin.«
»Warum nicht?«
»So weit bin ich noch nicht. Dazu geht es mir noch nicht gut genug.«
»Natürlich geht es Ihnen gut genug. Keine Angst, man läßt Sie da schon nicht hinüber, wenn es Ihnen noch nicht gut genug geht.«
Nachdem die Schwester gegangen war, versuchte ich, diesen neuen Schachzug Doktor Nolans zu enträtseln. Was versuchte sie damit zu beweisen? Ich hatte mich nicht verändert. Nichts hatte sich verändert. Und Belsize war das allerbeste Haus.

Von Belsize aus gingen die Leute wieder zur Arbeit und zurück auf die Schule und zurück nach Hause.
Joan war auch in Belsize. Joan mit ihren Physikbüchern und ihren Golfschlägern und ihren Federballschlägern und der rauhen Stimme. Joan, die den Abgrund zwischen mir und den fast Gesunden ausmachte. Seit Joan aus Caplan fort war, hatte ich ihre Besserung durch die Weinblätter an der Hauswand hindurch verfolgt.
Joan hatte Erlaubnis spazierenzugehen. Joan durfte einkaufen gehen, Joan durfte in die Stadt. Ich sammelte alle Neuigkeiten über Joan zu einem kleinen, bitteren Haufen, obwohl ich mich scheinbar darüber freute. Joan war das strahlende Double meines alten, besten Ich, eigens dazu bestimmt, um mir zu folgen und mich zu quälen.
Vielleicht war Joan schon entlassen, wenn ich nach Belsize kam. In Belsize konnte ich wenigstens die Schockbehandlungen vergessen. In Caplan bekamen eine Menge Frauen Schockbehandlungen. Es ließ sich feststellen, wer sie waren, weil sie das Frühstückstablett nicht wie wir anderen bekamen. Sie hatten ihre Schockbehandlung, während wir auf den Zimmern frühstückten, und dann kamen sie in den Aufenthaltsraum, ruhig und ausgelöscht, von den Schwestern wie Kinder geführt, und frühstückten dort.
Jeden Morgen, wenn ich die Schwester mit dem Tablett klopfen hörte, durchfloß mich eine riesige Erleichterung, weil ich wußte, für diesen Tag war ich außer Gefahr. Ich verstand nicht, wie Doktor Nolan sagen konnte, man schliefe während einer Schockbehandlung ein, wenn sie doch selbst nie mit Elektroschock behandelt worden war. Woher wußte sie, ob die Person nicht nur so aussah, als schliefe sie, während sie die ganze Zeit im Inneren die blauen Schläge und den Lärm spürte?

Vom Ende der Halle her kam Klaviermusik.
Beim Abendessen war ich still dagesessen und hatte der Unterhaltung der Belsize-Frauen zugehört. Sie waren alle schick angezogen und sorgfältig geschminkt, und ein paar von ihnen waren verheiratet. Einige waren in der Stadt beim Einkaufen

gewesen und andere bei Freunden zu Besuch, und das ganze Abendessen lang machten sie miteinander solche privaten Späße.

»Ich würde Jack schon anrufen«, sagte eine Frau, die DeeDee hieß, »ich fürchte nur, er ist nicht zu Hause. Ich weiß genau, wo ich anrufen könnte, und dort wäre er dann ganz bestimmt zu Hause.«

Die kleine, flinke blonde Frau bei mir am Tisch lachte. »Heute hatte ich Doktor Loring schon fast, wo ich ihn haben wollte«, sie machte die glänzenden, blauen Augen auf wie eine kleine Puppe. »Ich hätte nichts dagegen, den alten Percy gegen ein neues Modell einzutauschen.«

Am anderen Ende des Raums verschlang Joan mit großem Appetit den Schinken mit gedünsteten Tomaten. Sie schien sich zwischen diesen Frauen ganz zu Hause zu fühlen und behandelte mich kühl, mit leicht spöttischem Lächeln, wie eine flüchtige und unwichtige Bekannte.

Nach dem Essen war ich sofort ins Bett gegangen, aber dann hörte ich das Klavier und stellte mir Joan und DeeDee und Loubelle, die blonde Frau, und alle anderen vor, wie sie hinter meinem Rücken im Wohnzimmer über mich lachten und redeten. Sie sagten bestimmt, es sei furchtbar, Leute wie mich in Belsize zu haben, und eigentlich gehörte ich ja nach Wymark.

Ich beschloß, ihr häßliches Gerede abzustellen. Ich legte mir die Decke wie eine Stola lose um die Schultern und wanderte den Flur entlang auf das Licht und den fröhlichen Lärm zu.

Den Rest des Abends hörte ich DeeDee zu, wie sie ein paar selbstverfaßte Lieder auf dem Flügel herunterdonnerte, während die anderen Frauen herumsaßen und Bridge spielten und schwatzten, genau wie das in einem College war, nur daß die meisten hier für Collegestudenten schon zehn Jahre zu alt waren.

Eine von ihnen, eine große, starke grauhaarige Frau mit einer dröhnenden Baßstimme, die Mrs. Savage hieß, war in Vassar gewesen. Ich wußte sofort, daß sie eine Dame der Gesellschaft war, weil sie von nichts anderem als von Debütantinnen redete. Sie schien zwei oder drei Töchter zu haben, und dieses

Jahr sollten sie debütieren, nur hatte sie den Debütantenball ihrer Töchter dadurch ruiniert, daß sie sich selbst in die Anstalt eingeliefert hatte.

DeeDee hatte ein Lied, das sie ›Der Milchmann‹ nannte, und alle fanden, sie sollte es doch veröffentlichen, es würde bestimmt ein Hit werden. Zuerst trommelten ihre Hände eine kleine Melodie auf den Tasten, wie die Hufschläge eines langsamen Ponys, und dann kam eine andere Melodie dazu, wie ein pfeifender Milchmann, und dann ging es mit beiden Melodien zusammen weiter.

»Das ist sehr hübsch«, sagte ich im Gesprächston.

Joan lehnte an einer Ecke des Flügels und blätterte die neue Nummer irgendeiner Modezeitschrift durch, und DeeDee lächelte sie an, als ob sie ein gemeinsames Geheimnis hätten.

»Ach, Esther«, sagte Joan dann und hielt die Zeitschrift hoch, »bist du das nicht hier?«

DeeDee hörte zu spielen auf. »Laß mich mal sehen.« Sie nahm die Zeitschrift, sah auf die Seite, auf die Joan wies, und blickte dann wieder zu mir hin.

»Aber nein«, sagte DeeDee. »Bestimmt nicht.« Sie sah wieder auf die Zeitschrift und dann mich an. »Niemals!«

»Aber es ist doch Esther, nicht wahr, es ist Esther?« sagte Joan.

Loubelle und Mrs. Savage schlenderten hin, und ich tat so, als wüßte ich, um was es ging, und ging mit ihnen zum Klavier hinüber.

Auf dem Bild in der Zeitschrift war ein Mädchen in einem trägerlosen Abendkleid aus fusseligem weißen Zeug, so eng, daß es jeden Moment platzen mußte, und eine Menge Jungen um sie herum, die sich über sie beugten. Das Mädchen hielt ein Glas mit einer durchsichtigen Flüssigkeit in der Hand und hatte anscheinend die Augen auf etwas über meiner Schulter gerichtet, das hinter mir stand, etwas links von mir. Ein schwacher Atem fächelte mir hinten auf den Hals. Ich fuhr herum.

Die Nachtschwester war auf weichen Gummisohlen unbemerkt hereingekommen.

»Machen Sie Witze«, sagte sie, »sind Sie das wirklich?«

»Nein, das bin ich nicht. Joan irrt sich wirklich. Es ist jemand anderes.«
»Ach, geben Sie doch zu, daß Sie es sind!« schrie DeeDee. Aber ich tat, als hätte ich sie nicht gehört, und wendete mich ab.
Dann bat Loubelle die Schwester beim Bridge den Vierten zu machen, und ich zog mir einen Stuhl heran, um zuzusehen, obwohl ich nicht einmal die Grundregeln von Bridge kannte, weil ich auf dem College nie die Zeit gehabt hatte, es zu lernen, so wie die ganzen reichen Mädchen.
Ich starrte auf die flachen Pokergesichter der Könige, Buben und Damen und hörte der Schwester zu, die von ihrem schweren Leben redete.
»Die Damen haben ja keine Ahnung, was es heißt, zwei Stellungen zu halten«, sagte sie. »Nachts bin ich hier und muß auf Sie aufpassen ...«
Loubelle kicherte. »Aber wir sind prima. Wir sind doch die allerbesten und das wissen Sie ganz genau.«
»Natürlich, Sie hier sind in Ordnung.« Die Schwester bot ein Päckchen mit Kaugummi an, dann wickelte sie sich selbst einen rosa Riegel aus der Silberpapier-Verpackung. »Sie sind schon in Ordnung, aber diese Idioten drüben in der staatlichen Anstalt, die machen mir Kummer.«
»Dann arbeiten Sie also in beiden Krankenhäusern?« fragte ich mit plötzlichem Interesse.
»So ist es.« Und die Nachtschwester sah mich direkt an, und ich konnte sehen, wie sie dachte, ich hätte in Belzise überhaupt nichts zu suchen. »Es würde Ihnen da drüben ganz und gar nicht gefallen, Lady Jane.«
Ich fand es eigenartig, daß die Schwester mich Lady Jane nannte, wo sie doch genau wußte, wie ich hieß.
»Warum?« beharrte ich.
»Ach, das ist nicht so ein hübscher Platz wie hier. Das hier ist ja ein regelrechter Country Club. Da drüben gibt es das alles nicht. Kaum Beschäftigungstherapie, keine Spaziergänge ...«
»Warum können sie nicht spazierengehen?«
»Nicht genug Angestellte.« Die Schwester heimste einen Trumpf ein und Loubelle stöhnte. »Glauben Sie mir, meine

Damen, wenn ich genug Mäuse habe, mir ein Auto zu kaufen, dann verschwinde ich.«
»Hören Sie dann hier auch auf?« wollte Joan wissen.
»Da können Sie drauf wetten. Und dann nur noch Privatpflege. Wenn ich Lust dazu habe ...«
Aber ich hatte aufgehört zuzuhören.
Ich hatte das Gefühl, die Schwester war angewiesen worden, mir die Alternativen beizubringen. Entweder wurde es mit mir besser oder ich stürzte hinunter, hinunter wie ein brennender, dann ausgebrannter Stern, von Belsize nach Caplan, dann nach Wymark, und nachdem Doktor Nolan und Mrs. Guinea mich aufgegeben hatten schließlich bis zu der staatlichen Anstalt nebenan.
Ich zog die Decke um mich und stieß den Stuhl zurück.
»Frieren Sie?« fragte die Nachtschwester grob.
»Ja«, sagte ich und ging den Flur entlang. »Mir ist eiskalt.«

Warm und friedlich erwachte ich in meinem weißen Kokon. Eine Bahn von bleichem winterlichem Sonnenlicht lag blendend auf dem Spiegel und den Gläsern auf der Kommode und den metallenen Türknöpfen. Draußen auf dem Flur hörte man das frühmorgendliche Geklapper von den Mädchen in der Küche, die die Frühstückstabletts vorbereiteten.
Ich hörte die Schwester am äußersten Ende des Flurs an der Tür neben meiner anklopfen. Mrs. Savages verschlafene Stimme dröhnte, und die Schwester ging mit dem klirrenden Tablett zu ihr hinein. Ich dachte ein klein wenig vergnügt an die dampfende Kaffeekanne aus blauem Porzellan und die blaue Porzellanfrühstückstasse und an den dicken blauen Porzellansahnekrug mit den weißen Gänseblumen darauf.
Ich gab nach.
Wenn ich schon fiel, dann wollte ich mich wenigstens an die kleinen tröstlichen Dinge halten, so lang ich nur konnte.
Die Schwester klopfte an die Tür, und ohne auf eine Antwort zu warten, wehte sie herein.
Es war eine neue Schwester – sie wechselten immer – mit magerem, sandfarbenen Gesicht, sandfarbenen Haaren und großen Sommersprossen wie Konfetti auf der knochigen

Nase. Aus irgendeinem Grund machte mich der Anblick dieser Schwester krank, und erst als sie durch das Zimmer ging, um das grüne Rollo hochzulassen, begriff ich, ein Teil der Befremdung kam davon, daß sie leere Hände hatte.
Ich öffnete den Mund, um nach dem Frühstückstablett zu fragen, aber blieb stumm. Die Schwester hatte mich mit jemand anderem verwechselt. Bei neuen Schwestern kam das oft vor. Sicher bekam jemand in Belsize Schockbehandlungen, wovon ich nichts wußte, und ganz begreiflicherweise hatte mich die Schwester verwechselt.
Ich wartete, bis die Schwester im Zimmer glättend und ordnend die Runde gemacht hatte und das nächste Tablett eine Tür weiter im Flur zu Loubelle hineintrug.
Dann steckte ich die Füße in meine Pantoffel, zog meine Decke mit, denn der Morgen war klar, aber sehr kalt, und ging schnell zur Küche hinüber. Das Küchenmädchen in dem rosa Kittel füllte eine Reihe von blauen Porzellankaffeekrügen aus einem großen zerbeulten Kessel auf dem Herd.
Liebevoll betrachtete ich die aufgereihten wartenden Tabletts – die weißen, in scharfe, gleichschenkelige Dreiecke gefalteten Papierservietten, jede unter dem Anker der silbernen Gabel, die bleichen Kuppeln der weichgekochten Eier in den blauen Eierbechern, die muschelförmigen Glasschüsseln mit Orangenmarmelade. Ich brauchte nur hinzulangen und mir mein Tablett greifen, und die Welt war wieder völlig im Lot.
»Es hat einen Irrtum gegeben«, sagte ich zu dem Mädchen halblaut in vertraulichem Ton, und lehnte mich über die Theke. »Die neue Schwester hat vergessen, mir heute mein Frühstückstablett zu bringen.«
Es gelang mir ein strahlendes Lächeln, damit man sah, daß ich nichts übelnahm.
»Ihr Name?«
»Greenwood. Esther Greenwood.«
»Greenwood, Greenwood, Greenwood.« Der warzige Zeigefinger des Mädchens glitt über die Namensliste der Patienten von Belsize, die an der Küchenwand befestigt war.
»Greenwood, heute kein Frühstück.«
Ich umfaßte mit beiden Händen den Rand der Theke.

»Das muß ein Irrtum sein. Sind Sie sicher, daß es Greenwood heißt?«
»Greenwood«, sagte das Mädchen entschieden, während die Schwester hereinkam.
Die Schwester sah fragend von mir zu dem Mädchen.
»Miss Greenwood wollte ihr Tablett«, sagte das Mädchen und vermied es, mich anzusehen.
»Ach so«, lächelte mich die Schwester an, »Sie bekommen heute Ihr Tablett etwas später, Miss Greenwood. Sie ...«
Aber ich wartete nicht mehr ab, was die Schwester sagte. Ich ging blind auf den Flur hinaus, nicht in mein Zimmer, weil dorthin kamen sie, um mich abzuholen, sondern zu der Nische, die längst nicht so schön war wie die in Caplan, aber trotzdem eine Nische in einer ruhigen Ecke des Flurs, wo Joan und Loubelle und DeeDee und Mrs. Savage nicht hinkamen.
Ich rollte mich in der äußersten Ecke des Alkoven mit der Decke über dem Kopf zusammen. Es war nicht so sehr die Schockbehandlung, die mich getroffen hatte, als der offene Verrat von Doktor Nolan. Ich mochte Doktor Nolan, ich liebte sie, auf einer Schüssel hatte ich ihr mein Vertrauen gereicht, hatte ihr alles gesagt, und sie hatte mir in die Hand versprochen, mir rechtzeitig Bescheid zu sagen, falls ich je wieder eine Schockbehandlung bekommen mußte.
Wenn sie es mir am Abend vorher gesagt hätte, wäre ich natürlich die ganze Nacht wachgelegen, aus Furcht und voller Vorahnung, aber am Morgen wäre ich dann gefaßt und bereit gewesen. Ich wäre zwischen zwei Schwestern den Flur entlang gegangen, vorbei an DeeDee und Loubelle und Mrs. Savage und Joan, würdevoll, wie ein Mensch, der sich kühl mit der Hinrichtung abgefunden hat.
Die Schwester beugte sich über mich und rief meinen Namen.
Ich wich zurück und verkroch mich noch weiter in die Ecke. Die Schwester verschwand. Ich wußte, in einer Minute kam sie mit zwei grimmigen Pflegern wieder und dann würde ich heulend und um mich schlagend an den lächelnden Zuschauern, die jetzt im Aufenthaltsraum versammelt waren, vorbeigeschleppt.

Doktor Nolan legte den Arm um mich und hielt mich wie eine Mutter.
»Sie haben gesagt, Sie würden es mir sagen!« schrie ich sie durch die zerwühlte Decke an.
»Aber ich sage es Ihnen ja«, sagte Doktor Nolan. »Ich bin extra früh gekommen, um es Ihnen zu sagen, und ich bringe Sie selbst hinüber.«
Ich sah sie durch die geschwollenen Lider an. »Warum haben Sie es mir gestern abend nicht gesagt?«
»Ich dachte, es würde Sie nur wachhalten. Wenn ich gewußt hätte ...«
»Sie haben mir versprochen, es mir zu sagen.«
»Hören Sie zu, Esther«, sagte Doktor Nolan, »ich gehe mit Ihnen hinüber. Ich werde die ganze Zeit da sein, alles wird so vor sich gehen, wie ich es Ihnen versprochen habe. Ich bin da, wenn Sie aufwachen, und ich bringe Sie wieder zurück.«
Ich sah sie an. Sie schien sehr bestürzt.
Ich wartete einen Augenblick. Dann sagte ich: »Versprechen Sie mir, daß Sie dabei sein werden.«
»Ich verspreche es.«
Doktor Nolan nahm ein weißes Taschentuch und wischte mir das Gesicht ab. Dann steckte sie ihren Arm in meinen, wie eine alte Freundin, und half mir auf, und wir begannen den Flur entlangzugehen. Die Decke hing mir um die Füße, deshalb ließ ich sie fallen, aber Doktor Nolan schien es nicht zu bemerken. Wir kamen an Joan vorbei, die aus ihrem Zimmer kam, und ich lächelte sie bedeutungsvoll, verächtlich an, und sie wich zurück und wartete, bis wir vorbei waren.
Dann schloß Doktor Nolan am Ende des Flurs eine Tür auf und führte mich die Treppen hinunter in die geheimnisvollen Kellergänge, die in einem verzweigten Gebilde von Tunneln und Höhlen die verschiedenen Gebäude des Krankenhauses verbanden.
Die Wände waren hell, weiße Badezimmerkacheln und nackte Birnen in gleichmäßigen Abständen an der schwarzen Decke. Da und dort waren Tragbahren und Rollstühle an den zischenden, klopfenden Röhren gestrandet, die sich in einem verworrenen Nervensystem entlang den glitzernden Wänden

verzweigten. Ich hing wie tot an Doktor Nolans Arm und immer wieder drückte sie mir ermutigend den Arm.
Schließlich blieben wir vor einer grünen Tür stehen, auf der in schwarzen Buchstaben ›Elektrotherapie‹ stand. Ich hielt an, und Doktor Nolan wartete. Dann sagte ich: »Also los«, und wir gingen hinein.
Außer Doktor Nolan und mir waren nur noch ein blasser Mann in einem schäbigen rotbraunen Bademantel und die ihn begleitende Schwester in dem Wartezimmer.
»Möchten Sie sich setzen?« Doktor Nolan wies auf eine hölzerne Bank, aber meine Beine fühlten sich schwer an, und ich dachte, es würde schwierig sein, aus dem Sitzen hochzukommen, wenn die Leute von der Schockbehandlung hereinkamen.
»Ich stehe lieber.«
Schließlich kam eine große totenblasse Frau in einem weißen Kittel aus der inneren Tür in den Raum. Ich dachte, sie würde auf den Mann in dem rotbraunen Bademantel zugehen und ihn darannehmen, weil er zuerst dagewesen war, deshalb war ich überrascht, als sie auf mich zu kam.
»Guten Morgen, Doktor Nolan«, sagte die Frau und legte mir ihren Arm um die Schulter. »Ist das Esther?«
»Ja, Miss Huey. Esther, das ist Miss Huey, sie wird gut für Sie sorgen. Ich habe ihr von Ihnen erzählt.«
Die Frau mußte zwei Meter groß sein. Sie beugte sich freundlich über mich, und ich sah, daß ihr Gesicht, aus dem in der Mitte die Schneidezähne vorstanden, früher einmal furchtbar voll mit Pickeln gewesen sein mußte. Es sah aus wie eine Karte von den Mondkratern.
»Ich glaube, wir können Sie sofort drannehmen, Esther«, sagte Miss Huey. »Mister Anderson wird es nichts ausmachen zu warten, oder, Mister Anderson?«
Mister Anderson sagte kein Wort, und ich ging mit Miss Hueys Arm um die Schulter und gefolgt von Doktor Nolan in den nächsten Raum.
Mit zusammengekniffenen Augen, die ich nicht zu weit aufzumachen wagte, damit ich vom ersten Anblick nicht erschlagen wurde, sah ich das hohe Bett mit dem weißen, trommel-

fellglatt gespannten Laken und die Maschine hinter dem Bett und die Person mit Gesichtsmaske – ich konnte nicht erkennen, ob es ein Mann oder eine Frau war – hinter der Maschine und andere maskierte Leute, die an beiden Seiten des Bettes standen.
Miss Huey half mir hinaufzusteigen und mich auf den Rücken zu legen.
»Reden Sie mit mir«, sagte ich. Miss Huey begann mit tiefer, beruhigender Stimme zu sprechen, verteilte die Salbe auf meinen Schläfen und befestigte die kleinen elektrischen Knöpfe auf beiden Seiten meines Kopfes. »Es ist alles völlig in Ordnung, Sie werden nichts spüren, beißen Sie nur fest . . .« Und sie tat mir etwas auf die Zunge, und in Todesangst biß ich zu und Dunkelheit wischte mich aus, wie Kreide auf einer Tafel.

Kapitel 18

»Esther.«
Ich erwachte aus tiefem gewaltsamen Schlaf. Als erstes sah ich Doktor Nolans Gesicht, das vor mir schwamm und »Esther, Esther« sagte.
Hinter Doktor Nolan konnte ich den Körper einer Frau in einem zerknitterten schwarz-weiß karierten Bademantel sehen, der auf eine Liege geschleudert war, als ob er aus großer Höhe herabgefallen wäre. Aber bevor ich noch mehr aufnehmen konnte, führte mich Doktor Nolan durch eine Tür in frische, blauhimmlische Luft.
Die ganze Hitze und Furcht hatte sich gereinigt. Ich fühlte mich überraschend ruhig. Die Glasglocke schwebte ein paar Meter über meinem Kopf. Die freie Luft kam zu mir.
»Es war doch genauso, wie ich Ihnen gesagt habe, oder?« sagte Doktor Nolan, während wir durch das Geraschel von braunen Blättern zusammen zurück nach Belsize gingen.
»Ja.«
»Also, so wird es immer sein«, sagte sie bestimmt. »Sie werden dreimal in der Woche zur Schockbehandlung kommen – Dienstag, Donnerstag und Samstag.«

Ich holte tief Atem.
»Wie lange?«
»Das hängt von Ihnen und von mir ab«, sagte Doktor Nolan.

Ich nahm das silberne Messer und brach die Spitze des Eies weg. Dann legte ich das Messer hin und sah es an. Ich versuchte zu überlegen, warum ich Messer gerne gehabt hatte, aber die Gedanken rutschten aus der Schlinge der Überlegung und schwangen wie ein Vogel mitten in leerer Luft.
Joan und DeeDee saßen nebeneinander auf der Sitzbank vor dem Flügel, und DeeDee brachte Joan bei, beim Walzer die untere Stimme zu spielen, während sie die obere spielte. Wie traurig, dachte ich, daß Joan mit ihren großen Zähnen und den Augen wie zwei graue, glotzende Kiesel so pferdig aussah. Sie konnte ja nicht einmal so jemand wie Buddy Willard halten. Und DeeDees Mann lebte offensichtlich mit einer Freundin oder so zusammen und hatte sie sauer werden lassen wie eine alte muffige Katze.

»Ich habe einen Briiiief bekommen«, sang Joan, die ihren zerzausten Kopf zur Tür hereingesteckt hatte.
»Wie schön.« Ich ließ die Augen in meinem Buch. Seit die Elektroschocks nach einer kurzen Serie von fünf Behandlungen vorbei waren und seit ich in die Stadt gehen durfte, war Joan um mich wie eine große und atemlose Schmeißfliege – als ob sie die Süße der Besserung aus der Nähe aufsaugen könnte. Man hatte ihr die Physikbücher abgenommen und die Stöße von verstaubten, mit Notizen gefüllten Kolleghefte weggenommen, die überall bei ihr im Zimmer herumlagen, und sie durfte sich wieder nur auf dem Anstaltsgelände aufhalten.
»Willst du denn nicht wissen, von wem er ist?«
Joan schob sich ins Zimmer und setzte sich auf mein Bett. Ich wollte ihr sagen, sie solle verdammt noch mal rausgehen, ich könne sie nicht vertragen, aber ich brachte es nicht heraus.
»Also gut.« Ich legte den Finger ins Buch, wo ich war, und klappte es zu. »Von wem?«

Joan zog einen blaßblauen Umschlag aus der Rocktasche und winkte neckend damit.
»Ach, was für ein Zufall!« sagte ich.
»Wie meinst du das, ein Zufall?«
Ich ging zur Kommode hinüber, hob einen blaßblauen Umschlag auf und schwenkte ihn zu Joan hin wie ein Abschied winkendes Taschentuch. »Ich habe auch einen Brief bekommen. Ich bin gespannt, ob es die gleichen Briefe sind.«
»Es geht ihm besser«, sagte Joan. »Er ist aus dem Krankenhaus.«
Es entstand eine kleine Pause.
»Willst du ihn heiraten?«
»Nein«, sagte ich. »Du?«
Joan grinste ausweichend. »Ich mochte ihn sowieso nicht übermäßig gern.«
»Ach so?!«
»Nein, die Familie mochte ich.«
»Meinst du Mr. und Mrs. Willard?«
»Ja.« Joans Stimme glitt mir wie ein kalter Luftzug das Rückgrat hinunter. »Ich habe sie gern gehabt. Sie waren so nett, so glücklich, gar nicht wie meine Eltern. Ich habe sie immerzu besucht«, sie machte eine Pause, »bis du kamst.«
»Das tut mir leid.« Dann sagte ich: »Warum hast du sie nicht weiter besucht, wenn du sie so gerne gehabt hast?«
»Ach, ich konnte es nicht«, sagte Joan. »Nachdem du mit Buddy befreundet warst. Es hätte ... Ich weiß nicht, es hätte komisch ausgesehen.«
Ich überlegte. »Ja, wahrscheinlich.«
»Willst du«, Joan zögerte, »ihn kommen lassen?«
»Ich weiß nicht.«
Zuerst hatte ich gedacht, es wäre schrecklich, wenn Buddy mich in der Anstalt besuchte – er würde wahrscheinlich nur schadenfroh mit den anderen Ärzten fachsimpeln. Aber dann schien mir, es wäre ein weiterer Schritt, ihn auf seinen Platz zu verweisen, auf ihn zu verzichten, obwohl ich niemand anderen hatte – ihm zu erklären, daß es keinen Simultanübersetzer gab, niemanden, aber er sei der Falsche, ich hätte Schluß gemacht.

»Willst du, daß er kommt?«
»Ja«, atmete Joan. »Vielleicht bringt er seine Mutter mit. Ich werde ihn bitten, seine Mutter mitzubringen ...«
»Seine *Mutter*?«
Joan schmollte. »Ich mag Mrs. Willard. Mrs. Willard ist eine ganz wunderbare Frau. Sie war wirklich wie eine Mutter zu mir.«
Mrs. Willard kam mir zu Bewußtsein mit ihrem buntgesprenkelten Tweed und den vernünftigen Schuhen und ihren weisen, mütterlichen Kernsätzen. Mr. Willard war ihr kleiner Junge, und seine Stimme war hoch und klar, wie die eines kleinen Jungen. Joan und Mrs. Willard. Joan ... und Mrs. Willard ...
An diesem Morgen hatte ich an DeeDees Tür geklopft. Ich wollte mir von ihr Klaviernoten zu vier Händen leihen. Ich wartete ein paar Augenblicke und als ich dann keine Antwort bekam und dachte, DeeDee müsse ausgegangen sein und ich könne mir die Noten von ihrer Kommode nehmen, machte ich schließlich die Tür auf und ging ins Zimmer.
In Belsize, ja sogar in Belsize hatten die Türen Schlösser, aber die Patienten hatten keinen Schlüssel. Eine geschlossene Tür bedeutete, man wollte für sich sein, und das wurde, genau wie eine verschlossene Tür, respektiert. Man klopfte und klopfte noch einmal und dann ging man wieder. Das fiel mir ein, als ich durch die Helligkeit des Flurs halb geblendet in der tiefen, moschusduftenden Dunkelheit des Zimmers stand.
Während sich meine Augen an die Dunkelheit gewöhnten, sah ich, daß eine Gestalt vom Bett aufstand. Dann gab jemand ein tiefes Kichern von sich. Die Gestalt machte sich die Haare in Ordnung und zwei bleiche, kieselige Augen sahen mich durch die Dämmerung an. DeeDee lag mit nackten Beinen unter dem grünen wollenen Frisiermantel auf den Kissen und beobachtete mich mit einem kleinen spöttischen Lächeln. Eine Zigarette glühte zwischen den Fingern ihrer rechten Hand.
»Ich wollte nur ...«, sagte ich.
»Ich weiß«, sagte DeeDee. »Die Noten.«

»Hallo, Esther«, sagte Joan dann und ihre spröde Stimme ließ mich fast kotzen. »Warte auf mich, Esther, ich spiele die untere Stimme mit.«

Jetzt sagte Joan entschieden: »Ich habe Buddy Willard eigentlich nie gemocht. Er hat geglaubt, er weiß alles. Er hat geglaubt, er wüßte alles über Frauen ...«

Ich sah Joan an. Obwohl sie mir unheimlich war und trotz meiner alten tiefsitzenden Abneigung, faszinierte mich Joan. Es war, wie wenn man einen Marsbewohner oder eine Kröte mit besonders vielen Warzen beobachtet. Ihre Gedanken waren nicht meine Gedanken und ihre Gefühle nicht meine Gefühle, aber wir waren uns ähnlich genug, daß ihre Gedanken und Gefühle ein verzerrtes, schwarzes Abbild meiner eigenen waren.

Manchmal fragte ich mich, ob ich Joan vielleicht erfunden hatte. Dann wieder fragte ich mich, ob sie in meinem Leben weiter bei jeder Krise auftauchen würde, um mich daran zu erinnern, was ich gewesen und durch was ich gegangen war, und ob sie ihre zwar eigene, aber ähnliche Krise vor meiner Nase abmachen würde.

»Ich begreife nicht, was Frauen an anderen Frauen finden«, sagte ich an diesem Mittag in der Sprechstunde zu Doktor Nolan. »Was hat eine Frau von einer anderen Frau, das ein Mann nicht hat?«

Doktor Nolan schwieg. Dann sagte sie: »Zärtlichkeit.«

Darauf fiel mir nichts mehr ein.

»Ich mag dich«, sagte Joan. »Ich mag dich mehr als Buddy.«

Und während sie sich mit einem dummen Lächeln auf meinem Bett ausstreckte, fiel mir der kleine Skandal auf unserem College ein. Eine fette Absolventin mit matronenhaften Brüsten, häßlich wie eine Großmutter, und dazu noch mit Hauptfach Religion, und ein großes schlacksiges Mädchen im ersten Semester, über die erzählt wurde, wie ihre Zufallsverehrer sie schon zu früher Stunde auf alle möglichen phantasievollen Weisen verließen, steckten allzusehr zusammen. Immer waren sie zusammen und cinmal wurden sie überrascht, wie sie sich im Schlafzimmer des fetten Mädchens umarmten, so ging die Geschichte.

»Aber was haben sie denn *gemacht*?« hatte ich gefragt. Immer wenn ich an Männern mit Männern oder Frauen mit Frauen dachte, konnte ich mir nie richtig vorstellen, was sie wirklich taten.
»Na ja«, hatte die Spionin gesagt, »Milly saß auf dem Stuhl, Theodora lag auf dem Bett. Milly streichelte Theodoras Haar.«
Ich war enttäuscht. Ich hatte gehofft, ich würde etwas ganz besonders Übles erfahren. Ich fragte mich, ob das alles war, was Frauen mit anderen Frauen taten, dazuliegen und sich zu umarmen.
Natürlich lebte die berühmte Dichterin an meinem College mit einer anderen Frau zusammen – einer untersetzten Altphilologin mit kurzgeschnittenem Haar. Und als ich der Dichterin sagte, es könnte durchaus sein, daß ich eines Tages heiraten und einen Haufen Kinder haben würde, starrte sie mich entsetzt an. »Und was wird aus Ihrer *Karriere*?« hatte sie gerufen.
Mein Kopf tat mir weh. Warum zog ich diese seltsamen alten Frauen an? Da war die berühmte Dichterin und Philomena Guinea und Jay Cee und die Frau von ›Christian Science‹ und Gott weiß wer noch, und alle wollten sie mich irgendwie adoptieren und als Belohnung für ihre Sorge und ihren Einfluß wollten sie, daß ich ihnen ähnelte.
»Ich mag dich.«
»Das ist Pech, Joan«, sagte ich und nahm das Buch auf. »Ich mag dich nämlich nicht. Ich finde dich zum Kotzen, damit du es weißt.«
Und ich ging aus dem Zimmer und ließ Joan quer über meinem Bett liegen, plump wie ein altes Pferd.

Ich wartete auf den Arzt und überlegte mir, ob ich weglaufen sollte. Ich wußte, was ich tat, war nicht erlaubt – jedenfalls in Massachusetts nicht, weil dieser Staat mit Katholiken vollgestopft war – aber Doktor Nolan hatte gesagt, dieser Arzt sei ein alter Freund von ihr und ein kluger Mann.
»Weswegen kommen Sie?« wollte die adrette, weiß unifor-

mierte Sprechstundenhilfe wissen, die meinen Namen auf einen Notizblock buchstabierte.
»Wie meinen Sie das, weswegen?« Ich hatte nicht vermutet, daß mich jemand das fragen würde, außer der Arzt selbst, und das Wartezimmer war voll von Patienten, die noch auf andere Ärzte warteten, die meisten davon schwanger oder mit Babies, und ich fühlte ihre Augen auf meinem flachen, jungfräulichen Magen.
Die Sprechstundenhilfe sah auf, und ich wurde rot.
»Zum Einpassen, nicht wahr?« sagte sie freundlich. »Ich möchte es nur wegen der Rechnung wissen. Sind Sie Studentin?«
»Ja.«
»Dann kostet es nur die Hälfte. Fünf statt zehn Dollar. Soll ich Ihnen eine Rechnung schicken?«
Ich wollte schon meine Heimatadresse angeben, wo ich wahrscheinlich war, wenn die Rechnung eintraf, aber dann fiel mir meine Mutter ein, sie machte sicher die Rechnung auf und sah dann, wofür es war. Die andere Adresse, die ich außerdem noch hatte, war das unverfängliche Postfach, das von den Leuten benutzt wurde, die nicht wollten, daß man von der Anstalt erfuhr. Aber ich dachte, vielleicht kannte die Sprechstundenhilfe diese Postfachnummer, deshalb sagte ich: »Am besten bezahle ich gleich«, und zupfte fünf Ein-Dollar-Scheine von dem Bündel in meiner Tasche.
Die fünf Dollar waren ein Teil dessen, was mir Philomena Guinea als eine Art Geschenk zur Besserung geschickt hatte. Ich überlegte, was sie wohl denken würde, wenn sie wüßte, wofür ihr Geld verwendet wurde.
Ob sie es nun wußte oder nicht, Philomena Guinea kaufte mir die Freiheit.
»Ich hasse die Vorstellung, einem Mann ausgeliefert zu sein«, hatte ich zu Doktor Nolan gesagt. »Ein Mann braucht sich überhaupt keine Sorgen zu machen, während über mir das Kind schwebt wie ein großer Prügel, der mich in Reih und Glied hält.«
»Würden Sie sich anders verhalten, wenn Sie sich wegen eines Babys keine Sorgen zu machen brauchten?«

»Schon«, sagte ich, »aber ...«, und ich erzählte Doktor Nolan von der verheirateten Rechtsanwältin und ihrer Verteidigung der Keuschheit.
Doktor Nolan wartete, bis ich fertig war, dann brach sie in Gelächter aus. »Propaganda!« sagte sie und kritzelte den Namen und die Adresse des Arztes auf einen Rezeptblock.
Nervös blätterte ich eine Nummer von ›Baby Talk‹ durch. Auf jeder Seite strahlten mich die fetten, leuchtenden Gesichter von Babies an – kahle Babies, schokoladenbraune Babies, Babies mit Eisenhower-Gesichtern, Babies, die sich das erste Mal umdrehten, Babies, die nach Rasseln griffen, Babies, die sich das erste Mal mit dem Löffel füttern ließen, Babies, die alle diese ganzen kleinen verflixten Dinge taten, die sein müssen, um Schritt für Schritt in eine beängstigende und unruhige Welt hineinzuwachsen.
Ich roch die Mischung aus Nahrung und saurer Milch und nach Fisch stinkenden Windeln und spürte Sorge und Zärtlichkeit. Wie leicht schien es für die Frauen um mich herum, Kinder zu kriegen! Warum war ich so unmütterlich und abseitig? Warum konnte ich nicht einmal davon träumen, ein fettes, wimmerndes Baby nach dem anderen zu betreuen, wie Dodo Conway?
Wenn ich mich den ganzen Tag um ein Baby kümmern müßte, würde ich verrückt.
Ich sah mir das Baby auf dem Schoß der Frau mir gegenüber an. Ich hatte keine Ahnung, wie alt es war, bei Babies wußte ich das nie – denn ich wußte nur, es konnte ununterbrochen reden und hatte zwanzig Zähne hinter den aufgeworfenen rosa Lippen. Es hielt den kleinen wackligen Kopf auf den Schultern – es hatte anscheinend keinen Hals – und beobachtete mich mit weisem, platonischem Gesichtsausdruck.
Die Mutter des Babys lächelte in einem fort und hielt das Baby, als sei es das erste Weltwunder. Ich forschte bei Mutter und Kind nach einem Anzeichen gegenseitiger Befriedigung, aber bevor ich etwas davon entdeckte, rief mich der Arzt herein.
»Sie möchten eine Einpassung haben«, sagte er fröhlich, und erleichtert dachte ich, er war kein Arzt, der komische Fragen

stellte. Ich hatte ihm erzählen wollen, ich hätte vor, einen Matrosen zu heiraten, sobald sein Schiff im Marinehafen von Charlestown festmachte, und ich trüge keinen Verlobungsring, weil wir zu arm seien, aber im letzten Augenblick verwarf ich diese liebenswerte Geschichte und sagte einfach: »Ja.«

Ich kletterte auf den Untersuchungstisch und dachte: »Ich klettere in die Freiheit, Freiheit von Furcht, Freiheit, nur wegen Sex einen Falschen wie Buddy Willard zu heiraten, Freiheit von dem Heim für ledige Mütter, wo die ganzen armen Mädchen sitzen, die es sich auch hätten einpassen lassen sollen wie ich, denn sie hätten das sowieso getan, ganz gleich ...« Als ich dann mit der Schachtel in einfachem braunem Packpapier auf dem Schoß ins Heim zurückfuhr, hätte ich Frau X sein können, die von ihrem Stadttag der unverheirateten Tante einen Kuchen oder einen Hut aus dem Kaufhaus mitbrachte. Nach und nach wich der Verdacht, Katholiken hätten Röntgenaugen, und mir wurde leicht. Ich hatte die Einkaufserlaubnis gut ausgenutzt, fand ich. Ich war meine eigene Frau.

Als nächstes galt es, den richtigen Mann zu finden.

Kapitel 19

»Ich werde Psychiaterin.«

Joan sagte das mit der üblichen atemlosen Begeisterung. Wir tranken im Aufenthaltsraum von Belsize Apfelsaft.

»Ach«, sagte ich trocken, »das ist schön.«

»Ich habe mich lange mit Dr. Quinn unterhalten, und sie hält das durchaus für möglich.« Dr. Quinn war Joans Psychiaterin, eine kluge, tüchtige, alleinstehende Frau, und ich hatte mir oft überlegt, wenn man mir Doktor Quinn zugeteilt hätte, wäre ich noch immer in Caplan oder wahrscheinlicher in Wymark. Dr. Quinn hatte so etwas Abstraktes, was Joan gefiel, mir aber Schauer über den Rücken jagte.

Joan schwatzte weiter über Ego und Es, und ich dachte an

etwas anderes, an das braune ausgepackte Päckchen in der untersten Schublade. Ich hatte mit Doktor Nolan nie über Egos und Es geredet. Ich wußte eigentlich überhaupt nicht, über was ich mit ihr geredet hatte.
»... und dann werde ich draußen wohnen.«
Ich schaltete wieder auf Joan um. »Wo?« fragte ich und versuchte, meinen Neid zu verbergen.
Doktor Nolan hatte gesagt, mein College würde mich auf ihre Empfehlung hin und mit Philomena Guineas Stipendium zum zweiten Semester wieder aufnehmen, aber weil die Ärzte dagegen waren, daß ich bis dahin bei meiner Mutter wohnte, sollte ich weiter in der Anstalt bleiben, bis das Wintersemester anfing.
Trotzdem fand ich es unfair, daß Joan mich beim Wettlauf zum Tor schlug.
»Wo?« beharrte ich. »Du darfst doch nicht etwa alleine wohnen, oder?« Joan hatte erst diese Woche wieder Stadtausgang bekommen.
»O nein, natürlich nicht. Ich ziehe in Cambridge mit Schwester Kennedy zusammen. Ihre Mitmieterin hat gerade geheiratet, und sie braucht jemanden, mit dem sie die Wohnung teilt.«
»Prost.« Ich hob das Glas mit Apfelsaft und wir stießen an. Trotz meiner tiefen Vorbehalte, würde ich Joan immer schätzen, überlegte ich. Es war, als ob wir durch überwältigende Umstände wie Krieg oder Pest zusammengeworfen worden waren und eine eigene Welt teilten. »Wann ziehst du aus?«
»Am nächsten Ersten.«
»Wie schön.«
Joan wurde wehmütig. »Du kommst mich doch besuchen, nicht wahr, Esther?«
»Natürlich.«
Aber ich dachte: »Kaum.«

»Es tut weh«, sagte ich. »Soll es weh tun?«
Irwin sagte überhaupt nichts. Dann sagte er: »Manchmal tut es weh.«

Ich hatte Irwin auf den Stufen der Widener Bibliothek kennengelernt. Ich stand oben auf der langen Treppe und sah auf die roten Backsteingebäude, die den schneegefüllten rechteckigen Platz umstanden, und wollte gerade den Omnibus zurück zur Anstalt nehmen, als ein großer junger Mann mit einem ziemlich häßlichen und bebrillten, aber intelligenten Gesicht auf mich zukam und sagte: »Könnten Sie mir bitte sagen, wieviel Uhr es ist?«

Ich sah auf die Uhr. »Fünf nach vier.«

Dann verschob der Mann die Arme um die Ladung Bücher, die er wie ein Essenstablett vor sich hertrug, und entblößte ein knochiges Handgelenk.

»Aber Sie haben ja selbst eine Uhr!«

Der Mann sah traurig auf seine Uhr. Er hob sie ans Ohr und schüttelte sie. »Geht nicht.« Er lächelte einnehmend. »Wohin müssen Sie?«

Ich war drauf und dran »Zurück zur Anstalt« zu sagen, aber der Mann sah vielversprechend aus, deshalb überlegte ich es mir anders. »Nach Hause.«

»Möchten Sie vorher nicht eine Tasse Kaffee trinken?«

Ich zögerte. Ich mußte zum Abendessen in der Anstalt sein, und ich wollte mich so kurz vor der endgültigen Entlassung nicht verspäten.

»Eine ganz kleine Tasse Kaffee?«

Ich beschloß, mein neues, normales Selbst an diesem Mann auszuprobieren, der mir, während ich noch zögerte, sagte, er hieße Irwin und er sei hochbezahlter Professor für Mathematik, deshalb sagte ich: »Also gut«, und indem ich mich den Schritten Irwins anpaßte, schlenderte ich an seiner Seite die lange, vereiste Treppe hinunter.

Erst als ich Irwins Arbeitszimmer sah, beschloß ich, ihn zu verführen.

Irwin bewohnte ein düsteres, bequemes Souterrain in einer der heruntergekommenen Straßen der Außenbezirke von Cambridge und fuhr mich nach drei Tassen bitteren Kaffee in einem Studentencafé dort hin auf ein Bier, wie er sagte. Wir saßen auf gepolsterten braunen Lederstühlen in seinem Arbeitszimmer, umgeben von Stapeln verstaubter

Bücher mit großen Formeln, die auf den Seiten kunstvoll wie Gedichte angeordnet waren.
Als ich an meinem ersten Glas Bier nippte – ich habe mir mitten im Winter wirklich nie sehr viel aus kaltem Bier gemacht, aber ich nahm das Glas an, um etwas zum Festhalten zu haben – klingelte es.
Irwin schien verlegen. »Das könnte eine Dame sein.«
Irwin hatte die komische altmodische Eigenschaft, die Frauen Damen zu nennen.
»Sehr schön«, gestikulierte ich großzügig. »Herein mit ihr.«
Irwin schüttelte den Kopf. »Sie würden sie aufregen.«
Ich lächelte in den bernsteinfarbenen Zylinder aus kaltem Bier.
Wieder klingelte es herrisch.
Irwin seufzte und stand auf und ging hinaus. Kaum war er verschwunden, stürzte ich ins Badezimmer und beobachtete aus dem Versteck hinter der schmutzigen, aluminiumfarbenen Jalousie, wie Irwins Mönchsgesicht im Türspalt erschien.
Eine große, vollbusige slawische Dame in einem dicken Pullover aus ungefärbter Schafwolle, in purpurroten Hosen, schwarzen Überschuhen mit hohen Absätzen und Stulpen aus Persianer und einer dazu passenden Mütze, pufte weiße, unhörbare Worte in die winterliche Luft. Irwins Stimme drang durch den kalten Flur zu mir zurück.
»Es tut mir leid, Olga ... Ich arbeite, Olga ... nein, ich glaube nicht, Olga«, während sich der rote Mund der Dame bewegte und die in weißen Rauch verwandelten Worte zu den Zweigen des entlaubten Fliederbusches neben der Tür hinauftrieben. Dann schließlich: »Vielleicht, Olga ... Auf Wiedersehen, Olga.«
Ich konnte die riesige, steppenartige Ausdehnung des wollbekleideten Busens der Dame bewundern, als sie sich nur ein paar Zentimeter von meinem Auge entfernt die knarzende Holztreppe hinunter verzog, mit einer Art sibirisch bitterem Zug um die lebendigen Lippen.

»Sie haben wohl haufenweise Affären in Cambridge«, sagte ich fröhlich zu Irwin, während ich in einem der entschlossen

französischen Restaurants von Cambridge eine Schnecke aufspießte.
»Es scheint«, gab Irwin mit einem kleinen, bescheidenen Lächeln zu, »daß ich bei den Damen ankomme.«
Ich hob das leere Schneckenhaus hoch und trank den pflanzengrünen Saft. Ich hatte keine Ahnung, ob sich das gehörte, aber nach den Monaten mit bekömmlicher, langweiliger Anstaltskost war ich gierig auf Butter.
Ich hatte Doktor Nolan von einer Telefonzelle im Restaurant aus angerufen und um Erlaubnis gebeten, über Nacht in Cambridge bei Joan zu bleiben. Natürlich hatte ich keine Ahnung, ob mich Irwin nach dem Essen zu sich in die Wohnung einladen würde, aber daß er die slawische Dame fortgeschickt hatte – die Frau eines anderen Professors –, schien mir vielversprechend.
Ich legte den Kopf zurück und goß ein Glas Nuits St. George hinunter
»Sie mögen Wein gern«, bemerkte Irwin.
»Nur Nuits St. George. Ich stelle ihn mir vor ... mit dem Drachen ...«
Irwin griff nach meiner Hand.
Ich fand, der erste Mann, mit dem ich schlief, mußte intelligent sein, damit ich ihn respektieren konnte. Irwin war mit sechsundzwanzig Jahren ordentlicher Professor und hatte die bleiche, unbehaarte Haut eines Wunderknaben. Außerdem brauchte ich jemanden, der so erfahren war, daß dies meine mangelnde Erfahrung aufwog, und Irwins Damen garantierten mir das. Um ganz sicher zu sein, wollte ich jemanden dafür haben, den ich vorher nicht gekannt hatte und den ich auch danach nicht mehr kannte – eine Art unpersönliche, priesterartige Amtsperson, wie in den Geschichten über Stammesriten.
Am Ende des Abends hatte ich nicht den geringsten Zweifel mehr an Irwin.
Seit ich von der Verdorbenheit Buddy Willards wußte, hing mir meine Jungfräulichkeit wie ein Mühlstein um den Hals. Sie war so lange Zeit für mich ungeheuer wichtig gewesen, daß ich mir angewöhnt hatte, sie unter allen Umständen zu

verteidigen. Fünf Jahre lang hatte ich sie verteidigt, und jetzt war ich es satt.
Erst als Irwin mich hinten in der Wohnung auf die Arme nahm und mich weinbesäuselt und schlapp in das völlig dunkle Schlafzimmer trug, murmelte ich: »Weißt du, Irwin, ich muß es dir sagen, ich bin noch Jungfrau.«
Irwin warf mich lachend aufs Bett.
Ein paar Augenblicke später zeigte ein überraschender Ausruf, daß Irwin mir eben nicht geglaubt hatte. Ich dachte, was für ein Glück, daß ich schon am Tag mit der Empfängnisverhütung angefangen hatte, denn ich hätte mir in dem weinseligen Zustand an diesem Abend nie die Mühe dieses delikaten und notwendigen Eingriffs gemacht. Ich lag gespannt und nackt auf Irwins rauher Wolldecke und wartete auf die wunderbare Veränderung.
Aber alles, was ich spürte, war ein scharfer, erschreckend starker Schmerz.
»Es tut weh«, sagte ich. »Soll es weh tun?«
Irwin sagte überhaupt nichts. Dann sagte er: »Manchmal tut es weh.«
Nach einer Weile stand Irwin auf und ging ins Badezimmer, und ich hörte die Dusche rauschen. Ich war nicht sicher, ob Irwin getan hatte, was er vorhatte, oder ob meine Jungfräulichkeit ihm irgendwie im Weg gewesen war. Ich wollte ihn fragen, ob ich noch Jungfrau war, aber ich fühlte mich zu unsicher. Eine warme Flüssigkeit sickerte mir zwischen den Beinen hervor. Versuchsweise langte ich hinunter und berührte sie.
Als ich die Hand in das vom Badezimmer hereinfallende Licht hielt, sahen die Fingerspitzen schwarz aus.
»Irwin«, sagte ich nervös, »bring mir ein Handtuch.«
Mit einem Handtuch um die Hüften schlenderte Irwin zurück und warf mir ein zweites, kleineres Handtuch zu. Ich steckte mir das Handtuch zwischen die Beine und zog es gleich wieder weg. Es war halb schwarz von Blut.
»Ich blute!« verkündete ich und setzte mich mit einem Ruck auf.
»Ach, das passiert oft«, beruhigte mich Irwin. »Es ist gleich vorbei.«

Dann fielen mir die Geschichten wieder ein, mit den blutbefleckten Brautlaken und den Kapseln mit roter Tinte, die man bei schon deflorierten Bräuten angewandt hatte. Ich fragte mich, wie sehr ich wohl blutete, und legte mich zurück und versorgte das Handtuch. Dann wurde mir klar, das Blut war ja die Antwort. Ich konnte unmöglich noch Jungfrau sein. Ich lächelte ins Dunkel. Ich hatte teil an einer großen Tradition.

Heimlich legte ich einen frischen Teil des weißen Handtuchs auf meine Wunde und überlegte mir, sobald das Bluten aufhörte, wollte ich mit dem späten Bus zur Anstalt zurück. Ich wollte ganz friedlich über meinen Zustand nachdenken. Aber das Handtuch kam schwarz und tropfend heraus.

»Ich... glaube, ich gehe besser nach Hause«, sagte ich schwach.

»Aber bestimmt nicht so schnell.«

»Doch, ich glaube, es ist besser.«

Ich fragte Irwin, ob ich mir sein Handtuch leihen könnte und packte es als Verband zwischen die Schenkel. Dann zog ich meine verschwitzten Kleider an. Irwin bot an, mich nach Hause zu fahren, aber ich wußte nicht ganz, wie ich das mit der Anstalt machen sollte, deshalb suchte ich in meiner Tasche nach Joans Adresse. Irwin kannte die Straße und ging hinaus, um den Wagen anzulassen. Ich war zu beunruhigt, um ihm zu sagen, daß es immer noch blutete. Ich hoffte immer noch, es würde gleich wieder aufhören.

Aber während Irwin mich durch die öden, von Schneehügeln begrenzten Straßen fuhr, spürte ich, wie es warm durch den Damm des Handtuchs und durch den Rock auf den Sitz des Autos sickerte.

Als wir langsam an einem erleuchteten Haus nach dem anderen vorbeifuhren, dachte ich, wie gut es doch war, daß ich meine Jungfräulichkeit nicht auf dem College oder zu Hause losgeworden war, wo es unmöglich gewesen wäre, das so zu verheimlichen.

Freudig überrascht machte Joan die Tür auf. Irwin küßte mir die Hand und sagte zu Joan, sie solle mich gut behandeln.

Ich schloß die Tür, lehnte mich dagegen und fühlte, wie mir das Blut in einem deutlichen Fluß aus dem Gesicht wich.
»Aber Esther«, sagte Joan, »um Himmels willen, was ist los?«
Ich wunderte mich, daß Joan nicht merkte, wie mir das Blut die Beine herunterlief und klebrig in die beiden schwarzen Lacklederschuhe sickerte. Ich hätte, glaube ich, an einer Schußwunde sterben können und Joan hätte immer noch mit den leeren Augen durch mich hindurchgestarrt und darauf gewartet, daß ich um eine Tasse Kaffee und ein Brot bat.
»Ist die Krankenschwester da?«
»Nein, sie hat Nachtdienst in Caplan ...«
»Prima.« Ich verzog das Gesicht zu einem kleinen bitteren Grinsen, während der nächste Guß Blut durch das vollgesogene Polster sickerte und den lästigen Weg zu den Schuhen begann.
»Ich meine ... schlecht.«
»Du siehst so komisch aus«, sagte Joan.
»Hol einen Arzt.«
»Warum?«
»Schnell.«
»Aber ...«
Sie hatte immer noch nichts bemerkt.
Ich bückte mich laut stöhnend und zog einen der rissigen, schwarzen Bloomingdale-Schuhe aus. Ich hielt den Schuh vor Joans größer werdende, kieselige Augen, kippte ihn um und beobachtete, wie sie den Blutstrom aufnahm, der sich auf den beigefarbenen Teppich ergoß.
»Mein Gott! Was ist das?«
»Ich habe eine Blutung.«
Joan führte und zog mich zum Sofa und ließ mich hinlegen. Dann stopfte sie mir ein paar Kissen unter die blutbefleckten Füße. Dann trat sie zurück und fragte streng: »Wer war dieser Mann?« Einen verrückten Moment lang glaubte ich, Joan würde sich weigern, einen Arzt zu rufen, bis ich ihr die ganze Geschichte meines Abends mit Irwin gestanden hatte, und nach meinem Geständnis würde sie sich wie zur Strafe noch weiter weigern. Aber dann begriff ich, daß sie

meine Erklärung so wie sie war akzeptierte und es für sie völlig unverständlich war, daß ich mit Irwin ins Bett gegangen war, nur hatte sein Auftauchen ihrer Freude über meine Ankunft einen Schlag versetzt.
»Ach, irgend jemand«, sagte ich mit einer matten, abweisenden Bewegung. Wieder kam ein Blutstrom, und mein Magen zog sich vor Aufregung zusammen. »Bring mir ein Handtuch.«
Joan ging hinaus und kam sofort mit einem Stapel Handtücher und Laken wieder. Wie eine tüchtige Krankenschwester schob sie meine blutgetränkten Kleider zur Seite, holte kurz Atem, als sie auf das erste königsrote Handtuch stieß, und legte einen frischen Verband an. Ich lag da und versuchte, meinen Herzschlag zu verlangsamen, weil jeder Schlag wieder Blut herausstieß.
Ich erinnerte mich an eine mühsame Vorlesung über den viktorianischen Roman, wo eine Frau nach der anderen nach schwieriger Geburt bleich und vornehm in Strömen von Blut starb. Vielleicht hatte mich Irwin irgendwie schrecklich und unheimlich verwundet, und während ich hier auf Joans Sofa lag, starb ich eigentlich schon.
Joan zog sich einen Lederpuff heran und fing an, die lange Liste von Ärzten in Cambridge anzurufen. Die erste Nummer gab keine Antwort. Joan begann der zweiten Nummer, wo jemand antwortete, meinen Fall zu erklären, unterbrach sich dann aber, sagte »Ich verstehe« und hängte ein.
»Was ist los?«
»Er kommt nur zu seinen Privatpatienten oder in Notfällen. Heute ist Sonntag.«
Ich versuchte, den Arm zu heben und auf die Uhr zu sehen. Aber die Hand lag als Stein an meiner Seite und bewegte sich nicht. Sonntag – Paradies der Ärzte! Ärzte in Country Clubs, Ärzte am Meer, Ärzte mit Freundinnen, Ärzte mit Frauen, Ärzte in der Kirche, Ärzte auf Segelbooten, überall Ärzte, die entschlossen waren, nur Mensch und nicht Arzt zu sein.
»Dann sage ihnen um Gottes willen«, sagte ich, »daß es ein Notfall ist.«
Bei der dritten Nummer hörte niemand und bei der vier-

ten wurde auf der anderen Seite in dem Moment eingehängt, als Joan erwähnte, es handle sich um eine Periode. Joan fing an zu weinen. »Paß auf, Joan«, sagte ich sorgfältig, »ruf das hiesige Krankenhaus an. Sag ihnen, es sei ein Notfall. Sie müssen mich nehmen.« Joan faßte Mut und rief eine fünfte Nummer an. Die Unfallstation versprach ihr, ein Arzt würde sich um mich kümmern, wenn ich in die Station käme. Dann telefonierte Joan nach einem Taxi.

Joan bestand darauf mitzufahren. Ich hielt die frische Handtucheinlage verzweifelt fest, als der Taxifahrer, beeindruckt von der Adresse, die ihm Joan genannt hatte, in den morgendämmerigen Straßen eine Kurve nach der anderen schnitt und mit lautem Reifenquietschen am Eingang der Nothilfe anhielt.

Ich ließ Joan den Fahrer bezahlen und lief in den leeren, strahlend erleuchteten Raum. Eine Krankenschwester kam eifrig hinter einem weißen Schirm hervor. Mit ein paar hastigen Worten konnte ich ihr die Wahrheit über mein Mißgeschick erzählen, bevor Joan blinzelnd und mit weit offenen Augen wie eine kurzsichtige Eule zur Tür hereinkam.

Dann kam der Nothilfe-Arzt, und ich kletterte mit Hilfe der Schwester auf den Untersuchungstisch. Die Schwester flüsterte mit dem Doktor und der Doktor nickte und begann, das blutige Handtuchzeug aufzumachen. Ich fühlte, wie seine Finger anfingen zu untersuchen. Joan stand aufrecht wie ein Soldat an meiner Seite, hielt meine Hand, ob meinet- oder ihretwegen war nicht zu sagen.

»Autsch!« Bei einem besonders schlimmen Stoß zuckte ich zusammen.

Der Doktor pfiff.

»Sie sind eine von einer Million.«

»Was meinen Sie damit?«

»Ich meine, das passiert nur einer aus einer Million.«

Der Arzt redete mit tiefer, kurz angebundener Stimme mit der Schwester, und sie eilte zu einem Seitentisch und holte Tampons und silberne Instrumente.

»Ich sehe genau«, der Arzt beugte sich herab, »woher die Geschichte kommt.«

»Aber können Sie es in Ordnung bringen?«
Der Doktor lachte. »O ja, das kann ich schon wieder in Ordnung bringen.«

Ich wachte durch Klopfen an der Tür auf. Es war nach Mitternacht, und die Anstalt war totenstill. Ich konnte mir nicht vorstellen, wer jetzt noch auf war.
»Herein!« Ich knipste die Nachttischlampe an.
Die Türe klinkte auf und Doktor Quinns frischer, dunkler Kopf erschien in der Öffnung. Ich sah sie überrascht an, weil ich noch nie mit ihr gesprochen hatte, obwohl ich wußte, wer sie war und in der Halle der Anstalt oft mit kurzem Nikken an ihr vorbeiging.
Dann sagte sie: »Darf ich einen Moment hereinkommen, Miss Greenwood?«
Ich nickte.
Doktor Quinn kam ins Zimmer und schloß die Tür leise hinter sich. Sie trug eines ihrer fleckenlosen marineblauen Kostüme mit einer glatten, schneeweißen Bluse, die im Halsausschnitt zu sehen war.
»Entschuldigen Sie die Störung, Miss Greenwood, besonders so spät in der Nacht, aber ich dachte, Sie könnten uns vielleicht mit Joan weiterhelfen.«
Einen Augenblick glaubte ich, Doktor Quinn würde mir die Schuld dafür geben, daß Joan in die Anstalt zurückgekommen war. Ich war immer noch nicht sicher, wieviel Joan nach unserer Fahrt in die Nothilfe wußte, aber ein paar Tage später war sie wieder nach Belsize zurückgekommen, sie hatte jedoch weiter großzügigen Ausgang.
»Ich tue gern, was ich kann«, sagte ich zu Doktor Quinn.
Doktor Quinn setzte sich mit ernstem Gesicht auf den Rand meines Bettes. »Wir möchten gerne herausfinden, wo Joan ist. Wir dachten, vielleicht haben Sie eine Ahnung.«
Plötzlich wollte ich mich ganz von Joan lossagen. »Ich weiß es nicht«, sagte ich kühl. »Ist sie denn nicht in ihrem Zimmer?«
Es war lange nach der Bettzeit in Belsize.
»Nein, Joan hatte Erlaubnis, heute abend in die Stadt ins Kino zu gehen, und sie ist noch nicht zurück.«

»Mit wem war sie dort?«
»Sie war allein.« Doktor Quinn machte eine Pause. »Haben Sie eine Ahnung, wo sie möglicherweise die Nacht über bleiben könnte?«
»Sie kommt bestimmt zurück. Sie muß aufgehalten worden sein.« Aber ich wußte auch nicht, was Joan nachts im zahmen Boston aufgehalten haben sollte.
Doktor Quinn schüttelte den Kopf. »Der letzte Bus ist vor einer Stunde gefahren.«
»Vielleicht kommt sie mit dem Taxi zurück.«
Doktor Quinn seufzte.
»Haben Sie es bei dem Kennedy-Mädchen versucht?« fuhr ich fort.
»Wo Joan gewohnt hat?«
Doktor Quinn nickte.
»Die Familie?«
»Oh, da ist sie nie hingegangen ... aber wir haben uns dort auch schon erkundigt.«
Doktor Quinn zögerte einen Augenblick, als ob sie in dem stillen Zimmer irgendeinen Hinweis finden könnte. Dann sagte sie: »Nun, wir werden tun, was wir können«, und ging hinaus.
Ich knipste das Licht aus und versuchte, wieder einzuschlafen, aber Joan schwebte körperlos vor mir und lächelte breitmäulig. Ich bildete mir sogar ein, in der Dunkelheit raschelnd und tuschelnd ihre Stimme zu hören, aber dann merkte ich, es war nur der Nachtwind draußen in den Bäumen ...
In der frostgrauen Dämmerung weckte mich neues Klopfen. Diesmal machte ich selbst die Tür auf.
Doktor Quinn stand vor mir. Sie stand stramm wie ein schwächlicher Feldwebel, aber ihr Umriß schien merkwürdig verwischt.
»Ich dachte, Sie sollten es wissen«, sagte Doktor Quinn. »Joan ist gefunden worden.«
Daß Doktor Quinn das Passiv gebrauchte, ließ mein Blut stocken.
»Wo?«

»Im Wald, bei den zugefrorenen Seen...«
Ich öffnete den Mund, aber es kam kein Wort heraus.
»Einer von den Wärtern hat sie gefunden«, fuhr Doktor Quinn fort, »gerade eben, auf dem Weg zur Arbeit...«
»Sie ist doch nicht...«
»Tot«, sagte Doktor Quinn. »Leider hat sie sich aufgehängt.«

Kapitel 20

Frischer Schneefall lag wie eine Decke über dem Anstaltsgelände – kein kleines weihnachtliches Geriesel, sondern eine mannshohe Sintflut im Januar, die Schulen und Büros und Kirchen auswischt und für einen Tag oder mehr ein reines, leeres Laken hinterläßt, an Stelle von Notizzetteln, Terminkalendern und Plänen.
Wenn ich die Prüfung vor dem Ärztekollegium bestand, fuhr mich Philomena Guineas' großes schwarzes Auto in einer Woche nach Westen und setzte mich an den schmiedeeisernen Gittern meines College ab.
Höhepunkt des Winters!
Massachusetts war in marmorne Ruhe versunken. Ich stellte mir die schneeflockigen Grandma-Moses-Dörfer vor, das weite mit vertrocknetem Schachtelhalm rasselnde Sumpfland, die Seen, in denen Frosch und Wels in einer Scheide von Eis träumten, und die klirrenden Wälder.
Aber unter der trügerisch reinen und glatten Tafel war die Topographie die gleiche geblieben, und statt San Francisco oder Europa oder den Mars würde ich die alte Landschaft, Bach und Hügel und Baum lernen. In gewisser Weise schien es eine Kleinigkeit, nach einer Unterbrechung von sechs Monaten, da wieder anzufangen, wo ich so gewaltsam aufgehört hatte.
Natürlich wußte dann jeder über mich Bescheid.
Doktor Nolan hatte ganz offen gesagt, viele Leute würden mich vorsichtig behandeln oder mich sogar meiden wie einen Leprakranken mit einer Warnglocke. Das Gesicht mei-

ner Mutter trieb ins Bewußtsein, ein bleicher, vorwurfsvoller Mond, bei ihrem letzten und ersten Besuch in der Anstalt seit meinem zwanzigsten Geburtstag. Die Tochter in einer Anstalt! Das hatte ich ihr angetan. Dennoch hatte sie sich offenbar entschlossen, mir zu vergeben.

»Wir werden da wieder anfangen, wo wir aufgehört haben, Esther«, hatte sie mit süßem märtyrerhaften Lächeln gesagt. »Wir werden so tun, als wäre das Ganze ein schlechter Traum.«

Ein schlechter Traum.

Für den Menschen in der Glasglocke, leer und eingeschlossen wie ein totes Baby, ist die Welt selbst der schlechte Traum.

Ein schlechter Traum.

Ich erinnerte mich an alles.

Ich erinnerte mich an die Leichen und an Doreen und an die Geschichte mit dem Feigenbaum und an Marcos Brillanten und an den Matrosen auf dem Common und an Doktor Gordons glasäugige Krankenschwester und die zerbrochenen Thermometer und den Neger mit seinen zwei Sorten Bohnen und an die zwanzig Pfund, die ich durch das Insulin zugenommen hatte, und an den Felsen, der sich wie ein grauer Schädel zwischen Himmel und See wölbte.

Vielleicht würde Vergessen, wie ein freundlicher Schnee, das betäuben und bedecken.

Aber das alles war ein Teil von mir. Es war meine Landschaft.

»Für Sie ist ein Mann da!«

Die lächelnde, schneeweiß bekappte Krankenschwester steckte den Kopf durch die Tür, und einen verwirrten Moment lang dachte ich, ich sei tatsächlich wieder im College, und diese saubere, weiße Einrichtung, dieser weiße Blick über Bäume und Hügel, waren nur schöner als die eingekerbten Stühle meines alten Zimmers und der Tisch und der Blick über den kahlen Hof. »Für Sie ist ein Mann da!« hatte die Studentin vom Dienst über das Telefon des Wohnheims gesagt.

Wieso waren wir hier in Belsize anders als die Mädchen auf dem College, die Bridge spielten und schwätzten und studierten, zu denen ich zurückkehrte? Auch diese Mädchen saßen unter einer Art Glasglocke.

»Herein!« rief ich, und Buddy Willard kam ins Zimmer, die Segeltuchmütze in der Hand.

»Na, Buddy?« sagte ich.

»Na, Esther?«

Wir standen da und sahen uns an. Ich wartete auf den Anflug eines Gefühls, auf ein ganz schwaches Glimmen. Nichts. Nichts als große, freundliche Langeweile. Buddys Gestalt in der Windjacke schien klein und ohne Beziehung zu mir, wie die braunen Pfosten, vor denen er an dem Tag vor einem Jahr, unten an der Skiabfahrt, gestanden hatte.

»Wie bist du hergekommen?« fragte ich schließlich.

»Mit Mutters Wagen.«

»Bei diesem Schnee?«

»Naja«, grinste Buddy, »ich stecke draußen in einer Schneewehe fest. Die Steigung war zuviel für mich. Kann ich hier irgendwo eine Schaufel leihen?«

»Wir können von einem der Hausmeister eine Schaufel bekommen.«

»Gut.« Buddy drehte sich um, um zu gehen.

»Warte, ich komme mit und helf dir.«

Buddy sah mich an, und ich sah in seinen Augen ein befremdetes Aufflackern – die gleiche Mischung aus Neugier und Behutsamkeit, die ich in den Augen der Frau von ›Christian Science‹, meiner alten Englischlehrerin und in den Augen des unitarischen Pfarrers gesehen hatte, die mich immer besuchten.

»Ach Buddy«, lachte ich. »Ich bin ganz in Ordnung.«

»Ja, ich weiß, ich weiß, Esther«, sagte Buddy hastig.

»Du bist es, der keine Autos ausschaufeln sollte, Buddy. Nicht ich.«

Und Buddy ließ mich die meiste Arbeit tun.

Der Wagen war auf der glatten Steigung zur Anstalt ins Schliddern gekommen, zurückgerutscht und mit einem Rad über die Kante der Auffahrt in eine tiefe Schneewehe geraten. Die Sonne, die aus der grauen Wolkenhülle getreten war, schien strahlend wie im Sommer auf die unberührten Hügel. Als ich bei der Arbeit eine Pause machte und die altbekannten weiten Flächen überschaute, empfand ich die gleiche, tiefe Erregung, mit der ich Bäume und Wiesen sehe, die hüfthoch überschwemmt sind – als hätte sich die gewöhnliche Ordnung der Welt etwas verschoben und wäre in eine neue Phase getreten.

Ich war dankbar für das Auto und die Schneewehe. Das hielt Buddy davon ab, die Frage zu stellen, die er bestimmt stellen würde, und er stellte sie dann auch mit tiefer nervöser Stimme beim Tee in Belsize. DeeDee sah über den Rand der Teetasse zu uns herüber wie eine neidische Katze. Nach Joans Tod war DeeDee für einige Zeit nach Wymark verlegt worden, aber jetzt weilte sie wieder unter uns.

»Ich habe mich gefragt...« Buddy stellte die Tasse mit unbeholfenem Klappern auf die Untertasse.

»Was hast du dich gefragt?«

»Ich habe mich gefragt... Ich meine, ich dachte, vielleicht kannst du mir etwas sagen.« Buddy sah mir in die Augen, und ich sah zum ersten Mal, wie sehr er sich verändert hatte. Statt des alten, sicheren Lächelns, das leicht und regelmäßig wie das Licht eines Fotografen geblitzt hatte, war sein Gesicht ernst, sogar abwartend – das Gesicht eines Mannes, der oft nicht das bekommt, was er gerne haben möchte.

»Wenn ich kann, sag ich es dir, Buddy.«

»Glaubst du, es gibt etwas an mir, weshalb Frauen verrückt werden?«

Ich konnte mir nicht helfen, ich brach in Gelächter aus – vielleicht wegen des Ernsts auf Buddys Gesicht und der allgemeinen Bedeutung des Wortes ›verrückt‹ in so einem Satz.

»Ich meine«, beharrte Buddy, »ich war mit Joan befreundet und dann mit dir und zuerst... ging es bei dir los und dann bei Joan...«

Mit einem Finger fegte ich einen Kuchenkrümel in einen feuchten braunen Teetropfen.

»Natürlich haben Sie es nicht getan!« hörte ich Doktor Nolan sagen. Ich war wegen Joan zu ihr gegangen und, soweit ich mich erinnerte, war es das erstemal, daß sie ärgerlich klang. »Niemand hat es getan! Sie hat es selbst getan!« Und dann erzählte mir Doktor Nolan, die besten Psychiater hätten Selbstmorde unter ihren Patienten, und inwieweit sie, wenn überhaupt, dafür verantwortlich seien, daß sie aber ganz im Gegenteil die Verantwortung nicht übernähmen . . .

»Du hast nichts mit uns zu tun gehabt, Buddy.«

»Bist du sicher?«

»Absolut.«

»Gut«, seufzte Buddy. »Da bin ich aber froh.«

Und er trank seinen Tee aus wie eine kräftigende Medizin.

»Wie ich höre, verläßt du uns.«

In der kleinen, von Krankenschwestern beaufsichtigten Gruppe ging ich neben Valerie. »Nur wenn die Ärzte ja sagen. Morgen komme ich vor die Kommission.«

Der feste Schnee knirschte unter den Füßen, und überall konnte ich ein musikalisches Rieseln und Tröpfeln hören, die Mittagssonne taute Eiszapfen und Schneekrusten auf, die vor Einbruch der Dunkelheit wieder gefroren.

Die massigen schwarzen Kiefern warfen in dem strahlenden Licht lavendelfarbene Schatten, und ich ging eine Weile mit Valerie durch das bekannte Labyrinth der ausgeschaufelten Anstaltswege. Die Ärzte und Schwestern und Patienten auf den angrenzenden Wegen schienen sich, durch den aufgehäuften Schnee am Gürtel abgeschnitten, wie auf Wägelchen fortzubewegen.

»Kommission!« schnaubte Valerie. »Das heißt gar nichts! Wenn sie dich entlassen wollen, entlassen sie dich.«

»Ich hoffe.«

Vor Caplan sagte ich auf Wiedersehen zu Valeries ruhigem, schneemannartigem Gesicht, hinter dem nur noch so wenig Schlechtes oder Gutes geschehen konnte, und ging alleine weiter, und mein Atem wurde sogar in dieser sonnengefüllten Luft zu weißen Wolken. Als letztes hatte Valerie fröhlich gerufen: »Bis dann! Auf Wiedersehen.«

»Nein, wenn es nach mir geht«, dachte ich. Aber ich war mir nicht sicher. Ich war ganz und gar nicht sicher. Woher wußte ich, ob sich nicht eines Tages – auf dem College, in Europa, irgendwo, überall – die Glasglocke mit den erstickenden Schlieren wieder herabsenken würde?
Und als wollte er sich dafür rächen, daß ich das Auto ausgrub und er dabeistehen mußte, hatte Buddy doch gesagt: »Ich bin gespannt, wer dich jetzt heiratet, Esther.«
»Wie bitte?« hatte ich gesagt und den Schnee zu einem Hügel geschaufelt und in den stechenden Schauer loser zurücktreibender Schneeflocken geblinzelt.
»Ich bin gespannt, wer dich jetzt heiratet, Esther. Nachdem du doch jetzt«, und Buddys Geste umschrieb den Hügel, die Kiefern und die verschneiten Giebel der einfachen Gebäude, die die wellige Landschaft unterbrachen, »hier gewesen bist.«
Und natürlich wußte ich nicht, wer mich heiraten würde, nachdem ich gewesen war, wo ich gewesen war. Ich wußte es überhaupt nicht.

»Ich habe hier eine Rechnung, Irwin.«
Ich sprach ruhig in den Hörer der öffentlichen Telefonzelle im Eingang der Anstaltsverwaltung. Zuerst fürchtete ich, das Telefonfräulein an der Zentrale könnte mithören, aber ohne mit der Wimper zu zucken stöpselte sie weiter die kleinen Röhren ein und aus.
»Ja«, sagte Irwin.
»Es handelt sich um eine Rechnung über zwanzig Dollar für eine Behandlung in der Nothilfe an einem gewissen Tag im Dezember und für die Nachuntersuchung eine Woche später.«
»Ja«, sagte Irwin.
»Das Krankenhaus schreibt, sie schickten mir die Rechnung, weil sie auf die Rechnung hin, die sie dir geschickt haben, nichts gehört haben.«
»Ist gut, ist gut, ich schreibe gleich einen Scheck. Ich schicke einen Blankoscheck.« Irwins Stimme veränderte sich ganz wenig.
»Wann kann ich dich sehen?«

»Möchtest du das wirklich wissen?«
»Ja, sehr.«
»Niemals«, sagte ich und hängte mit einem resoluten Klick auf.
Ich fragte mich kurz, ob Irwin den Scheck jetzt noch an das Krankenhaus schicken würde, und dann dachte ich: »Natürlich tut er das, er ist Mathematikprofessor – er wird nichts ungelöst lassen wollen.«
Unerklärlicherweise war ich schwach in den Knien und erleichtert. Irwins Stimme hatte mir nichts bedeutet.
Es war das erste Mal seit unserem ersten und letzten Zusammentreffen, daß ich mit ihm gesprochen hatte, und es war auch so gut wie sicher das letzte Mal. Für Irwin gab es überhaupt keine Möglichkeit, sich mit mir in Verbindung zu setzen, außer er ging zu der Wohnung von Schwester Kennedy, und nach Joans Tod war Schwester Kennedy ohne Spuren zu hinterlassen woanders hingezogen.
Ich war völlig frei.

Joans Eltern luden mich zum Begräbnis ein.
Ich war eine von Joans besten Freundinnen, wie Mrs. Gilling sagte.
»Sie wissen ja, Sie müssen nicht hingehen«, sagte Doktor Nolan zu mir. »Sie können immer noch hinschreiben, ich hätte gesagt, es wäre besser für Sie, nicht hinzugehen.«
»Ich gehe hin«, sagte ich, und ich ging und fragte mich die ganze Zeit während des einfachen Begräbnisgottesdienstes, was ich wohl zu begraben glaubte.
Unter schneebleichen Blumen ragte der Sarg am Altar auf – der schwarze Schatten von etwas, was nicht da war. Die Gesichter um mich herum in den Kirchenbänken waren wachsfarben vom Kerzenlicht, und von Weihnachten übriggebliebene Kiefernzweige strömten Begräbnisduft in die kalte Luft.
Neben mir blühten Jodys Wangen wie gesunde Äpfel, und hier und da bemerkte ich in der kleinen Versammlung die Gesichter noch anderer Mädchen vom College und aus meiner Heimatstadt, die Joan gekannt hatten. DeeDee und

Schwester Kennedy beugten vorne in einer Kirchenbank die mit Taschentüchern bedeckten Köpfe.
Dann sah ich hinter dem Sarg und den Blumen und dem Gesicht des Geistlichen und den Gesichtern der Trauergäste die welligen Rasenflächen unseres Stadtfriedhofs, die jetzt hoch mit Schnee bedeckt waren, und die Grabsteine ragten wie rauchlose Kamine daraus hervor.
Ein schwarzes, zwei Meter tiefes Loch würde in dem harten Boden sein. Dieser Schatten vermählte sich mit jenem Schatten, und der sonderbar gelbliche Boden unserer Gegend versiegelte dann wieder die Wunde in dem Weißen, und dann löschte der nächste Schneefall die frischen Spuren des Grabes von Joan aus.
Ich holte tief Luft und hörte auf den alten prahlenden Schlag meines Herzens.
Ich bin, ich bin, ich bin.

Die Ärzte hatten ihre wöchentliche Kommissionssitzung – alte Probleme, neue Fragen, Aufnahmen, Entlassungen und Prüfungen. In der Bibliothek der Anstalt blätterte ich blind durch ein abgenutztes Heft des National Geographic Magazine und wartete, bis ich an der Reihe war.
Patienten machten in Begleitung von Krankenschwestern die Runde an den gefüllten Regalen vorbei, unterhielten sich halblaut mit der Bibliothekarin, selbst eine frühere Patientin der Anstalt. Ich sah sie an – kurzsichtig, altjüngferlich, ausgelöscht – und fragte mich, woher sie wußte, daß sie wirklich geprüfte Bibliothekarin war und, im Gegensatz zu ihren Kunden, ganz und gesund.
»Sie brauchen keine Angst zu haben«, hatte Doktor Nolan gesagt, »ich bin da, und die anderen Ärzte, die Sie kennen, werden dabei sein, und ein paar Gäste, und der Chefarzt Doktor Vining wird Sie ein paar Sachen fragen, und dann können Sie gehen.«
Aber trotz Doktor Nolans Versicherungen hatte ich tödliche Angst.
Ich hatte gehofft, bei meiner Entlassung würde ich mich sicher fühlen und über alles Bescheid wissen, was vor mir lag –

schließlich war ich »analysiert« worden. Statt dessen sah ich nichts als Fragezeichen.
Immer wieder blickte ich ungeduldig auf die geschlossene Tür des Konferenzraumes. Meine Strumpfnähte saßen gerade, meine schwarzen Schuhe waren rissig, aber glänzten, und das rote Wollkostüm war so strahlend wie meine Pläne. Alt und neu ...
Aber heiraten würde ich nicht. Ich überlegte, es müßte eine Feier dafür geben, wenn man zweimal geboren wurde – geflickt, vulkanisiert und für straßentüchtig befunden. Ich versuchte, mir etwas Passendes auszudenken, als Doktor Nolan aus dem Nichts erschien und mich an der Schulter berührte.
»Es ist soweit, Esther.«
Ich stand auf und folgte ihr zu der offenen Tür.
Als ich einen kurzen Atemzug lang auf der Schwelle stehenblieb, sah ich den silberhaarigen Arzt, der mir am ersten Tag von den Flüssen und den Pilgervätern erzählt hatte, und das pockennarbige, totenblasse Gesicht von Miss Huey, und sah Augen, die ich über weißen Gesichtsmasken gesehen zu haben glaubte.
Alle Augen und Gesichter wendeten sich mir zu, und indem ich mich wie an einem Zauberfaden von ihnen leiten ließ, betrat ich den Raum.

Bibliothek Suhrkamp

Verzeichnis der letzten Nummern

901 Leonora Carrington, Das Hörrohr
902 Henri Michaux, Ein gewisser Plume
903 Walker Percy, Der Kinogeher
904 Julien Gracq, Die engen Wasser
907 Gertrude Stein, Jedermanns Autobiographie
908 Pablo Neruda, Die Raserei und die Qual
910 Thomas Bernhard, Einfach kompliziert
914 Wolfgang Koeppen, Der Tod in Rom
916 Bohumil Hrabal, Sanfte Barbaren
917 Tania Blixen, Ehrengard
918 Bernard Shaw, Frau Warrens Beruf
919 Mercè Rodoreda, Der Fluß und das Boot
922 Anatolij Kim, Der Lotos
924 Stig Dagerman, Deutscher Herbst
926 Wolfgang Koeppen, Tauben im Gras/Das Treibhaus/Der Tod in Rom
927 Thomas Bernhard, Holzfällen
928 Danilo Kiš, Ein Grabmal für Boris Dawidowitsch
929 Janet Frame, Auf dem Maniototo
930 Peter Handke, Gedicht an die Dauer
931 Alain Robbe-Grillet, Der Augenzeuge
935 Marguerite Duras, Liebe
938 Juan Carlos Onetti, Leichensammler
941 Marina Zwetajewa, Mutter und die Musik
942 Jürg Federspiel, Die Ballade von der Typhoid Mary
943 August Strindberg, Der romantische Küster auf Rånö
945 Hans Mayer, Versuche über Schiller
946 Martin Walser, Meßmers Gedanken
947 Ödön von Horváth, Jugend ohne Gott
948 E. M. Cioran, Der zersplitterte Fluch
949 Alain, Das Glück ist hochherzig
953 Marina Zwetajewa, Auf eigenen Wegen
954 Maurice Blanchot, Thomas der Dunkle
955 Thomas Bernhard, Watten
956 Eça de Queiroz, Der Mandarin
958 André Gide, Aufzeichnungen über Chopin
962 Giorgos Seferis, Poesie
964 Thomas Bernhard, Elisabeth II.
965 Hans Blumenberg, Die Sorge geht über den Fluß
966 Walter Benjamin, Berliner Kindheit, Neue Fassung
967 Marguerite Duras, Der Liebhaber
969 Tschingis Aitmatow, Der weiße Dampfer
970 Christine Lavant, Gedichte
973 Franz Rosenzweig, Der Stern der Erlösung
976 Juan Carlos Onetti, Grab einer Namenlosen
977 Vincenzo Consolo, Die Wunde im April

979 E. M. Cioran, Von Tränen und von Heiligen
980 Olof Lagercrantz, Die Kunst des Lesens und des Schreibens
981 Hermann Hesse, Unterm Rad
983 Anna Achmatowa, Gedichte
984 Hans Mayer, Ansichten von Deutschland
986 Robert Walser, Poetenleben
987 René Crevel, Der schwierige Tod
988 Scholem-Alejchem, Eine Hochzeit ohne Musikanten
989 Erica Pedretti, Valerie
990 Samuel Joseph Agnon, Der Verstoßene
991 Janet Frame, Wenn Eulen schrein
992 Paul Valéry, Gedichte
995 Patrick Modiano, Eine Jugend
997 Thomas Bernhard, Heldenplatz
998 Hans Blumenberg, Matthäuspassion
999 Julio Cortázar, Der Verfolger
1000 Samuel Beckett, Mehr Prügel als Flügel
1001 Peter Handke, Die Wiederholung
1002 Else Lasker-Schüler, Arthur Aronymus
1003 Heimito von Doderer, Die erleuchteten Fenster
1004 Hans-Georg Gadamer, Das Erbe Europas
1005 Hans Jonas, Das Prinzip Verantwortung
1007 Juan Carlos Onetti, Der Schacht
1008 E. M. Cioran, Auf den Gipfeln der Verzweiflung
1009 Marina Zwetajewa, Ein gefangener Geist
1012 Hermann Broch, Die Schuldlosen
1013 Benito Pérez Galdós, Tristana
1014 Conrad Aiken, Fremder Mond
1015 Max Frisch, Tagebuch 1966–1971
1016 Catherine Colomb, Zeit der Engel
1017 Georges Dumézil, Der schwarze Mönch in Varennes
1018 Peter Huchel, Gedichte
1019 Gesualdo Bufalino, Das Pesthaus
1020 Konstantinos Kavafis, Um zu bleiben
1021 André du Bouchet, Vakante Glut / Dans la chaleur vacante
1022 Rainer Maria Rilke, Briefe an einen jungen Dichter
1023 René Char, Lob einer Verdächtigen / Eloge d'une Soupconnée
1024 Cees Nooteboom, Ein Lied von Schein und Sein
1025 Gerhart Hauptmann, Das Meerwunder
1026 Juan Benet, Ein Grabmal / Numa
1027 Samuel Beckett, Der Verwaiser / Le dépeupleur / The Lost Ones
1028 Ulrich Plenzdorf, Die neuen Leiden des jungen W.
1029 Bernard Shaw, Die Abenteuer des schwarzen Mädchens auf der Suche nach Gott
1030 Francis Ponge, Texte zur Kunst
1031 Tankred Dorst, Klaras Mutter
1032 Robert Graves, Das kühle Netz / The Cool Web
1033 Alain Robbe-Grillet, Die Radiergummis
1034 Robert Musil, Vereinigungen
1035 Virgilio Piñera, Kleine Manöver

1036 Kazimierz Brandys, Die Art zu leben
1037 Karl Krolow, Meine Gedichte
1038 Leonid Andrejew, Die sieben Gehenkten
1039 Volker Braun, Der Stoff zum Leben 1-3
1040 Samuel Beckett, Warten auf Godot
1041 Alejo Carpentier, Die Hetzjagd
1042 Nicolas Born, Gedichte
1043 Maurice Blanchot, Das Todesurteil
1044 D. H. Lawrence, Der Mann, der Inseln liebte
1045 Jurek Becker, Der Boxer
1046 E. M. Cioran, Das Buch der Täuschungen
1047 Federico García Lorca, Diwan des Tamarit / Diván
1048 Friederike Mayröcker, Das Herzzerreißende der Dinge
1049 Pedro Salinas, Gedichte / Poemas
1050 Jürg Federspiel, Museum des Hasses
1051 Silvina Ocampo, Die Furie
1052 Alexander Blok, Gedichte
1053 Raymond Queneau, Stilübungen
1054 Dolf Sternberger, Figuren der Fabel
1055 Gertrude Stein, Q. E. D.
1056 Mercè Rodoreda, Aloma
1057 Marina Zwetajewa, Phoenix
1058 Thomas Bernhard, In der Höhe, Rettungsversuch, Unsinn
1059 Jorge Ibargüengoitia, Die toten Frauen
1060 Henry de Montherlant, Moustique
1061 Carlo Emilio Gadda, An einen brüderlichen Freund
1062 Karl Kraus, Pro domo et mundo
1063 Sandor Weöres, Der von Ungern
1064 Ernst Penzoldt, Der arme Chatterton
1065 Giorgos Seferis, Alles voller Götter
1066 Horst Krüger, Das zerbrochene Haus
1067 Alain, Die Kunst sich und andere zu erkennen
1068 Rainer Maria Rilke, Bücher Theater Kunst
1069 Claude Ollier, Bildstörung
1070 Jörg Steiner, Schnee bis in die Niederungen
1071 Norbert Elias, Mozart
1072 Louis Aragon, Libertinage
1073 Gabriele d'Annunzio, Der Kamerad mit den wimpernlosen Augen
1075 Max Frisch, Biedermann und die Brandstifter
1076 Willy Kyrklund, Vom Guten
1077 Jannis Ritsos, Gedichte
1079 Max Dauthendey, Lingam
1080 Alexej Remisow, Gang auf Simsen
1082 Octavio Paz, Adler oder Sonne?
1083 René Crevel, Seid ihr verrückt?
1084 Robert Pinget, Passacaglia
1085 Wolfgang Koeppen, Eine unglückliche Liebe
1086 Mario Vargas Llosa, Lob der Stiefmutter
1087 Marguerite Duras, Im Sommer abends um halb elf
1088 Joseph Conrad, Herz der Finsternis

1090 Czesław Miłosz, Gedichte
1091 Karl Kraus, Die letzten Tage der Menschheit
1092 Jean Giono, Der Deserteur
1093 Michel Butor, Die Wörter in der Malerei
1095 Max Frisch, Fragebogen
1096 Carlo Emilio Gadda, La Meccanica
1097 Bohumil Hrabal, Die Katze Autitschko
1098 Hans Mayer, Frisch und Dürrenmatt
1099 Isabel Allende, Eine Rache und andere Geschichten
1100 Wolfgang Hildesheimer, Mitteilungen an Max
1101 Paul Valéry, Über Mallarmé
1102 Marie Nimier, Die Giraffe
1103 Gennadij Ajgi, Beginn der Lichtung
1104 Jorge Ibargüengoitia, Augustblitze
1105 Silvio D'Arzo, Des andern Haus
1106 Werner Koch, Altes Kloster
1107 Gesualdo Bufalino, Der Ingenieur von Babel
1108 Manuel Puig, Der Kuß der Spinnenfrau
1109 Marieluise Fleißer, Das Mädchen Yella
1110 Raymond Queneau, Ein strenger Winter
1111 Gershom Scholem, Judaica 5
1112 Jürgen Becker, Beispielweise am Wannsee
1113 Eduardo Mendoza, Das Geheimnis der verhexten Krypta
1114 Wolfgang Hildesheimer, Paradies der falschen Vögel
1115 Guillaume Apollinaire, Die sitzende Frau
1116 Paul Nizon, Canto
1117 Guido Morselli, Dissipatio humani generis
1118 Karl Kraus, Nachts
1119 Juan Carlos Onetti, Der Tod und das Mädchen
1120 Thomas Bernhard, Alte Meister
1121 Willem Elsschot, Villa des Roses
1122 Juan Goytisolo, Landschaften nach der Schlacht
1123 Sascha Sokolow, Die Schule der Dummen
1124 Bohumil Hrabal, Leben ohne Smoking
1125 Peter Bichsel, Eigentlich möchte Frau Blum den Milchmann kennenlernen
1126 Guido Ceronetti, Teegedanken
1127 Adolf Muschg, Noch ein Wunsch
1128 Forugh Farrochsad, Jene Tage
1129 Julio Cortázar, Unzeiten
1130 Gesualdo Bufalino, Die Lügen der Nacht
1131 Richard Ellmann, Vier Dubliner - Wilde, Yeats, Joyce und Beckett
1132 Gerard Reve, Der vierte Mann
1134 Francis Ponge, Die Seife
1135 Hans-Georg Gadamer, Über die Verborgenheit der Gesundheit
1136 Wolfgang Hildesheimer, Mozart
1137 Max Frisch, Stich-Worte
1139 Bohumil Hrabal, Ich habe den englischen König bedient
1140 Stanisław Lem, Eine Minute der Menschheit
1141 Cees Nooteboom, Die folgende Geschichte

Bibliothek Suhrkamp

Alphabetisches Verzeichnis

Achmatowa: Gedichte 983
Adorno: Minima Moralia 236
– Noten zur Literatur I 47
– Noten zur Literatur II 71
– Über Walter Benjamin 260
Agnon: Der Verstoßene 990
Aiken: Fremder Mond 1014
Aitmatow: Der weiße Dampfer 969
– Dshamilja 315
Ajgi: Beginn der Lichtung 1103
Alain: Das Glück ist hochherzig 949
– Die Kunst sich und andere zu erkennen 1067
– Die Pflicht glücklich zu sein 470
Alain-Fournier: Der große Meaulnes 142
Alberti: Zu Lande zu Wasser 60
Allende: Eine Rache und andere Geschichten 1099
Amado: Die Abenteuer des Kapitäns Vasco Moscoso 850
Anderson: Winesburg, Ohio 44
Anderson/Stein: Briefwechsel 874
Andrejew: Die sieben Gehenkten 1038
Apollinaire: Die sitzende Frau 1115
Aragon: Libertinage 1072
Artmann: Fleiß und Industrie 691
– Gedichte über die Liebe 473
Asturias: Legenden aus Guatemala 358
Bachmann: Der Fall Franza 794
– Malina 534
Ball: Flametti 442
– Zur Kritik der deutschen Intelligenz 690
Barnes: Antiphon 241
– Nachtgewächs 293
Barthes: Am Nullpunkt der Literatur 762
– Die Lust am Text 378
Becker, Jürgen: Beispielsweise am Wannsee 1112
Becker, Jurek: Der Boxer 1045
– Jakob der Lügner 510
Beckett: Der Verwaiser 1027
– Erste Liebe 277
– Erzählungen und Texte um Nichts 82
– Gesellschaft 800
– Glückliche Tage 98
– Mehr Prügel als Flügel 1000
– Warten auf Godot 1040
Benet: Ein Grabmal/Numa 1026
Benjamin: Berliner Chronik 251
– Berliner Kindheit 966
– Einbahnstraße 27
– Sonette 876
Bernhard: Alte Meister 1120
– Amras 489
– Beton 857
– Der Ignorant und der Wahnsinnige 317
– Der Schein trügt 818
– Der Stimmenimitator 770
– Der Theatermacher 870
– Der Untergeher 899
– Die Jagdgesellschaft 376
– Die Macht der Gewohnheit 415
– Einfach kompliziert 910
– Elisabeth II. 964
– Heldenplatz 997
– Holzfällen 927
– In der Höhe, Rettungsversuch, Unsinn 1058
– Ja 600
– Midland in Stilfs 272
– Ritter, Dene, Voss 888
– Verstörung 229
– Watten 955
– Wittgensteins Neffe 788
Bichsel: Eigentlich möchte Frau Blum den Milchmann kennenlernen 1125
Blanchot: Das Todesurteil 1043
– Warten Vergessen 139
– Thomas der Dunkle 954
Blixen: Ehrengard 917
– Moderne Ehe 886
Bloch: Erbschaft dieser Zeit 388
– Spuren. Erweiterte Ausgabe 54
– Thomas Münzer 77